在最美宋词里邂逅最美的爱情

宋默 著

中国华侨出版社

图书在版编目（CIP）数据

在最美宋词里邂逅最美的爱情 / 宋默著. — 北京：中国华侨出版社，2013.7

ISBN 978-7-5113-3817-4

I. ①在… II. ①宋… III. ①宋词-诗歌欣赏 IV. ①I207.23

中国版本图书馆CIP数据核字（2013）第166741号

• **在最美宋词里邂逅最美的爱情**

著　　者 / 宋　默
责任编辑 / 文　筝
责任校对 / 高晓华
经　　销 / 新华书店
开　　本 / 787毫米×1092毫米　　1/16　　印张 / 14　　字数 / 220千
印　　刷 / 大厂回族自治县彩虹印刷有限公司
版　　次 / 2013年9月第1版　　2018年11月第11次印刷
书　　号 / ISBN 978-7-5113-3817-4
定　　价 / 32.00元

中国华侨出版社　北京市朝阳区静安里26号通成达大厦3层　邮编：100028
法律顾问：陈鹰律师事务所
编辑部：（010）64443056　传真：（010）64439708
发行部：（010）64443051
网　址：www.oveaschin.com
E-mail：oveaschin@sina.com

序 断肠草，情花毒

断肠谷，断肠崖，情花。

"花瓣的颜色娇艳无比，似玫瑰而更香，如山茶而增艳"，这是金庸对情花的描述。中了情花毒的人，心中只要存有爱念，便会毒发，痛苦至极，直到死去。杨过身中情花毒之后，心中一旦思念小龙女，胸口就会像被人用大铁锤猛击一样。解药在哪里？读者会为那有情人而心急如焚，希望金大师能够立刻大发善心，发明一种起死回生的解药。

天竺神僧在临死之前发现了解药，那就是生在情花旁边的断肠草。一般人一听断肠草，必然以为那是比情毒更剧烈的毒，哪还敢服下。然而，彼时是毒，此时却是解药；彼时是解药，此时却是毒草。这分明是在说爱情啊！相爱时，爱是蜜糖；散场时，爱就是毒药。只有经历了那肠断的岁月，方能渐渐从情爱的泥潭中爬出来。

那么，情花在现实中到底存不存在呢？据资料显示，白色的曼陀罗又称情花，原产印度，主要成分为莨菪碱、东莨菪碱及少量阿托品，如用酒吞服，会使人发笑，有麻醉作用。华佗发明的麻沸散的主要原料就是曼陀罗，故曼陀罗又名"醉心

花"。所以，现实中的情花是不分有情还是无情的，只要过量服下，人人都会"醉心"而死。所谓"情花"只存在于金庸的武侠小说里，可"情"却绝对是一种毒，比所有毒药还要毒的毒。

断肠草又名相思草，南朝梁任昉《述异记》卷上云："今秦赵间有相思草，状如石竹而节节相续，一名断肠草，又名愁妇草，亦名霜草，人呼寮莎，盖相思之流也。"情花可以解毒，那什么又能解那断肠之痛呢？

断肠草，没有解药。元好问曾为一只为情赴死的大雁写下脍炙人口、流传千古的句子："问世间，情为何物，直教生死相许……"雁尚有情，更何况人乎。古往今来，为情而死的人就更多了。因为中毒太深，唯有死可以解断肠之痛了。

情花虽毒，但对无情的人，却一点作用也没有。可惜，谁敢说自己一点情都没有呢？便是最恶的人，也是有情的。或者说，作恶的源头也不过是因为被情伤得太重，以至于因爱而生恨罢了。

"人生自是有情痴，此恨不关风与月。"随意翻开一本宋词，一阕阕精致绝美的文字，一段段悲欢离合，一场场离愁别恨，就会一幕幕接连上演。一部宋词，便是一部情史、一部红楼，写尽红尘心事，写尽儿女情态。那里的男女，在红楼中都能找到他们的影子。无论是孤守也好，是偷情也罢；是相思也好，是决绝也罢；是无情也好，是多情也罢，都能在宋词里，留下情爱的一片痕迹。

宋词那么美，爱情那么美，但我们总是不明白，为什么痴情者的结局总是分开，为什么有情人总是不能成为眷属。这似乎成为一个悖论，没有人能解。即使在随时都可能发生爱情的现代人身上，爱情，也常常是相似的结局。

我们读过苏轼的"十年生死两茫茫"，读过欧阳修的"人生自是有情痴""庭院深深深几许"……相思语，最断肠，每一句、每一声都足以让人疼到手指尖。

爱上宋词，怎能不爱上那千古绝唱的爱情故事？爱情是开在尘世间最美的花朵，我们被宋词凄婉华美的文字所迷醉，一如看见春光中的花朵，不需解花语，单是那花香就会使我们迷醉。待你徘徊其中，随它一番吟风咏月之后，就会发现，你已经不知不觉地中了"毒"。那毒虽不致死，却会让你心痛不已。那说不出、理还乱的爱恨情仇、悲欢离合，自此便在你心里生根，开花，再也驱除不掉。宋词，是情花，也是断肠草。

　　年少轻狂时，我们都曾中过宋词的情毒，都曾被情花的刺扎到。我们在爱情里迷惑：难道爱情真的只能是情花上的刺，那美丽的花朵不过是一个蓄意的阴谋？其实，爱情本身既非情花，又非断肠草。正如幸运金币的背面是不幸，爱的另一面就是恨，相守的另一面就是相思，相聚的另一面就是分离，就看我们愿意将金币翻向哪一面。如果你不幸中了情花毒，也只需以岁月为酒，服下它，待亲自挨过那断肠的痛楚之后，必会获得属于你的那一份成熟、淡定与幸福。

目录

001　晏殊：当时共我赏花人

004　晏殊：昨夜西风凋碧树

008　晏殊：鸿雁在云鱼在水

011　林逋：罗带同心结未成

014　范仲淹：月华如练，长是人千里

017　张先：不如桃杏，犹解嫁东风

021　张先：闲花淡淡春

024　张先：心似双丝网，中有千千结

027　晏几道：长记楼中粉泪人

030　晏几道：当时明月在，曾照彩云归

034　晏几道：犹恐相逢是梦中

036　晏几道：不眠犹待伊

040　柳永：忍把浮名，换了浅斟低唱

045　柳永：为伊消得人憔悴

048　柳永：今宵酒醒何处
051　柳永：误几回天际识归舟
053　欧阳修：人生自是有情痴
059　欧阳修：楼高莫近危阑倚
062　欧阳修：庭院深深深几许
066　宋祁：肯爱千金轻一笑
070　苏轼：十年生死两茫茫
074　苏轼：多情却被无情恼
078　苏轼：但愿人长久，千里共婵娟
081　苏轼：三十年前，我是风流帅
086　苏轼：共粉泪，两簌簌
090　苏轼：一朵芙蕖，开过尚盈盈
094　苏轼：冰肌玉骨，自清凉无汗
097　苏轼：燕子楼空，佳人何在
100　苏轼：此心安处，便是吾乡

103 秦观：柔情似水，佳期如梦

106 秦观：谩赢得，青楼薄幸名存

111 秦观：多情但有，当时皓月

114 秦观：一帘幽梦，十里柔情

117 秦观：雾失楼台，月迷津度

121 贺铸：谁复挑灯夜补衣

124 贺铸：锦瑟华年谁与度

128 周邦彦：纤指破新橙

131 周邦彦：念月榭携手，露桥闻笛

134 仲殊：残阳酒醒，一棹天涯

140 李之仪：只愿君心似我心

145 李之仪：不见又相思，见了还依旧

148 李清照：人比黄花瘦

151 李清照：才下眉头，却上心头

155 李清照：凤凰台上忆吹箫

158　李清照：寻寻觅觅，冷冷清清
163　辛弃疾：那人却在灯火阑珊处
166　赵令畤：断送一生憔悴
169　司马槱：檀板清歌，唱彻《黄金缕》
173　姜夔：淮南皓月冷千山
177　姜夔：长记携手处
182　谢希孟：我断不思量，你莫思量我
186　朱淑真：月上柳梢头，人约黄昏后
190　朱淑真：娇痴不怕人猜，和衣睡倒人怀
193　朱淑真：断肠芳草远
196　朱淑真：剔尽寒灯梦不成
200　严蕊：若得山花插满头，莫问奴归处
204　聂胜琼：况谁知我此时情
207　陆游：山盟虽在，锦书难托

晏殊：当时共我赏花人

木兰花

池塘水绿风微暖，记得玉真初见面。
重头歌韵响铮琮，入破舞腰红乱旋。
玉钩阑下香阶畔，醉后不知斜日晚。
当时共我赏花人，点检如今无一半。

晏殊邂逅的乃是一位歌舞妓。"池塘水绿风微暖，记得玉真初见面"，这是一个倒装句。记得和玉真的邂逅是发生在春天，在池塘边，当时，吹着淡淡暖暖的杨柳风。当然，她也可能不叫玉真，因为男人在不知道美女叫什么名字的时候，往往便喊她玉真。玉真是仙女的名字。邂逅时间是春天，地点在池上。池上又是哪里？总归不是凌波微步水上漂，就是池边的花丛里，或是池上的水阁里。当时，她穿着红裙在跳舞。

那是他第一次见到她，一见便忘不了。

玉真的歌声真美。有多美呢？"重头歌韵响铮琮"。什么是重头呢，就是一首词前后阕字句平仄完全相同，又叫双叠曲或重头词。比如晏殊这首《木兰花》便是。上下阕皆为"中平中仄平平仄（韵），中仄中平平仄仄（韵）。中平中仄仄平平，中仄中平平仄仄（韵）"。上片唱完了，下片接着唱同样的调儿。晏殊为什么特意指出唱的是"重头"呢？原来，这种"双叠曲"或"重头词"在下段的"重头"处，往往节奏旋律特别美妙动听。铮琮，玉石相击的声音，琴声、流水声都是这个象声词，她的歌声像玉石相撞、流水潺潺一样动听。

玉真的舞跳得真好。有多好？"入破舞腰红乱旋"。唐宋大曲在结构上分成三大段，名为散序、中序、破。入破，即为破的第一遍。北宋的陈旸在《乐书》中说："大曲前缓叠不舞，至入破，则羯鼓、襄鼓、大鼓与丝竹合作，句拍益急，舞者入场，投节制容，故有催拍、歇拍、姿制俯仰，变态百出。"原来，"入破"更能表现出"姿制俯仰，变态百出"的舞姿神韵，便给许多诗人墨客留下动情挥毫的空间。唐代诗人薛能："急破催摇曳，罗衫半脱肩"，因为舞步太快，连舞女身上的罗衫都滑到肩膀下去了。无疑，这是一个令男人们遐想不已的暗示……入破是舞蹈的高潮部分，其舞蹈动作最考验舞女的水平，所以，晏殊着重写了舞破的场面。

"玉钩阑下香阶畔""醉后不知斜日晚"，是写当时游宴之地，宾客喝酒一直喝到了傍晚。"当时共我赏花人，点检如今无一半"，当日欢乐的宴饮时光已经过去了很久，当时一起喝酒赏花的人，如今连一半都没剩下。说明，晏殊这场邂逅的时间跨度应该不小。人都哪里去了呢？"世上功名何日是，樽前点检几人非"，苏轼一语道破。为功名，升的有，贬的有，死的也有，功名路也同时通着黄泉路。

不过，说起来，晏殊的太平宰相一直做得四平八稳，自然不像苏轼一干人那样，升升沉沉，从极盛到极衰，人生百味都尝过，所以，纵然只是"如今点检无一半"，留在心底的也不过是说不清道不明的惆怅。

即使贵为宰相，风花雪月也不能只为他留存。花开花落，美人迟暮，也是无可奈何。日子过得越是滋润，他就越怕，害怕有一天这一切都不复存在了。他怀念她的青春年华，是因为自己在不知不觉间已经老了。"当时共我赏花人，点检如今无一半。"所以，晏殊一生信条之一，便是及时行乐，活在当下。

晏殊非常喜欢一个小妾。他经常和张先一起喝酒唱和，每次都把这个小妾叫出来陪酒唱词。晏夫人就吃醋了，跟他天天闹。晏殊怕老婆，就把小妾给卖了。张先再来的时候，不见小妾出来，问明原因，便当场写了一首《碧牡丹》，命营妓演唱：

步帐摇红绮。晓月堕，沈烟砌。缓板香檀，唱彻伊家新制。怨入眉头，敛黛峰横翠。芭蕉寒，雨声碎。

镜华翳，闲照孤鸾戏。思量去时容易。钿合瑶钗，至今冷落轻弃。望极蓝桥，但暮云千里。几重山，几重水。

晏殊听到"望极蓝桥，但暮云千里。几重山，几重水"时，终于忍不住感慨道："唉，人生在世，应该及时行乐，何必苦了自己！"立刻取钱，赎回了那个小妾。为什么老晏听到望极蓝桥这句时就感慨了呢？这里有个典故。

传说唐代有一个秀才名叫裴航，游鄂渚时，向同船的一个美丽女子作诗表达爱意。这女子便回了他几句诗："一饮琼浆百感生，玄霜捣尽见云英。蓝桥便是神仙宫，何必崎岖上玉清。"过了几年，他路过一个叫蓝桥驿的地方，感到口渴，便向路边的一位老婆婆讨口水喝。

老婆婆就喊孙女捧出一瓦罐子水给他。裴航见这女孩如仙子一般貌美，一见钟情，当场便向老婆婆求婚。老婆婆说："我只有这一个孙女，叫云英，昨个儿来了一个神仙，送了我一颗灵丹，他告诉我，得用玉杵和玉臼来捣药一百天才能炼成。你要娶她也不难，只有一个条件，以玉杵臼做聘礼就可以了。"

裴航说："好，就以一百天为限。我一定能找到玉杵臼。在这期间，你可不能把云英再许给别人了。"

裴航回去之后，当街一站，见人就问有没有玉杵臼，别人都把他当成精神病了。总算遇到一个卖玉的老头，告诉他虢州药铺卞老书有这玩意，又说："我看你小子挺诚心的，我就给你写封书信，他看到我的信，一定会把东西卖给你的。"裴航找到药铺一问，果然有这玉杵臼，不过却贵得很，他把仆人和马都卖了，才凑够了银子。结局是，药成，抱得美人归。后来，裴航也成了仙，与云英做了名副其实的神仙眷侣。

张先的意思是，美人易弃难再得，缘分错过了，你便是望断蓝桥也找不回来了。正如晏殊自己所说："落花风雨更伤春。不如怜取眼前人"，所以，便把小妾赎了回来。只是，这一卖一赎之间，实在令人觉得他这个人在女人问题上，确实用情不专，少了爱情的基调。论多情，他比他的儿子晏小山就差远了。

晏殊：昨夜西风凋碧树

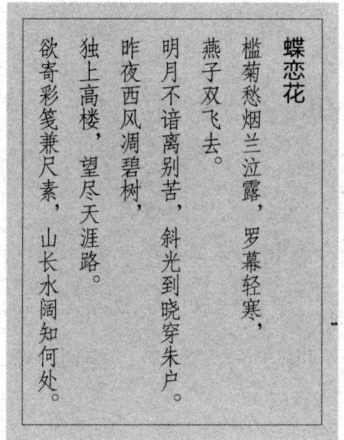

蝶恋花

槛菊愁烟兰泣露，罗幕轻寒，燕子双飞去。明月不谙离别苦，斜光到晓穿朱户。

昨夜西风凋碧树，独上高楼，望尽天涯路。欲寄彩笺兼尺素，山长水阔知何处。

这首小令意境纯净，语言明快，浅显易懂，无须做过多的解读。从"菊愁""兰泣"等字眼推测可知，词中的主人公是一位如菊似兰的高洁女子，罗幕轻寒，天气渐冷，燕子也不耐寒意，双双飞离，也暗指情郎不在，佳人独守空闺。燕子走了，连那天上的明月也不懂我的相思之苦，只知道斜照绣户到天明，连半点安慰都不能给我。

"昨夜西风凋碧树，独上高楼，望尽天涯路"为此词的亮点。从上句"斜光到晓"的"晓"字中可知，佳人因相思而一夜未眠。听了一夜的西风瑟瑟声，早上起来，她独上高楼，目极天涯，竟发现，一夜秋风，世界已经是满目秋意，碧树不再，落叶纷纷，簌簌而落。一个"凋"字，是全句亮点。那是侵入灵魂的一种寒，不是狂风暴雨，而是不知不觉的，便将万物生命力慢慢夺走的温度。

她听了一夜的西风，内心也如碧树一样，被萧杀的寒意侵袭，心似乎也跟着变冷。而唯一能够温暖她的，就是他。她捏着昨晚为他写下的书信。彩笺，这里指题诗的诗笺；尺素，指书信。她多想寄给他，让他知道自己有多么想他，可是，眼前只见群山绵延千万里，茫茫江水与天相接，他在哪里呢，信该寄往哪里呢？

这首小令写的是闺思,意境清凄,下片意境虽悲却开阔,没有一点纤柔颓靡的气息;语言也洗净铅华,纯用白描,给人一种不可言传的美感。

王国维《人间词话》中把此词"昨夜西风凋碧树,独上高楼,望尽天涯路"作为做学问的第一境界。

晏殊的一生基本上是顺风顺水,身任显职,享尽荣华。做大官的人多了去了,但像晏殊这样一辈子"无灾无难到公卿"的却少之又少。所谓伴君如伴虎,哪句话说得不对,甚至哪句诗写得模棱两可,都要被政敌抓住小辫子。而且,文人都是天生的愤青,说几句愤世嫉俗的话在所难免。晏殊这辈子最大的特点就是从不愤青。

吴处厚《青箱杂记》卷五记:"晏元献公虽起田里,而文章富贵,出于天然。尝览李庆孙《富贵曲》云'轴装曲谱金书字,树记花名玉篆牌'。公曰'此乃乞儿相,未尝谙富贵者'。故公每吟咏富贵,不言金玉锦绣,而唯说其气象。若'楼台侧畔杨花过,帘幕中间燕子飞''梨花院落溶溶月,杨柳池塘淡淡风'之类是也。故公自以此句语人曰'穷儿家有这景致也无'。"

脂砚斋甲戌本眉批:"近闻一俗笑语云:一庄农人进京回家,众人问曰,你进京去可见些个世面否?庄人曰,连皇帝老爷都见了。众茫然问曰,皇帝如何景况?庄人曰,皇帝左手拿一金元宝,右手拿一银元宝,马上捎着一口袋人参,行动人参不离口。一时要屙屎了,连擦屁股都用的是鹅黄缎子,所以连京中掏茅厕的人都富贵无比。"

鲁迅在《"人话"》中写到:"是大热天的正午,一个农妇做事做得正苦,忽而叹道:'皇后娘娘真不知道多么快活。这时还不是在床上睡午觉,醒过来的时候,就叫道,太监,拿个柿饼来!'"这是又一种穷人眼中的富贵。

"轴装曲谱金书字,树记花名玉篆牌"被晏殊讥为乞儿相,如同那认为皇帝连擦屁股都要用鹅黄缎子的农夫一样,恰是没见过世面的穷人相,而且不是一般的穷人,是乞丐,一穷到底的那种。

其实,晏殊说富贵或乞儿相,并不是指经济上的贫富,而是指人的心态。真正富贵的人,所过的乃是一种从容闲雅的生活,与金钱无关。那些动不动就把金钱富贵挂在嘴上的人,即使他富可敌国,也是假富贵,是暴发户,手头上虽然有钱

了,但心态上还是穷人心态。富不等于贵,晏殊所说的富贵,其实就是我们常说的"贵族气质"。

过着富贵生活的晏殊,他的词中并无半点金玉锦绣之言,优裕的生活却自然流露出来。晏殊对自己的富贵气质非常得意,有一次,便指着"梨花院落溶溶月,柳絮池塘淡淡风"向人说:"穷人家有这样的景致么?"不过,这句话不说倒好,说出来倒有些穷酸气了。况且,穷与富是相对的,或者说,穷也有穷的风骨,比如范仲淹"塞下秋来风景异"的穷寨主气,比如"空床卧听南窗雨,谁复挑灯夜补衣"的相濡以沫的贫贱夫妻感情。

优哉游哉的生活到底还是需要经济基础的,疲于奔命的人,无论如何也闲雅不起来。皇帝看到官员们闲时都把时间用在宴饮上,只有晏殊大门不出二门不迈,在家读书,便当着百官的面儿,说:"你们都要向晏殊学习啊,不要把时间都花在不务正业上。"那晏殊却回答:"不是我不想玩,只是家里没钱,玩不起呀。"你看这话说得多实在,我不玩,是因为我没钱,我没钱,是因为我当官的油水还不多。油水不多,为何?不捞不贪。既不在百官中孤立自己,又不驳皇帝的面子。晏殊后来一路公卿,想来与他的这种"不得罪人"的为人之道有很大关系。

后来,他的门生小宋也说了同他类似的话。只是,晏殊比小宋厚道多了,他和小宋都爱摆谱,把自己搞得特有情调。其实,从根儿上说,这也是因为穷怕了。在意富贵不是真正的富贵,倒是他儿子晏小山,老晏给他留下万贯家财,他顺手就抓来一把送人,搞得自己没钱了,只好吃糠咽菜。这才是真正的富公子相,所谓一掷千金,挥金如土,视金钱如粪土。

《浣溪沙》是晏殊富贵风格的代表作品。重神而不重堆砌,一改五代花间词动辄堆金砌玉的风格,不着一金,不饰一银,一位"小园香径独徘徊"的富贵公子形象跃然纸上。

一曲新词酒一杯,去年天气旧亭台。夕阳西下几时回?
无可奈何花落去,似曾相识燕归来。小园香径独徘徊。

据说，这句"无可奈何花落去，似曾相识燕归来"的著作权并不完全属于晏殊。晏殊有一次去杭州时路经扬州，下榻大明寺，寺间墙壁上题诗很多，他闭上眼睛，沿壁而行，让侍者为他读墙壁上的诗作，但不许念出作者的名字。他听了很多诗都不满意，直到听到最末一首才开始留意，得知作者是当时在江都担任县尉一职的王琪，晏殊便派人请来王琪，与他饮酒论诗。饭后，池边散步，见池上落英缤纷，便想起一件事，说："我有一句'无可奈何花落去'，怎么也想不出下句来，你帮我想一句出来。"王琪应声说："似曾相识燕归来。"于是，宋词中便有了这首《浣溪沙》的雍容花香。

不过，人们惊异地发现，宰相填词，有时也不能免俗。晏几道极力维护父亲的声誉，说道："先父虽然平日里所作的小词很多，却没有一句模拟妇人的话语。"他的朋友蒲传正当即反驳："'绿杨芳草长亭路，年少抛人容易去'，这不就是妇人语吗？"好在晏几道伶牙俐齿，立刻说道："原来你的理解，是将'年少'当作'所欢'（妇人的情郎）来解。那么照这样的解法，白居易'欲留年少待富贵，富贵不来年少去'这一句诗，也可以读作'欲留所欢待富贵，富贵不来所欢去'，原来是等待情郎的意思了！"

就算不太精通古文的读者，大概也能看出来，小山是在强辩。想不通，小山大部分诗词都是为歌女而作，为什么又要为父亲辩解呢？而且小山大可不必为父亲这样辩解。女人在晏殊一生中也占据了很重要的位置，他家中蓄妓，妻妾成群，本质上和柳永逛青楼、喝花酒并无不同。所不同的是，他喝完花酒，拿起笔来，写的是富贵闲愁，是"无可奈何花落去"，世间的富贵、幸福与快乐，就好像花儿一样，今天开了，明天又谢了。他所担心的，是人生易逝，良辰美景难再得；柳永、晏小山却把感情投入得太深，心思都在女子身上，不过是着重点不同罢了。

晏殊：鸿雁在云鱼在水

清平乐

红笺小字，说尽平生意。
鸿雁在云鱼在水，惆怅此情难寄。
斜阳独倚西楼，遥山恰对帘钩。
人面不知何处，绿波依旧东流。

"红笺小字，说尽平生意"，晏殊连写相思都要这样雅致。其实，雅致的不光是晏殊，那是属于宋人的雅致。我们一边羡慕这样的雅致，一边却又嫌它太麻烦了。如今，只需一枚小小的手机，情话随传随到。亲呀爱呀，实在腻味得很，连什么时间睡觉、什么时间吃饭、吃的什么，都要通过短信一点不差地传来传去。爱情，来得浓烈，去得却也飞快。古人没有这样的便利条件，不过，他们发明了"情书"，情话写成诗词，肚子里有墨水没墨水一目了然。

既然是送给情人的，那用纸便不能太马虎。红笺，一种方形桃红色的纸，大概类似于现在的贺年卡。红笺的发明人就是唐代女诗人薛涛。

这个薛涛可不简单，才情应在李清照之上。据说，在她还是小女孩时，就才气惊人。一天，父亲咏出："庭除一古桐，耸干入云中。"薛涛立刻接道："枝迎南北鸟，叶送往来风。"可见，才华这东西真是天生的。只是女孩的父亲却高兴不起来，担忧地说："这女孩长大后怕是要沦为娼妓。"

薛涛十六岁堕入乐籍，侍酒赋诗、弹唱娱客，被称为"诗伎"。剑南节度使韦皋爱惜薛涛之才，准备奏请朝廷，让薛涛担任校书郎，让她掌管校理典籍的工作。

不过薛涛是女儿身,这件事到底没弄成。如果韦皋此举能够成功,怕会改写中国女性史吧,只是,他到底没能拧过历史的大腿。但薛涛"女校书"之名已不胫而走,而且,又落了个"扫眉才子"的美名,令男人着实小小地酸了一把。后来,她和大诗人元稹搞姐弟恋,一度闹得沸沸扬扬,只是元稹到底没有勇气跨过世俗那道门槛。爱情,任我们在诗书中说得天花乱坠,海枯石烂,终不敌世俗那点利益牵绊。爱你是一回事,娶你是另一回事;爱情是一回事,婚姻是又另一回事。

但薛涛自此便终身不嫁,退隐到成都郊外浣花溪。她从百花潭取水,制成一种粉红色的小彩笺,裁得细长,在上面细细美美地写上诗句,很多诗人才子都收到过这种题诗的小彩笺,皆爱不释手,后人称之为"薛涛笺"。唐末韦庄有《乞彩笺歌》说:"浣花溪上如花客,绿阁深藏人不识。留得溪头瑟瑟波,泼成纸上猩猩色。"说的就是薛涛在浣花溪制笺的事。当然,薛涛笺不光有红色,而是共有十种:深红、粉红、杏红、明黄、深青、浅青、深绿、浅绿、铜绿、残云。红色较为喜庆,所以,那些有关情爱的美好语句便都抄写在这样的红笺之上。

"欲寄彩笺兼尺素,山高水阔知何处。"彩笺亦是红笺,情书已经写成,却不知道该寄往何处。"鸿雁在云鱼在水,惆怅此情难寄",古人有"雁足传书"和"鱼传尺素"的说法。唐权德舆《寄李衡州》中说:"主人千骑东方远,唯望衡阳雁足书。"古乐府《饮马长城窟行》:"客从远方来,遗我双鲤鱼。呼儿烹鲤鱼,中有尺素书。""鸿雁在云鱼在水",表明作者无法托它们为自己送信。其实,自己的感情又何尝不是鸿雁在云鱼在水,就像泰戈尔说的那样:"世界上最遥远的距离,是飞鸟与鱼的距离,一个翱翔天际,一个却深潜海底。"大海映照着天空,鱼看到鸟在飞,鸟看到鱼在游,鱼爱上了鸟,鸟也爱上了鱼。可是,他们只能生活在自己的世界里,纵然相爱,也无法在一起。

"斜阳独倚西楼,遥山恰对帘钩"是说傍晚时分,词中的男主人公倚在西楼上,独对斜阳,从倚楼人的视角看去,那远山残阳的图景正好映入挂起的帘幕中间。可想而知,这是一幅很美的画卷。帘钩又叫帐钩,古人睡觉床上都有幔,睡觉时拉上,白天就用帘钩挂起。秦观有"宝帘闲挂小银钩"之句,小银钩就是银制的帘钩。

读者可能会注意到，古人爱言西楼，西楼在诗词中出现的频率很高。李煜有"无言独上西楼"，李清照有"月满西楼"，西楼，顾名思义，就是建在主体建筑西边而楼梯向东的小楼。因为人在西面可以很方便地看到"月出东山"，尤其是在深夜，月亮正好挂于西楼窗前。所以，在诗词中，西楼和月亮的意象往往一起出现。在《周易》中，西方为兑卦，兑为少女，所以，古人常按风水的原理，让少女住在西楼，这就是所谓的"天人合一"。西楼，或指闺房，或指聚会之所，或指孤独寂寞的居所，或指登高望月怀远的地点。总之，在诗词中，言及西楼，不是伤心地，便是幽会之所。男子上西楼，那多半是来幽会吧。

"人面不知何处，绿波依旧东流"，这一句化用于崔护的《题都城南庄》的"人面不知何处去，桃花依旧笑春风"。只是，凭心而论，这句的意境远不及崔护的内涵深远。也许，晏殊确实于男女之情上到底灵气差了些，便是写相思，也放不下士大夫的架子。晏殊是不会为任何人说出"衣带渐宽终不悔，为伊消得人憔悴"那些不计后果的话的，便是相思，也写得淡如清茶，只是一句"惆怅此情难寄"。这也是一种情吧，经得起平淡流年，时时感于心、动于情，那是一种很纯洁的情愫。鸿雁在云鱼在水，飞鸟和鱼的距离，我不入水，你也不要上岸，生活仍然是天高云淡，就这样吧。

林逋：罗带同心结未成

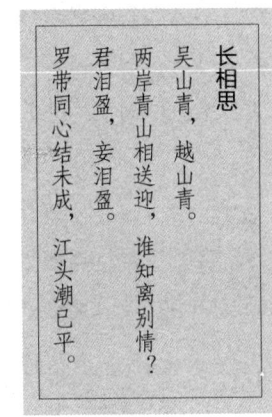

长相思

吴山青，越山青。
两岸青山相送迎，谁知离别情？

君泪盈，妾泪盈。
罗带同心结未成，江头潮已平。

这首《长相思》的作者正是"梅妻鹤子"的那个林逋。林逋一生未娶，隐居杭州孤山二十余年未踏足城市。翻遍了史书，未见一字与桃色新闻有关的逸闻轶事，林逋一生不近女色，很少有人提出质疑。只是奇怪，他为什么会写出这样一首情意绵绵的词来。

人不管做什么事情，只要做到极致就成功了。林逋就是这样，他把隐士这一职业做到了极致，所以，林逋出名了。

林逋一生未娶，没老婆就总得找点别的乐子，没事养养宠物，种种花。他的宠物可不是猫猫狗狗，他养了两只白鹤，"纵之则飞入云霄，盘旋久之，复入笼中"。没事就划着船，绕着西湖转圈儿，到沿岸的寺院里和高僧"诗友相往还"。若这时家里来了客人，他就让家童把鹤放出来，林逋一看鹤飞起来了，就摇着小舟回家了。原来，林逋养鹤还兼有通讯功能呢。

古人爱鹤，鹤在古人的生活中享有特殊的地位。鹤看起来美丽高贵，很有仙气，又称仙鹤，所以，鹤就成为一个吉祥的象征。祝寿时，画一棵松树，画一只单腿而立的鹤，这叫松鹤延年；人死了，都说驾鹤西游；成仙得道的人都以鹤作为坐

骑。《诗经》中有"鹤鸣九皋,声闻于天"的诗句,于是,鹤又用来形容身怀高洁之志的人。鹤好栖于山泉野林,颇合古代君子之隐逸风尚,所以林逋养鹤,就有一种"我不是凡人"的意思。

林逋一生只种梅花。他的一首咏梅诗非常有名。

众芳摇落独暄妍,占尽风情向小园。
疏影横斜水清浅,暗香浮动月黄昏。
霜禽欲下先偷眼,粉蝶如知合断魂。
幸有微吟可相狎,不须檀板共金樽。

——《山园小梅》

据说,他在孤山种了三百多株梅花,依靠自己的辛勤劳动,出售梅花、梅子,一点一滴地赚取生活所必需的柴米油盐、粗布麻衣。

林逋"调鹤种梅如性命",世人戏称为"梅妻鹤子"。他也爱写诗,奇怪的是,他写完之后,就把纸揉成团,扔掉了。别人见了,觉得可惜,说:"你写得一手好诗,为什么不留下来,结成集,留传后世呢?"林逋说:"我隐居在这里,活着的时候不求出名,死后还要什么名?"他流传下来的三百多首诗,都是别人偷着记下来的。

其实林逋这种做法也有些让人难以捉摸。爱诗的人遇到好诗便喜不自胜,这原是出于喜好,与名利无关。柳永奉旨填词,唱遍柳巷,凡有井水处,皆能歌柳词。虽出名,但为的肯定不是一个"名"字。林逋这一做法,多少有"作秀"之嫌。

有人劝他娶妻生子,林逋淡淡一笑,道:"人生贵适志耳,志之所适,方为吾贵!"意思是,我觉得没老婆比有老婆自在,单身贵族的生活更适合我,我为什么还要娶老婆呢?老婆不娶,一生隐居乡间,更没机会认识个把"文艺女青年",连个绯闻也没有。不过,这首《长相思》却非常出名。

"吴山青,越山青",钱塘江北的吴山,钱塘江南的越山,开头采用起兴手法和对比的循环句式，是《长相思》的鲜明特征。兴，就是托物起兴，先言他物，进而生发联想，引出作者要表达的主题。

"两岸青山相送迎，谁知离别情？"吴山和越山夹岸相对，迎来送往着船只过客，但它们哪里晓得人间的别离之苦？

"君泪盈，妾泪盈。罗带同心结未成"。同心结是古代男女定情之物，"结未成"则表示这个同心结没打成，表明这不是一次暂时的离别，而是永久的，是情人间的各奔东西。所以，这对青年男女临行时，都泪水盈盈。

"江头潮已平"，船儿就要起航了，分手在即。不说分手，也不说心上人要远行了，却说江头潮已平。那一江潮水，茫无边际，心上人即将随着这无边的江水顺流而下。

这首词在艺术上最显著的特点是反复咏叹、情深韵美，具有浓郁的民歌风味。词采用了民歌中常用的复沓形式，在节奏上产生一种回环往复、一唱三咏的艺术效果。句句押韵，连声切响，以声助情，用清新优美的语言，唱出了吴越青山绿水间的地方风情，创造出一个隽永空茫、余味无穷的意境。

据说，林逋去世之后，白鹤围着他的坟墓悲鸣三天三夜后，也绝食而死，孤山上的梅树都二度重开。宋仁宗深深震动，"嗟悼不已"，特赐予"和靖先生"的谥号。北宋灭亡后，宋室南渡，赵构定都杭州，在孤山上修建皇家寺庙，勒令山上所有寺院宅田墓坟都必须迁出，却唯独保留了林逋的坟墓。

终身不娶、亦无绯闻的林逋可有铭心刻骨的爱情经历？宋朝的正史和野史都无记载。但明朝张岱在《西湖梦寻》中说，南宋灭亡后，曾有盗墓贼以为林逋是大名士，必有许多陪葬宝物，但他们挖开林逋的坟墓后，竟只找到一方端砚和一支玉簪，令其大失所望。

联系到他墓中的传奇玉簪，想来林逋写下这首凄美忧伤的《长相思》时，大概并不是"闲情一赋"吧？他可能确实经历过一段"罗带同心结未成"的生死恋情，才"曾经沧海难为水，除却巫山不是云"，矢志不娶，以致抱着心上人的玉簪，含泪九泉吧。

范仲淹：月华如练，长是人千里

> **御街行·秋日怀旧**
>
> 纷纷堕叶飘香砌。夜寂静，寒声碎。
> 真珠帘卷玉楼空，天淡银河垂地。
> 年年今夜，月华如练，长是人千里。
>
> 愁肠已断无由醉。酒未到，先成泪。
> 残灯明灭枕头欹，谙尽孤眠滋味。
> 都来此事，眉间心上，无计相回避。

每读范仲淹的词，只觉一片苍凉，也许是因为那首有名的《渔家傲》先入为主的缘故吧。

塞下秋来风景异，衡阳雁去无留意。
四面边声连角起，千嶂里，长烟落日孤城闭。
浊酒一杯家万里，燕然未勒归无计。
羌管悠悠霜满地，人不寐，将军白发征夫泪。

范仲淹这首词可不是在书斋里憋出来的，词中的白发将军正是他自己。欧阳修读过此词后，大笑，这就是穷塞主嘛。

什么叫穷塞主呢？范仲淹领兵打仗，自然应该豪气干云，意气风发，可惜，这个边关守将只会关起寨门，唱着凄苦的词曲，显得太穷酸了。

按说，范仲淹是个读书人，怎么又做了将军呢？原来，利用手中兵权夺了别人天下的宋朝皇帝害怕别人也用同样的办法抢了他的宝座，所以一直重文轻武，只鼓励老百姓读书，不赞成他们习武打仗。宋朝老百姓倒因此而享了一阵子福，可是，繁华的东京就像一块诱人的烤肉，早把边塞天天吃沙子的西夏人馋得口水直流了。西夏人兵临城下，皇帝一声令下，五十二岁的范仲淹只好骑上马，端起大刀，打扮成将军的样子。白头文将军能领兵打仗吗？

论骁勇善战，宋兵和女真绝不在同一水平线上，但打仗不是靠蛮力就能打赢的。范仲淹的打法很奇特，先是严防死守，按兵不动，接着，看准机会，就地修城，十天内修成了一座孤城——大顺城，好像锲子一样，扎入西夏军腹地，与前面宋军修筑的各个堡寨驰逐照应，把阵地守得固若金汤。元昊的铁骑再剽悍，也只能望而兴叹，只好求和，从此换来北宋五十年的边界和平。西夏人对范仲淹佩服得五体投地，送了他一个外号"小范老子"。

这首《御街行》婉约中亦有苍凉。单看每一句，句句柔情；整合起来看，却是一副铁骨铮铮的男子汉的言语。读到"愁肠已断无由醉。酒未到，先成泪"，却让人想起"羌管悠悠霜满地，人不寐，将军白发征夫泪"的老泪纵横状。

上片很好理解，"真珠卷帘玉楼空"，暗示思人的是一位闺阁中的女子。"年年今夜，月华如练，长是人千里"，显然，这是一个特别需要纪念的日子，或许是中秋，或许是她和他相识的纪念日也说不定。

愁得只想喝酒，喝了酒就不愁了吧，酒杯还没有端到嘴边，泪水已经叭嗒叭嗒地往下掉。灯油快没了，只剩下一点小火苗忽明忽灭地跳着。一个人歪在枕头上，翻来覆去地睡不着。这孤枕难眠的滋味真不好受啊，愁在心里，说来就来，怎么能逃得掉呢？

小别胜新婚，但久别却不免成悲。太遥远的爱情总是不太让人可信。他是否还会再回来，是否已经另有了新欢？一切都是未知，只是倍加折磨当事人。痴女子等待了多年，等来的往往是心上人的移情别恋。她岂是没有预见到这样的结局？只是，纵然最终的结果是背叛，即使在寂寂长夜中，尝尽孤枕难眠的滋味，她还是要等！

只是令人不解的是，以"先天下之忧而忧，后天下之乐而乐"的范仲淹为什么突然间蹦出来这样一首情意绵绵的作品来呢？以范仲淹的性子，他应该不是随便说说的人。他说相思，那便是真的相思了。范仲淹不仅有相思人，虽然费尽周折，到

底有情人终成眷属。

仗打完了,"小范老子"回到了京城。他是一个闲不住的人,嘴上更是不饶人,一来二去就把宰相给得罪了,被贬往江西鄱阳任饶州知州。没想到,这一去就生出了一段风流才子与红楼佳人的故事来。

和大多数宋朝的文人一样,范仲淹爱上的也是一位青楼女子,只是,他不像别人那样,只是写几首肉麻的酸词就算了,他要给自己所爱的女人一个名分,把她大大方方地娶回家。

她名叫甄金莲,原本也是官宦之女,幼年时父母双亡,被叔父卖到了青楼。从小就受到良好教育的甄金莲不仅能诗擅词,还会指画筷书。范仲淹一下子就喜欢上了这位才色不俗的女子。

不过,甄金莲是官妓,在没有从良之前,官员别说迎娶,就是想和妓女过夜也是不允许的。就这样,二人只能各自藏起对彼此的爱意,保持着纯洁的知己关系。

后来,范仲淹到别处做官,一晃几年过去,回到京城后,仍然对姑娘念念不忘,于是写了一首《怀庆朔堂》,寄给接任的老朋友魏介:"庆朔堂(二人饮酒论诗之所)前花自栽,便移官去未曾开。年年忆着成离恨,只托春风管领来。"意思是说,我在庆朔堂前亲手栽了很多花,我离任之前花还没开过,我每年都想它们盛开的样子,只好托春风把花香送到我的梦里。

他还附寄胭脂一盒,托魏介转交甄金莲,并题诗曰:"江南有美人,别后常相忆。何以慰相思,寄汝好颜色。"

魏介一看,这老范啊,有话直说嘛,不就是想让我帮忙把你的心上人送到你府上嘛,于是出钱帮甄金莲赎了身,遣人将她送到范仲淹家里。有其贺联可证:

> 庆朔堂前,桃李春风欣结子。
> 鄱阳湖畔,渔舟唱晚贺来迟。

据说,新婚之夜,甄金莲还是女儿之身。

张先：闲花淡淡春

醉垂鞭

双蝶绣罗裙，东池宴，初相见。
朱粉不深匀，闲花淡淡春。
细看诸处好，人人道，柳腰身。
昨日乱山昏，来时衣上云。

　　在宋代，男人狎妓是一种时尚，而且很值得男人们对此大书特书一番。才子们只要结识了漂亮的女人，就要写一首词来炒作一下。这不，张先就在酒宴上看上了一个歌舞妓，也不知道她叫什么名字。不过，在张先笔下，她化成了纯洁的女神，简直不食人间烟火了。

　　"朱粉不深匀，闲花淡淡春"，传神地写出了她孤洁的气质。"闲花"说明她淡然自如，不与百花争妍，却自有一番独特的风韵。出于取悦男人等目的，其他舞女个个浓妆艳抹，把自己打扮得妩媚妖娆，而她只是随意地在脸颊上扫了点脂粉，是出于自信，还是不屑取悦座中人？总之，这就是她，不装扮，不做作，不冷，不热，不浓，不淡。岂不知，"闲花"虽只有"淡淡春"，却大有一枝独秀的风致，反而格外引起了张先的注意。

　　下阕对舞女做了进一步的描述。"人人道，柳腰身"——这是座中男人们的最爱；"昨日乱山昏，来时衣上云"——这才是我张先心中的仙子。

　　"昨日乱山昏，来时衣上云"颇为难解。有人认为，舞女裙子上绣着云朵一样的花纹，跳舞的时候就像群山里的云一样，令人眼花缭乱。但我以为，这样的解释

很不符合这舞女的气质。难道,这句"昨日乱山昏,来时衣上云"不是暗示舞女就像"且为朝云,暮为行雨"的女神一样飘然而至吗?不信,你看,她的衣服上分明还环绕着昨日在群山中行雨归来的白云。或者这句不过是说,舞女穿着的长裙跳舞,就像一朵白云一样飘逸美丽。

不知这词中"闲花淡淡春"的女孩子姓甚名谁,张先一生像这样的艳遇颇多,大概连他自己都懒得去打听女孩子的芳名了。《历代词话》载,张先有一次去玉仙观,路上偶遇名妓谢媚卿,两个人"一见慕悦",没说上几句话,便眉来眼去,直奔主题。风流才子和名妓一夜风流,这事搁现在得赶紧捂起来,不然便恐有"艳照门"事件自毁前程。但张先却特别为这次邂逅写了一首《谢池春慢》词:

缭墙重院,时闻有、啼莺到。绣被掩余寒,画幕明新晓。朱槛连空阔,飞絮知多少?径莎平,池水渺。日长风静,花影闲相照。

尘香拂马,逢谢女,城南道。秀艳过施粉,多媚生轻笑。斗色鲜衣薄,碾玉双蝉小。欢难偶,春过了。琵琶流怨,都入相思调。

像这类有名有姓的"神女"级艳遇还有很多,如《师师令》:

香钿宝珥,拂菱花如水。学妆皆道称时宜,粉色有、天然春意。蜀彩衣长胜未起,纵乱云垂地。

都城池苑夸桃李,问东风何似。不须回扇障清歌,唇一点、小于珠子。正是残英和月坠,寄此情千里。

"蜀彩衣长胜未起,纵乱云垂地",又是云。看来,张先对"云"情有独钟。

张先一生都混迹于青楼酒馆间,从小张变成老张,情场魅力却依然不减。老年在杭州时,他经常给歌妓填词,不知怎么的,偏把一个叫龙靓靓的女子给漏掉了。"难道是自己长得太丑?"靓靓照照镜子,好像也不算丑嘛。哼!她噘着小嘴写了一首诗给张先：

> 天与群芳千样葩，独无颜色不堪言。
> 牡丹芍药人题遍，自分深如股子花。

说自己是没颜色的股子花，所以张先才不给自己题词，真是委屈极了，看得张先急忙哄道："哎呀，哪里，哪里，你太漂亮了，美得难以形容，一直想不出最动听的词儿来夸你呢！"于是为其作词《望江南》：

> 青楼宴，靓女荐玉杯。一曲白云江月满，际天拖练夜潮来，人物误瑶台。
> 醺醺酒，拂拂上双腮。媚脸已非朱淡粉，香红全胜雪笼梅，标格外尘埃。

"白云江月""际天拖练"，哈，又是云。佳人喝醉了酒，脸上带了红晕，还特别强调，这可不是涂了胭脂的，纯天然的，裸妆。看来，张先对女孩子的外貌的要求是很严格的，化了妆才漂亮的都不算美女，素面朝天还像化了妆一样漂亮的才是真美女。

不过，在张先这些赠妓的词作中，我独爱这首《醉垂鞭》。说起来，张先是一个情场浪子，情用得虽多，但大都是逢场作戏。那词中的女子多是"外貌协会"的，有貌而无神，只有这《醉垂鞭》，却是抓住了舞女的神韵，"朱粉不深匀，闲花淡淡春"。只是，我希望，这朵小闲花不要被张先这朵老梨花给采摘了才好。

我对张先的印象不是太好。张先八十岁时还娶了一个十八岁的小妾。苏轼还送了一首诗逗他："十八新娘八十郎，苍苍白发对红妆。鸳鸯被里成双夜，一树梨花压海棠。"没想到，人家八十五时又娶了一个少女，苏轼又赋诗一首表示"祝贺"："诗人老去莺莺在，公子归来燕燕忙。"意思是说，你死的时候，莺莺还活着，年轻的公子就会来取代你的位置了。这时候，老蜜蜂只好认输，回诗道："愁似鳏鱼知夜永，懒同蝴蝶为春忙。"意思是，我像一条孤单的鱼一样，娶妾只为有

个伴,哪还有精力像年轻小伙子做那些风流之事了。只是不懂,那十八岁的少女是否愿意来伴他这个入了半截黄土、只剩下一头梨花的老头子?一树梨花听起来挺美,实话起来可真不怎么好看!清代学者桂馥,七十多岁丧妻,老来无伴,有人便劝他纳个小妾。他却说:"白居易在这岁数已经遣散樊素和小蛮,我这个年纪做新郎,不是害人家姑娘吗?"比起张先来,这个桂馥实在有人情味得多。

张先：不如桃杏，犹解嫁东风

> **一丛花令**
>
> 伤高怀远几时穷？无物似情浓。离愁正引千丝乱，更东陌、飞絮濛濛。嘶骑渐遥，征尘不断，何处认郎踪？
>
> 双鸳池沼水溶溶，南北小桡通。梯横画阁黄昏后，又还是、斜月帘栊。沉恨细思，不如桃杏，犹解嫁东风。

《绿窗新话》引《古今词语》说，张先年轻时，曾疯狂地喜欢一个小尼，经常"月上柳梢头，人约黄昏后"。可是，庵里的老尼非常严厉，把小尼关在池中岛的阁楼上，不准他们相见。这可难不到张先，他让小尼在晚上时放下梯子，自己偷偷划船过去，登上梯子，溜进屋子，天亮之前再悄然离开。这样约会了多日，老尼竟未发觉。后来，张先另有了新欢，便不再来赴约，甚至连句道别的话都没有。小尼望穿秋水，"日日思君君不至"，郁郁成疾。张先对这一段偷情经历也十分怀念，后来听说小尼的事情后便填了一首词，这就是著名的《一丛花令》的来历。

此词以女子的口吻，抒发在情人离开后独处的相思和惆怅。结尾三句，"沉恨细思，不如桃杏，犹解嫁东风"，化用李贺《南园》诗中"可怜日暮嫣香落，嫁与东风不用媒"之句，将女子的心态刻画得极为细腻，生动地表现出她对青春的珍惜、对爱情的期盼。

"伤高怀远几时穷？无物似情浓。"这话问得好。人什么时候能不做这种登高怀远的蠢事呢？但接着他又说，无物似情浓，没有什么东西能比感情这种东西更让人伤心难过的了。不过，既然知道感情这东西非常重要，张先你就不应该这样始乱

终弃的呀!

"嘶骑渐遥,征尘不断,何处认郎踪!"两人分手了,他骑着马儿一步一步走远了。在朦胧的光影中,只听到马儿的嘶叫越来越远。地面上腾起尘土,同漫天柳絮一搅拌,连人影都消失了。

"双鸳池沼水溶溶,南北小桡通。"下片,画面转入黄昏,她依旧回到自己居住的地方。那是一座孤零零的小楼,楼前有一方池塘,长满了密密春草。塘水一直向前伸展,远处横着一排树,池上浮着一对鸳鸯。地方倒是挺幽静的。

小桡,短桨,代指小船。如赵彦端《水龙吟》词:"休问无情水驿,载幽怀,小桡轻橹。""南北小桡通"粗看像一句闲文,其实,这是女子在怀念情人半夜划船来与她幽会的往事。

她记起了她和他那段美好的生活。特别是当她从小楼上看下去时,看见一对对鸳鸯在池塘里戏水,她就想起:在池塘的对岸,她一眼就能认出来的那只小船正在水面上慢慢飘过来;而每一回都引起她的心脏在强烈跳动……

"梯横画阁黄昏后,又还是、斜月帘栊。"通往小楼的梯子在黄昏时拉了上去,明月斜斜地照进帘栊。于是,她幽幽地唱道:

> 楼上黄昏欲望休,
> 玉梯横绝月中钩。
> 芭蕉不展丁香结,
> 同向东风各自愁。

这是李商隐的《传赠》诗,诗中写的是一位女子欲和情人幽会而不得的愁怨。诗中的女子也住在这样一座小楼上,每天充满了甜蜜和喜悦地等着情郎到来。他来了,她便将梯子放下来,等他攀上来,再一起动手把梯子收回去。从他走后,这梯子横在角落里,已落满了灰尘。

她伸出手指想擦拭一下梯子上的灰,几滴泪却落在指尖上。算了吧,她站起来，习惯性地掸一下身上的灰，低头的一瞬，发现，自己这一身素衣在月光下，竟也有几分仙姿呢。可是，这样的美对自己又有什么用呢？她怅然地叹口气，想起和他缠绵缱绻的情景。女人来世上一回到底是为什么呢？似乎只有嫁给他，做世间男女该做的事，她的美才有了意义。

隔着窗棂，她望见盛开的桃花和李花。它们今年开得似乎比往年固执，往年这时候早该落花了，现在却仍然红艳艳地开着。它们贴着窗棂，枝干枯瘦，花朵却异样地丰满。和他在一起的那段日子，她就是这般模样，细瘦中透着惊艳的野性。她走近前，想拈一朵插到头上，却发现，那窗下的地上，已落满了一层粉粉的花瓣，绕着树干围了一圈，像女孩展开的舞裙。那新展的小叶里，却已经藏着几个青青的小果子了。想到这儿，她心里突然有一股强烈的怨恨——"不如桃杏，犹解嫁东风"。

她怨，这样暗暗凋落的光阴有什么意义！还不如桃花，落了也还能结个果子呢！李贺不是说过，"可怜日暮嫣香落，嫁与东风不用媒"吗？自己竟连一朵桃花都不如！

故事到此就结束了。在宋朝黄昏的窗棂中，有多少这样美丽而孤独的剪影呢？在青灯古佛的寂寞中，她还能落得个清洁的心，而那些被迫嫁人或沦落风尘的女子，终生都如飘萍。任人摆布的女人，只有一世的泪水和苦难。

对才高八斗、富贵挡都挡不住的张先来说，一个小尼实在算不得什么，小尼的爱显然用错了对象。爱情这东西，你爱对了人，便是蜜糖，遇人不淑，就是一味黄连。琴操得不到东坡的爱，便自愿出家，一袭素衣，换得短暂的安宁，那原因，不过想冲淡一下黄连的苦味，将人生变一盏清茶。

小尼的故事结束了，张先的故事还在继续。

小张先十七岁的欧阳修，听人传唱这首词后，非常喜欢，一直想结识他，但苦于没有机会。后来，张先主动去拜访欧阳修。欧阳修在屋里听到门人通报，惊喜过望，倒穿着鞋子，就匆匆忙忙地奔出去迎接，边奔边笑道："哎呀，'桃杏嫁东风郎中'到了，快请进！快请进！"这次寻访，不仅留下一段"倒履迎客"的文坛佳话，还使张先又获得一个"桃杏嫁东风郎中"的绰号，真是一举两得。

张先：心似双丝网，中有千千结

千秋岁

数声鶗鴂，又报芳菲歇。
惜春更把残红折，雨轻风色暴，梅子青时节。
永丰柳，无人尽日花飞雪。

莫把幺弦拨，怨极弦能说。
天不老，情难绝。
心似双丝网，中有千千结。
夜过也，东窗未白孤灯灭。

《千秋岁》这个词牌名大有来历。据《旧唐书》记载，唐玄宗的生日是农历八月初五，有一位大臣为拍马屁，就上奏折，请求将唐玄宗的生日设为"千秋节"。这个马屁拍得很对路，第二年，在得到群臣赞成的情况下，即公元729年，唐玄宗、杨贵妃二人在花萼楼前宴请文武百官，举行盛大的宴会和乐舞表演，庆祝第一个"千秋节"，同时将千秋节定为国家法定节日，每逢此日，朝野同欢，"天下诸州咸令宴乐，休假三日"。《千秋岁》便是唐教坊为这个节日专门创作的大型曲目。

上阕写暮春的景色，鶗鴂，杜鹃鸟。《离骚》："恐鹈鴂之先鸣兮，使夫百草为之不芳。"唐白居易《东南行一百韵寄通州元九侍御等》："残芳悲鶗鴂，暮节感茱萸。"杜鹃一叫，就意味着春天过去了，百花凋零。张、白二人皆化用屈原诗句而来。

从"又"字看，她的这段相思已经持续很久了，最少也有两年了吧，这一年也要过去了，他们的爱情还是没有一个结果。

"惜春更把残红折，雨轻风色暴，梅子青时节。"大风折断了花枝，吹落了未成熟的梅子，这都是爱情遭受变故的征兆。

"永丰柳，无人尽日花飞雪"，永丰柳是孤独的象征。唐代诗人白居易在洛阳永丰坊闲逛时，看到西南角有一荒园，便走了进去，发现里面有一棵巨大的垂杨柳，柳树枝条金黄，柔如发丝，极为罕见，便写下这首《杨柳枝词》：

一树春风千万枝，嫩于金色软于丝。
永丰西角荒园里，尽日无人属阿谁？

白居易说，这柳树甚是美丽，却长在人迹罕至的荒园里，空有婀娜之姿却无人垂爱，无人赏识，真是可惜呀。唐宣宗读到白居易的这首词后，便派人到永丰坊折了两条柳枝插植于皇宫，永丰柳从此天下扬名。北宋苏轼还把永丰柳隐括入《洞仙歌》词，有"永丰坊那畔，尽日无人，谁见金丝弄晴昼"之句。张先在这里也用了白居易永丰柳的喻意，"无人尽日花飞雪"，春光自去，自己也像永丰柳一样，空自伤心，无人能知。

一直以来，柳在中国古典诗歌中都充当着"电灯泡"的职责，而且是非常有情调的电灯泡。"月上柳梢头，人约黄昏后"，电灯泡兼闹钟——看我，再看我，五点半，要准时哦。

"裛雨拖风不自持，全身无力向人垂"，言传身教，我说小妹呀，男生都喜欢娇滴滴的女孩子，对，像我这样靠过去、靠过去……

"应折柔条过千尺"，不管有情没情，也要象征性地安慰一下下，喜欢就拿去吧，反正姐手臂多的是……

如果不幸失恋了，就去看看永丰柳吧，一个人也可以活得精彩。

下阕转为写相思。幺弦：琵琶的第四弦，因其最细，故称幺弦。幺弦怨极，就必然发出倾诉不平的最强音。为什么不能拨弦？不忍听，不敢听，听了会更难过。

"天不老，情难绝"，"天若有情天亦老"，只有有情的生命才会有生老病死，情爱是人最宝贵的东西。张先说，没错，天无情，天不会老，但我对你的感情，却能与天地同寿，绵绵不绝。可是，我现在因着爱你的缘故，正在遭受相思之苦。

"心似双丝网,中有千千结",我思念你的心就像一张网,打着数不清的愁结。

先说"心似双丝网"。"丝""思",谐音双关双丝网就是双思网就是情网。网在汉语里使用得非常多。我们说一个人陷在情感里不能自拔,便说他陷入情网里了。让一个人在严密的监视中不能脱身,便说布下天罗地网。情网也是天罗地网,不同的是,情网是当事人自己编织和布下的。

"中有千千结",在中国的古典文学中,"结"一直是青年男女缠绵情思的象征,最有名的便是同心结。宋代男女结婚时,双方家长要各出一根彩带绾成同心结,行礼时,新郎新娘各执一端,相牵而行,从夫妻跪拜一直到送入洞房,都不能撒手。这一仪式称之为"牵巾"。婚仪的另一程序"合髻"也要用到同心结。合髻,即我们常说的"结发",就是男女各剪下一缕头发,结成同心样式的髻,唐大历的晁采的《子夜歌十八首》第一首"侬既剪云鬟,郎亦分丝发。觅向无人处,绾作同心结。"便是写晁试莺少女时与邻生文茂私缔婚姻的情形。

再次,喝交杯酒也要用到同心结。将同心结拴在两个酒杯上,交臂而饮。酒喝完后,与花冠一同掷于新床下,如果酒杯一个仰、一个覆,就是大吉的征兆。宋代无名氏《少年游》:"合卺杯深,少年相睹欢情切,罗带盘金缕,好把同心结。"

这张情网里,有多少个同心结呢,又有多少丁香结呢?正是用这千万个情结互相连接,你中有我,我中有你的,才织就成了这张情网。这段感情,绝非一场疾风骤雨就能打散的。

也正因为有这万般情结,万般心事的纠结,我的身体和心灵正在经受着双重的折磨。"夜过也,东方未白孤灯灭",天亮了,星星和月亮都落下山去了,东方欲白未白,蜡烛燃尽最后一缕微光。想来应是凌晨四五点钟时候吧,为什么是这个时候呢?因为四五点时是人最困、最没精神、最寂寞的时候。这时身陷感情中的人,最无力。光是读着这样的句子,便会让人心上发冷,更别提当事人了。

张先这一生没做什么大官,也没经过什么大风大浪,仕途安稳,安享富贵荣华,身边更是美女常换常新,这一点倒和晏殊很相似。不过,他有一点比晏殊好,就是在对待女人的态度上,他显然更"用心"。

晏几道：长记楼中粉泪人

彩桑子

西楼月下当时见，泪粉偷匀。
歌罢还颦。恨隔炉烟看未真。
别来楼外垂杨缕，几换青春。
倦客红尘，长记楼中粉泪人。

　　晏几道是晏殊的第七子，按照民间的风俗，晏几道就常被称为"小七"。在封建时代，"官二代"的小七不是大牛，也是二牛。不过，别人看小七牛，小七本人倒不觉得自己有多牛。

　　除了晏小七之外，还有两个"小七"的同学也很牛，一个是柳七，一个是秦七。这"三七"皆以情词取胜，长短互补。不同的是，柳七和秦七同学都属于草根出身，而晏七同学打出娘胎起就含着蜜糖过日子。王灼《碧鸡漫志》评价小七说："叔原如王、谢家子弟，秀气胜韵，得之天然，将不可学。"意思是说，小七的翩翩公子风，是从小到大由家庭环境、个人修养再加上与生俱来的帅气，并且由内而外，以银子和诗书养出来的，任谁也是学不来的。横看，王灼写的这个人是贾宝玉；竖看，王灼写的这个人还是贾宝玉。

　　黄庭坚在给晏几道的《小山词》作序时，说晏几道一生有"四痴"。

　　放着老爸现成的资源不用，只做一个小官，一做就是几十年，这是一痴；人家苏轼喜欢他的文章，专门跑来拜访，甘愿做他的粉丝，他眼皮一耷拉，不见，这是二痴；守着万贯家财不懂得享用，却大方地资助别人，搞得自己身上没钱了，让一

家子跟他吃糠咽菜，这是三痴；别人拿好话糊弄他、坑他，他却仍然相信人家，这是四痴。此外，我还要加一痴，情痴。

用比较流行的话说，晏七同学很傻、很天真。

痴，痴，痴。这个人的心该有多干净，多天真！

小七的傻气不是长大后才冒的。有一次，晏殊在家中宴请客人，晏七公子早就大名在外，客人少不了要夸赞他一番，晏殊也少不了把儿子摆到台面上炫耀一番。炫富不如炫子，炫子莫过于炫才。小七正是六七岁年纪，唇红齿白，口齿伶俐。哪承想，小七张口就唱："酒力渐浓春思荡，鸳鸯绣被翻红浪。"满座高朋听了都面面相觑，心想，这孩子不是脑子进水了，就是天生就"二"，心里这么想，嘴上却不能说，只好不吭声。

老晏的老脸可算是丢尽了，满脸通红地扇了他一耳光，呵斥道："住口，小孩子不得胡说乱唱！"侍女们慌忙奔过来，捂住他的嘴，将他拉走。晏小山委屈极了，边走边哭："就是好听嘛，为什么不能唱？"老晏气得跌足长叹："孺子不可教也！"

果然是孺子不可教也。多年后，小七同学曾回忆自己最阔气、最风流的时光："金鞍美少年，去跃青骢马。牵系玉楼人，绣被春寒夜。"小七喜欢小女生，尤其喜欢漂亮小女生，见一个喜欢一个，这是他的天性。如贾宝玉，见到女孩子就痴了，觉着人家身上无一处不是好看的，仿佛是水做的，女孩子掉一滴眼泪都能令他伤心难过半天。这不，偶然见着一个女孩偷抹眼泪，他都放在心上了。

"西楼月下当时见，泪粉偷匀。"小歌女不知道为什么伤心了，偷偷低下头去在擦眼泪，为了掩住哭过的痕迹，她又匆忙用手指将脸上的脂粉抹匀。从哭泣到抹匀，这一套动作都是在没有人"看见"的情况下完成的。小七躲在西楼的月光里，把这一切看得真真切切。西楼，便是青楼，月满西楼，这几个字的组合在现代人眼里很好看，很美，而住在西楼里的女子，只有一室薄凉。

"歌罢还颦"，强颜欢笑地对着客人唱歌，唱完了，她轻轻低下头去。小七似不经意的，看到她的小眉头微微皱起，他的心也跟着皱了一下。

"恨隔炉烟看未真",一个"恨"字写出小七的矛盾心情。这样的情形大概每个人都遇到过,你老远看见某人好像在哭,到了近前,只觉她的眼睛微红,却看不出哭的痕迹,你不敢贸然问她刚才为什么事流泪,因为她既然偷偷地哭,必然是不欲心事为旁人知晓。你担心她,却又不知道发生了什么事情,不能询问她,又不能安慰她,只能干着急。《红楼梦》中的贾宝玉也曾无意听闻了黛玉的哭声,听到她一边葬花一边吟唱《葬花吟》,这边哭,那边,听哭的人也哭倒了。依小七的性子,想来听到这首《葬花吟》,也和宝玉一样的反应。对那时的富家公子而言,贫贱的歌女不过是买卖的商品,他却能对一个歌女偷偷哭泣的场面念念不忘,除了天性纯善之外,还有什么解释呢?

几年过去了,当年的多情公子已是红尘倦客,穿上腥红大氅,便可以挂尘而去的年纪,但不知道为什么,他总是无端想起,那个小歌女"泪粉偷匀。歌罢还颦"的样子,"让我后悔的是,当时,我装作什么也没看见,不曾给予她一个安慰的眼神"。他虽是贵公子,却也不过是人生这盘棋上的一枚棋子,不得自由,他终不能为她拈一滴泪,轻尝于唇间,只能久久地内疚。

晏几道：当时明月在，曾照彩云归

临江仙

梦后楼台高锁，酒醒帘幕低垂。去年春恨却来时。落花人独立，微雨燕双飞。

记得小蘋初见，两重心字罗衣。琵琶弦上说相思。当时明月在，曾照彩云归。

梁启超评"梦后楼台高锁，酒醒帘幕低垂"时说"纯是华严境界"，所谓"华严境界"，是指"佛陀成道时，在菩提树下夜睹明星、朗然大悟时所呈现的那个境界"。这个境界后人把它记录下来，称为《大方广佛华严经》。华严的"华"就是"花"，"严"就是"健康"，"华严"就是充满生机的"花园"，花园里的花木都一派欣欣向荣、鸟语花香的景象，也称为"止于至善的境界"。"华严境界"也就是入佛的境界。

那为什么梁启超认为起头二句有"华严境界"呢？

"梦后""酒醒"，一开始便是空虚冷落的迷离境界，似醒未醒，人醒了，但思维还没有全醒，眼前还晃动着刚才的梦境，一时间分不清是梦还是已经醒来。待慢慢清醒后，心中却更加被一种失落和寥落铺满，似有所悟，却又说不上悟到了什么。小七在《小山词·自序》中写到："追惟往昔过从饮酒之人，或垄木已长，或病不偶，考其篇中所记悲欢离合之事，如幻如电，如昨梦前尘，但能掩卷忱然，感光阴之易迁，叹境缘之无实也。"这便是对华严境界的最好诠释。

"落花人独立，微雨燕双飞。"他在落花中独自站立，看着一双燕子在霏霏的雨丝中飞来飞去。燕双飞和人独立形成对比，面画唯美，意境清愁。"落花"二句出自五代翁宏《春残》诗："又是春残也，如何出翠帏？落花人独立，微雨燕双飞。"小七如同在一堆残花中发现了一枝清新的小花，小心地拈了过来，于是，它避免了沦于尘土的命运，在宋词的时光里照开不误。

今人唐圭璋先生赞道："落花、微雨，境极美；人独立，燕双飞，情极苦。"极苦是极苦，却是旁观者的极美，所以，在读者读来，只有极美。即使不小心落下泪，心里还是觉得那是极美的。

"落花人独立"表明心爱的人不在身边，那么，他正在思念的人是谁呢？

"记得小蘋初见"原来，意中人名叫小蘋。小蘋是时人沈廉叔、陈君龙家的歌女。沈陈两家共有四名歌女，小七在《小山词》中也对此有所记载。

沈十二廉叔、陈十君龙家，有莲、鸿、蘋、云，品清讴娱客。每得一解，即以草授诸儿。吾三人持酒听之，为一笑乐而已。而君龙疾废卧家，廉叔下世。昔之狂篇醉句，遂与两家歌儿酒使，俱流传于人间。

就是说，晏几道的很多词作，都是在与沈、陈两家喝酒时写出来的，写完了就把稿子让莲、鸿、蘋、云四个歌女唱出来。晏七公子终日同这四位歌女吟诗唱和，感情自然不一般。于是，他为四个歌女每人写下一首词。这首《临江仙》就是为歌女小蘋而作。

"两重心字罗衣"短短六个字，小蘋的形象就跃然纸上。我们看到的是一个秀气、白皙、淡淡含羞又有点调皮的少女形象。这样的女孩子令小七同学眼前一亮，小心脏也跟着怦怦直跳。

关于"两重心字罗衣"一直有三种不同的说法。

胡云翼《宋词选》："用一种心字香熏过的罗衣。杨慎《词品》（卷二）：'所谓心字香者，以香末萦篆成心字也。心字罗衣，则谓心字香熏之尔。或谓女人衣曲领如心字，又与此别。'"但俞平伯不同意这种说法，他认为，"疑指衣上的花

纹。'心'当是篆体,故可作为图案。'两重心字',殆含'心心'义。"

是心字香,是心字领?是心字绣?总之,心字罗衣,重点不在衣服上,而在"心"字上,寓指小蘋内心含而未露的绵绵情意。那个"心"字,令小七同学一下子就想到,这是小蘋同学特意穿给自己的看的,而小蘋同学也低眉顺眼,暗送秋波,而且小蘋同学的琴艺也是相当高超,能够"琵琶弦上说相思",这又令小七同学的小心脏怦怦地跳个不停。

"当时明月在,曾照彩云归"化自李白《宫中行乐词》:

>小小生金屋,盈盈在紫微。
>山花插宝髻,石竹绣罗衣。
>每出深宫里,常随步辇归。
>只愁歌舞散,化作彩云飞。

她生得小巧玲珑,身姿轻盈,头上却插着山花,罗衣绣着石竹,一派天真。"金屋""紫微"点明小美女的居住之所。紫微,天子居住的宫殿。金屋,用汉武帝"金屋藏娇"的典故。汉武帝小时候见到馆陶长公主的女儿阿娇时,便指着她说:"将来我要能娶阿娇做老婆,我便造一个金屋子给她住。"长大后,阿娇便嫁给了汉武帝做皇后。

她是歌舞班中的一名小舞女,边歌边舞的她身姿曼妙轻盈,以至于让人担心她在歌舞散后,会变成一朵彩云飞到天上去,再也不回来了。

多像童话中的小女孩,穿着红舞鞋不停地跳舞,旋转,最后化成一朵彩云。

那晚的明月同样照耀着翩翩起舞的小蘋,令小七同学产生了同样的担心。

在一首《木兰花》中,晏几道又一次写到小蘋:

>小蘋若解愁春暮,一笑留春春也住。晚红初减谢池花,新翠已遮琼苑路。
>渭裙曲水曾相遇,挽断罗巾容易去。啼珠弹尽又成行,毕竟心情无会处。

这一次，这对少男少女，已经手挽手地在谢池边的桃花树下散步了。那是一个暮春时节，桃花已经不似先前那样红艳了，风一吹，便落下好多花瓣来。新绿蓬勃，取代了如云的花锦，已将琼苑路密密地遮住了。

这对恋人走在暮春的路上却一点也不为春光逝去发愁。这是因为，"小蘋若解愁春暮，一笑留春春也住"，小蘋就是他的春天，小蘋的笑便是永远的桃花。小七对小蘋说："生命里有你携手，我的一生都将止步于这温柔的春光里。"

恰同学少年，这是少男少女才有的美好初恋。在爱情的舞台剧里，小七扮演的是富家公子，小蘋扮演的是沦落风尘却依旧清纯的灰姑娘。双方一出场，便是诗一样的画面。只是，那结局半点也不如人意。如劳伦斯所说："这些超越骄傲的情人打着最崇高的旗帜，是宝石一般的异体。他是十足的男性，像宝石一般脱颖而出，倨傲不驯；而她则是纯粹的女性，像一支睡莲，婷婷玉立于其女性的妩媚和芬芳之中。这就是世俗的爱，它总是在欲火和分离的悲剧里结束，到那时，这两个如此出众的情人会被死神分隔开。"

晏几道：犹恐相逢是梦中

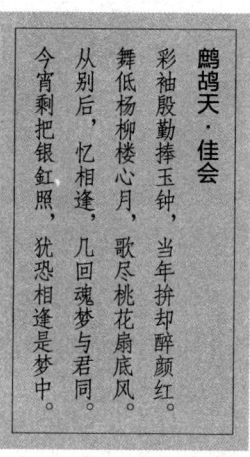

鹧鸪天·佳会

彩袖殷勤捧玉钟，当年拚却醉颜红。舞低杨柳楼心月，歌尽桃花扇底风。
从别后，忆相逢，几回魂梦与君同。今宵剩把银釭照，犹恐相逢是梦中。

小山一生下来，父亲就给他一个装满了财富的背囊，他一路挥洒，背囊越来越轻，情却越来越满。十八岁那年，那个任由着他性子挥霍青春的靠山倒了，从此，"贵人暮子，落拓一生，华屋山丘，身亲经历"，从云端跌入凡尘，他饱谙世态炎凉、人情冷暖，却仍不改痴癫的性子。他不为自己的身世悲，不为官场的失意悲，他悲的，只是莲鸿蘋云四个歌女的命运。《小山词自序》记述："而君龙疾废卧家，廉叔下世。昔之狂篇醉句，遂与两家歌儿酒使，俱流转于人间。"

屋漏偏逢连天雨，陈君龙病倒了，沈廉叔去世了，那些歌女也随风飘散了。家道中落，佳人尽散。小七和小蘋就这样分开了。一别，就是经年。数年之后，他居然在一次酒宴上意外地遇着了她。

"彩袖殷勤捧玉钟，当年拚却醉颜红。"恰同学少年，那一年，青春年少的她亲自端起玉杯向我敬酒，她洁白的手指在彩袖中若隐若现，我真想拉住她的手啊！为了博红颜一笑，我拼命往死里喝。玉钟，玉制的酒杯，亦用作酒杯的美称。

爱拼才会赢，小山好用"拼"字，如"相思拼损朱颜尽，天欲有情终归问""已拼归袖醉相扶，更恼香檀珍重劝""拼却一襟怀远泪，倚阑干""难拼此回肠断，终须锁定红楼""才听便拼衣袖湿，欲歌先倚黛眉长"等。

"舞低杨柳楼心月，歌尽桃花扇底风。"他和她跳舞跳到很晚，晚到什么时候呢？跳到"杨柳楼心月"都低得沉下去了，唱到连桃花扇都没力气扇风了，不说天亮了，却说月亮低了，不说人累了，却说扇子没风了。可谓是通宵达旦。

"这些青春美好的岁月，真是让人怀念啊。"他说。

怀念又有什么用呢？毕竟，都过去了，可是，毕竟又存在过。人生的邂逅一场接着一场，唯有这一场，是属于"我们"两个的。

"从别后，忆相逢，几回魂梦与君同。"这么多年来，他从来都没有忘记过她，经常在梦里同她见面。有一次，她站在桃花树下，他伸手牵她，她笑起来，身后，突然降下一场盛大的花雨，他和她一起在花雨里转呀，笑啊，笑啊，转啊，后来，他发现只有自己在转，在笑，她好像从来没有来过。他醒了，指尖似还有她的温度，心儿在簌簌地抖，喉间还堵着未发出的笑声。

"今宵剩把银釭照，犹恐相逢是梦中。"小山举起银灯，照了又照。也不知道，他到底有没有弄明白，这是梦境还是真实的相逢。搞不好，这场故人邂逅本身就是一个梦境的记录。只是，梦境太真实，连小山自己也搞不清了。

今日相见，二人容颜到底有了些变化，小蘋是否还穿着心字罗衣？不得而知。只是那不停地照见中，我们能体会到那悲喜交加的滋味。

回忆越是美好，心上的痛就越多，眼前的相逢就越让人感伤。当年烈火烹油、鲜花着锦的日子已是黄粱。当年的贵公子与昔日歌女竟共为天涯沦落人。陈廷焯在《白雨斋词话》中说："（后半阕）曲折深婉，自有艳词，更不得不让伊独步。视永叔之'笑问双鸳鸯字、怎生书''倚阑无绪更兜鞋'等句，雅俗判然矣。"

晏几道：不眠犹待伊

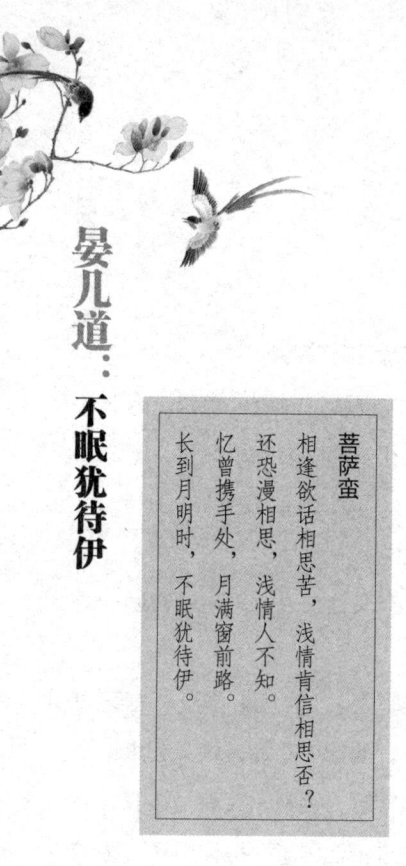

菩萨蛮

相逢欲话相思苦,浅情肯信相思否?
还恐漫相思,浅情人不知。
忆曾携手处,月满窗前路。
长到月明时,不眠犹待伊。

"相逢欲话相思苦,浅情肯信相思否?"他好想告诉她,这段日子以来他是多么想她,却又害怕听到她问:"你真的有那么想我吗?"所以只好不说。

"你到底有多爱我?"这句话被无数女子问了无数次。问过之后,她们又犹自在心里问:"他真的像他说得那样爱我吗?"待男子头也不回地走掉,任她在后面哭天抢地,这时才明白,原来所有的一切都不过是谎言。有时,情人之间爱意不在,便连陌生人也不如。陌生人尚能怜你,向你伸出援手,那曾经爱你的人,却早已将心一横。将你推到火坑的本来就是他,他又怎会回来救你?于是,伤得多了,便只有不信。她不信他,也不能怪她,实在是,相思的话人人会说,相思的苦却只有自己知道。

但你不说,她又怎么知道你想她,爱她?但他还是不说。他自然知道这样有多么被动,可是,他到底没有勇气把这些话告诉她。便是只有百分之一的拒绝机会,对他来说,那是极其可怕的结果。他太怕失去她了。

他不说,便永远看不到结局,便可以用一生来想她,等她。总比她说出那决绝的话,来得好过。这人得有多痴,有多傻!

"忆曾携手处，月满窗前路。长到月明时，不眠犹待伊。"天天想，夜夜念，回忆昔日一起携手漫步的情景，那时那地，月光铺满了窗前的小路。所以，他现在每天月明之时，便要站在窗前，痴痴地望着路口，整夜整夜地望，等着她的身影出现在面前。

这样的爱，这样的等待，相信很多人都经历过。爱还没有说出来之前，我们便担心被拒绝，因担心被拒绝，所以，一生都没有对她说出那个字。但只有小山，才能传神地将这复杂矛盾的心情写出来。这是小山难得一见直抒胸臆又没有写到"梦"和"酒"的作品。小山一生似乎都在"醉生梦死"，他在醉中迷离，使自己入梦。

小令尊前见玉箫，银灯一曲太妖娆。歌中醉倒谁能恨，唱罢归来酒未消。
春悄悄，夜迢迢，碧云天共楚宫遥。梦魂惯得无拘检，又踏杨花过谢桥。

他见到她，是在酒宴上。小令，唐宋文人在酒宴上即兴填词，以"小调"作酒令，遂称小令。"玉箫"，典出唐范摅《云溪友议》，传说唐韦皋未仕时，在江夏的朋友姜辅家寄读，韦皋和姜辅派来服侍自己的丫环玉箫日久生情，私订了终身。韦皋回家前，以一枚玉环为信，说少则五年，最迟不过七年，必来娶她。韦皋一走就是七年，玉箫以为韦皋失言，竟绝食而死。姜夫人很同情玉箫，下葬前，将玉环戴在她的中指上。临终之前，玉箫留下一首《留赠玉环》诗：

黄雀衔来已数春，别时留解赠佳人。
长江不见鱼书至，为遣相思梦入秦。

多年后，韦皋遇到姜家人，得知玉箫死讯，非常痛心。从此，他抄写经书，修造佛像，以此来赎罪。他思念玉箫，只恨无缘与她再见一面。当时有个祖山人，能招人魂魄，让死者与亲人见面。在祖山人的帮助下，在一个月光朦胧的深夜，玉箫

飘然而至。玉箫告诉韦皋："因你诚心礼佛,上天垂怜于我,十天之后我就会转世为人。十三年后,我们将于人间相会。"临去前,她又微笑着说道:"都怪相公薄情,让我与你死生相隔啊!"多年后,有人送给韦皋一个年仅13岁的歌女,那歌女长得和玉箫一模一样,手指上还有一个玉环的印迹。

小山用玉箫指称歌妓,意味着二人在筵前已目成心许。他在她美妙的歌声中喝得大醉,"春悄悄,夜迢迢,碧云天共楚宫遥",酒散归来,感到心头有一种不可名状的情愫,只觉得春夜寂寂,漫长无边。明明才刚刚分开,却仿佛已经不见她很久。楚宫,指代玉箫的居处。

"梦魂惯得无拘检,又踏杨花过谢桥。"于是,他又要做梦了。做梦是他的习惯。人在梦里,便没有时间和空间的限制了,便可以为所欲为了,可以和她约会,和她红锦帐里说相思。所以,他又睡着了。在梦里,他踏着春天刚刚落下的杨花,到谢桥和她相会了。"谢桥",谢娘家的桥。唐代有名妓名谢秋娘,人们便以"谢家""谢桥"来指代约会的地方。

一部《小山词》,"梦"字竟出现六十余次。小山说:"所记悲欢离合之事,如幻如电,如昨梦前尘,但能掩卷怃然,感光阴之易逝,叹境缘之无实也。"这必是经历过的人才说得出的话。

学者吴世昌说:"歌中醉倒,谓一味贪听唱小令,一曲一盏,不觉醉倒了。这是说她的歌太美,欲罢而不能。末二句连伪君子理学家也赞曰'鬼语也',而林语堂《苏东坡传》竟说这是'魔鬼的话'!"吴世昌所谓的"伪君子理学家",乃是宋代理学大师程颐。《邵氏闻见后录》中记载:"程叔微云,伊川闻诵晏叔原'梦魂惯得无拘检,又踏杨花过谢桥',笑曰'鬼语也'。意亦赏之。"

程颐是谁?就是和朱老夫子齐名的程老夫子。程颐在当时是个异类。他和哥哥程颢一起参加宴会,见有歌妓在,就拂袖而去,第二天还专门跑到程颢的书房里,指责他没有退席。程颢说了一番很"禅"的话来打趣弟弟:"昨天饭桌上有歌妓,但我心里没有歌妓,今天书斋里没有歌妓,可是你心里却对歌妓念念不忘!"

程颢显然比程颐看问题更本质一些:程颐呀,人家好好地唱自己的小曲,又没坐在你的大腿上，你跑什么呢？你若是柳下惠，就是坐在你的大腿上，也不妨事的呀。你当时离席而去，我表示理解，可是，现在我的书房里又没有妓女，你仍然对妓女念念不忘的，到底是为了什么呢？

所谓佛祖眼里都是佛，这程颐把自己看得太清高，把妓女看得太低贱。小山却正是相反的例子。他不假清高，他欣赏她们，赞美她们，同情她们，把她们当成知音、朋友。他为歌妓写了无数的词，从没有把她们当成香艳的玩物。对小山来说，只要是美好的女子，他都喜欢。哪怕仅仅是酒宴上的短暂邂逅，他也愿意为她留下最深情的一笔。

陈廷焯在《白雨斋词话》中赞赏说："小山词无人不爱，爱以情胜也。情不深而为词，虽雅不韵，何足感人？"王铚在《默记》中说："叔原妙在得于妇人。"所言甚是。

柳永：忍把浮名，换了浅斟低唱

鹤冲天

黄金榜上，偶失龙头望。明代暂遗贤，如何向？未遂风云便，争不恣游狂荡，何须论得丧。才子词人，自是白衣卿相。

烟花巷陌，依约丹青屏障。幸有意中人，堪寻访。且恁偎红倚翠，风流事，平生畅。青春都一晌。忍把浮名，换了浅斟低唱。

这首词作于柳永落第之后。因年代久远，读之颇费解，翻译成现代白话诗，就很明了：

我不幸失去了金榜题名的希望，圣明君王暂时遗忘了像我这样的人才，我将何去何从？既然不能完成我报效国家的宏图之志，那么干脆就游戏人生，放浪形骸吧！何必计较是得是失？（再说了）我这才子词人，本来就被世人称为"白衣卿相"。

在那烟花巷陌，隔着朦胧的丹青屏障，我依稀看见美人的身影，幸好呀，这里有我中意的人儿，我现在就动身去寻访她的芳踪。就这样吧，和美人相依相偎，珍重这人生短暂的好时光，做些风花雪月的快乐事，快意人生吧。青春短暂，我忍痛将那虚浮的功名换成这浅斟低唱！

总而言之，说来说去，这首词就一个意思，皇帝不让我做官，我就当浪子，在美人帐里过日子，过神仙日子，何等逍遥快活！

柳永原本是一个书生，一心想好好读书中个进士，弄个一官半职，平步青云，光宗耀祖，和其他读书人没什么不同。第一次上京考试，他本来以为闭着眼睛都能金榜题名，哪承想，连个名次都没混上。科举是一座独木桥，金榜题名的人少，落第者无数，没考中很正常。按说，柳永才高八斗，一次考不中还有第二次，搞成后来的局面，跟柳永好填词不无关系。真是应了那句话，成也萧何，败也萧何。

才子的心眼往往都小，既自负又自卑，尤其在自己最擅长的才能上。进士落第，自尊心便受不了，说什么"才子词人，自是白衣卿相""忍把浮名，换了浅斟低唱"。嘴上说不在意，心里其实在意得很。也是柳永本性如此，跟落第无关，跟功名无关。

落第后发牢骚的不光是柳永一个人，比这更过分的牢骚肯定还有，但谁让柳永是牛人呢。那年头，词就好比我们现在的流行歌曲，歌妓就好比是现在的流行歌手。不同的是，那时候，写词的比唱词的牛气，不像现在，大家只记得歌手的名字，少有人记住词作者是谁。

在宋代，有这样一群女人。她们不是养在深闺无人识的单纯女孩，她们是女人中最美丽、最有才华的一群。她们从小就要接受歌舞和琴棋书画的训练。她们的终身职业是弹琴、唱歌、跳舞、陪着男人喝酒。她们和不同的男人谈情说爱，吟诗唱和，她们爱过，笑过，哭过，有人为情而遁入空门，更有甚者，为爱香消玉殒。

她们的名字叫"妓女"。你可能问，你也太美化妓女了吧？她们不就是一群靠身体讨生活的女人吗？你说的是现代妓女。在宋代，想成为一名妓女，可没有想象中的那么简单。以官妓为例，被选为官妓者不仅要才艺色齐全，还要有情趣，懂风情，能和才子们吟诗作词，打情骂俏，进退有度。放到现代社会，这些女人肯定比明星还要红。除了最底层的娼妓外，宋代的妓女大都是卖艺不卖身的，官员更不得胁迫官妓陪睡，同样，官妓侍寝官员也是违法的。

据记载，东京汴梁的繁华街道上，妓馆多得如同杂货店，比如，有名的朱雀门外，下桥南、北两斜街，都是妓馆，形成妓院一条街。可以想象，繁华的东京城，秦楼楚馆，迎来送往，日日笙歌，士子显贵，络绎不绝，好不热闹！北宋初年的陶

谷就粗略说过当时东京的"鬻色户籍"有万数之多。

美女如云,有关这些美女的传说就越来越神乎其神,个个如同仙女下凡、嫦娥在世。于是,不知哪个始作俑者,就开始举办起妓女选美大赛,叫评花榜。评委由风流才子、失意文人,或者中不了进士、当不了官,标榜自己"忍把浮名,换了浅斟低唱"者担任,评选出来的第一名为状元,其次为探花、榜眼等荣誉头衔。

据说,连皇帝宋徽宗也喜欢逛妓院。宋徽宗听说李师师色艺双绝,倾国倾城,就打扮成贵公子的模样,去了妓院。经验丰富的老鸨觉得对方气度不俗,出手又大方,就叫李师师出来接客。李师师却冷淡得很,没化妆就出来了,懒懒地弹了一曲便回屋去了。皇帝热脸贴了冷屁股,就从妓院出来了。

不过,风流皇帝的才艺、手段也不一般,到底把李师师追到手了。据说,为了幽会徽宗还命人从皇宫挖了一条地道直通李师师的闺房。

可见,宋朝的妓女不是给钱就能追到手的,还要对追求者进行才艺考核,更重要的一点,得人家小姐看得上才行。柳永本来揣着银子到东京城来考状元,可是一到京城,这个宅男就发现,最令他神往的不是金榜题名,而是秦楼楚馆中的让人眼花缭乱的美女。乖乖,随便瞄到一个,都是国色天香。更让他兴奋的是,他以前学的那些填词作曲的本事在这里简直就是如鱼得水。那年月,良家女子都大门不出二门不迈,从乡下刚进城的柳永哪见过这么多女人同时向自己抛媚眼啊,一下子就飘飘然起来,于是,宅男立马变成了泡妞高手。人的潜力可真是无穷啊!

柳永在当时就属于"天王"级的词作者,"凡有水井处,皆能歌柳词",连皇帝吃饭时,都要让人唱柳永词增加食欲。不用说,没多久,他的一肚子牢骚就传到皇帝耳朵里了。

开始柳永还沾沾自喜,看,皇帝老儿,你不让我中第,老子照样红遍东京城。谁承想,他发牢骚不要紧,皇帝也跟他较上劲了。第二次参加科考时,仁宗皇帝御批进士,看到柳永的名字,问:"这个人莫非就是那个填词牛人柳三变吗?"手下人回答说:"就是这家伙。"仁宗大笔一挥,御批四个字:

"且去填词。"

皇帝说，既然你认为功名是浮名，那我就满足你的愿望，去做你的白衣卿相，填词去吧。皇帝都发话了，柳永有苦说不出。谁让自己一时发昏，落了话柄在人手里了呢。柳永也够傲，你让我填词我就填词，我这词填得可不丢人，再填词的时候，他就署名为"奉旨填词柳三变"。

奉旨填词后柳永更红了。有多红？可以这样说，哪个妓女如果说不认识柳七官人（柳永排行老七），就会被众人耻笑。当时还流传这样的口号："不愿穿绫罗，愿依柳七哥；不愿君王召，愿得柳七叫；不愿千黄金，愿中柳七心；不愿神仙见，愿识柳七面。"这粉丝团够庞大、够狂热，估计皇帝知道了更得憋屈。

歌妓们靠唱小曲谋生，她唱的歌受不受欢迎、红不红，唱功固然是重要因素，唱什么歌也很重要。歌者都希望能得到一首好词，搞不好一夜之间就火了呢。

那时候没有职业写词的作者，作者从哪里找呢？当然是酒席宴上那些识文断字的读书人。写词没有稿费，但这些士子们却乐此不疲，靠什么来支撑他们的创作热情呢？靠广告效应。那时候出版业不像现在这么发达，是谁都能印上两本书，读书人很大程度上就依赖于诗词歌赋的传播来炒作自己。

叶梦得《石林燕语》中说："教坊乐工，每得新腔，必求永为辞，始行于世。"他本人也以多才多艺自诩："平生自负，风流才调……唱新词、改难令，总知颠倒。"因此很讨乐工妓女们的喜欢。歌妓央求他写词："罗绮丛中，偶认旧识婵娟……珊瑚筵上，亲持犀管，旋叠香笺。要索新词，殢人含笑立尊前。"而身为"举子"的柳永，经常出入于曲坊妓馆，甚至索性住进"小曲深坊"，与乐工歌女们面对面切磋琢磨"新诗小阕"。词填成后，反复修改，几经润色："新词写处多磨，几回扯了又重挪。"

他滞留在开封城中的二十多年，成了娱乐圈里天王级的人物。他是戏里最受欢迎的男主角，可是，这样的男子若放到现实中，又有哪个女人敢放心地托付终身呢？

妓女们自然不在乎这些。她们不仅爱这个男人爱到发疯，而且还把自己的饭碗都系在这个男人身上。因为只要通过柳七的品评，那个妓女的身价便会暴涨，从无名之辈变成台柱子。因此妓女都愿意出钱资助他，以期得到他的眷顾。当时汴京几

个顶级妓女如陈师师、刘香香、钱安安等人都是倒贴自己的钱财，争着供养柳七。

据说，柳永"死之日，家无余财，群妓合金葬之"，给他这一生画上一个意味深长的句号。出殡那天，开封城妓女歇工一天为他送葬。相传"每寿日上冢，谓之吊柳七"。每逢清明时节，京城的妓女、文人墨客不约而同地来到柳永墓旁，喝酒吟诗，谓之"吊柳会"。后来的话本还据此传有名篇《众名妓春风吊柳七》，影响深远。

过去的人认为，风尘女子迎来送往，嫖客们逢场作戏，必无真情。其实，在冷漠的人情中以卖笑为生的女子内心深处更向往人间真情，一旦有人对她们付出些许真心，这些女子便会倾心相待。柳永将这些可怜的女人当作朋友，当作知己，而这些生时毫无着落，死后亦不知谁在青冢上燃一缕青烟的风尘女人，却年年到这位生时专为她们而歌咏、给她们以慰藉的知己坟前凭吊，可见风尘女人的真情。

柳永：为伊消得人憔悴

蝶恋花

伫倚危楼风细细，望极春愁，黯黯生天际。草色烟光残照里，无言谁会凭阑意。

拟把疏狂图一醉，对酒当歌，强乐还无味。衣带渐宽终不悔，为伊消得人憔悴。

　　这句"衣带渐宽终不悔，为伊消得人憔悴"已经成为一句口头禅，表达的未必是相思，也可能是为了某个爱好、某个工作而甘于奉献，不惜损伤健康。你可以不知道柳永是谁，也可以不问这句话的来处，但是，你要不会说"衣带渐宽终不悔"，你就落伍了。

　　不知道这次柳永爱上的是哪个歌女，叫他说出如此不管不顾的誓言，不过，想来，柳永断不会为哪个女子一味瘦下去。把词里的人当成写词的人，把词里的誓言当成写词人的誓言，往往有的只是失望。

　　词的大意是一位男子在春天的黄昏思念一位女子，男子默默站在楼顶，没有人知道他登高凭阑时的心思。下阕写男子想把自己灌醉，本欲对酒当歌，却是强作欢颜。"衣带渐宽终不悔，为伊消得人憔悴。"我为你茶饭不思，人越来越憔悴，腰带越来越松，但是我并不后悔。说白了，我为你饿死了也要想你。

　　他虽无意，我却有情。有时，令你牵肠挂肚的那个人，并不把你放在心上。可你明知如此，仍要"为伊消得人憔悴"而无怨无悔。在爱情中，谁受伤最多？无

疑，爱得多的那个人最受伤。王国维借此诗句来谈古今成大事业、大学问者的第二境界，这是一种为理想执着追求，达到了忘我的一种境界。

想来柳永流连花间，他的感情是"蝶恋花"式的，从这一朵飞到那一朵，每一朵都爱恋，每一朵都恋恋不舍，但终于还是被前方的花香迷醉吸引。不能说他仅仅是逢场作戏，不然，哪来那许多女子对他痴恋？只是，长年流连青楼，他已不可能只爱一个女人。"师师生得艳冶，香香于我多情，安安那更久比和，四个打成一个。幸自苍皇未款，新词写处多磨，几回扯了又重挪，奸字中心著我。"歌女们争抢着让他为自己写词，他左看看，右看看，看这个也好，看那个也好，也不知道该先写哪一个才好。多情就是无情，事实上就是没有对其中的任何一位投入真感情。柳永以此夸耀自己同时与三位歌妓厮混，游戏欢场的态度是十分明显的。

那么，这句"衣带渐宽终不悔，为伊消得人憔悴"又是从何说起呢？在这位情场浪子心中，是不是也有过曾经让他茶饭不思的爱人？其实，这句"衣带渐宽终不悔，为伊消得人憔悴"并非柳永原创，贺裳《皱水轩词筌》认为韦庄《思帝乡》中的"春日游，妾拟将身嫁与，杏花吹满头。一生休。陌上谁家年少，纵被无情弃，足风流。不能羞"诸句，是"作决绝语而妙"者；"衣带渐宽终不悔，为伊消得人憔悴"乃本乎韦词，不过"气加婉矣"。冯延巳亦有"日日花前常病酒，镜里不辞朱颜瘦"之句。因爱而瘦，在宋词中是常态，但像柳永这般明白地说，我为你瘦也不悔，却是第一人。从此，唐诗宋词里的瘦和柳永比起来都显得太丰满了。

柳永喜欢和很多女人打交道，因为这个，他把自己的前程都毁了。那么，柳永到底有没有对自己的行为产生过悔意呢？说一点不后悔不合常理。但是，以他的智商和情商来说，仍然在幻想以自己的才华，一定能遇到伯乐，从此仕途和女人兼得。据张舜民《画墁录》记载，柳永因为作词惹恼了仁宗皇帝，吏部不肯授官，于是他去见当时的宰相晏殊。估计去见晏殊之前，他对自己的才华是颇为自信的，只等着晏殊夸自己文采如何如何。却只听晏殊话里有话地问："贤俊作曲子吗？"

其实，柳永就是因为填词作曲而搞丢了功名，晏殊这不是明知故问吗？他是下了一个套子让柳永往里面钻："我和宰相大人一样，平时也爱写个小曲什么的。"

柳永的情商确实是低得不能再低了。稍懂一点人情世故的，此时都会谦虚一点，贬低自己，抬高别人。更何况在晏殊面前，他还是一个晚辈。晏殊开始收套儿了："殊虽作曲子，不曾道'针线闲拈伴伊坐'。"我虽然也作曲子，但是我没写过什么"手拿针线陪你坐"这种没出息的话。站在晏殊的角度上看，你柳永天天写些淫词艳曲，尽说些没出息的话，还好意思当官？

柳永听闻此言只好黯然离去。这句被晏殊拈出指责柳永的词出自其《定风波》：

自春来、惨绿愁红，芳心是事可可。日上花梢，莺穿柳带，犹压香衾卧。暖酥消，腻云亸，终日厌厌倦梳裹。无那！恨薄情一去，音书无个。

早知恁么。悔当初、不把雕鞍锁。向鸡窗、只与蛮笺象管，拘束教吟课。镇相随，莫抛躲，针线闲拈伴伊坐。和我，免使年少，光阴虚过。

这首词是一位女子悔教自己的老公外出考功名，只希望和他"镇相随，莫抛躲，针线闲拈伴伊坐"。晏殊之所以从柳永无数艳词中摘出这一句，便是讽刺他："既不爱功名，又来找我讨什么说法呢？"

晏殊无灾无难一路到公卿，和柳永根本不是一路人。窃以为，柳永的才华确胜晏殊一筹。晏殊既不是词的开山之祖，又不是发扬光大者，士大夫的闲情逸致说好听点儿是阳春白雪，说不好听就是拿钱砸出来的腐败。而词到了柳永手上，才真正发扬光大，使词成为草根文学，而且雅而能俗，雅俗共赏。谁敢说，宋词的灿烂不是由柳永之流和千万妓女们共同创造出来的呢？如果没有柳永之流，大概宋词便会在晏殊那一代消逝于时空，我们今天也就无由得见这些美轮美奂的宋词。柳永一辈子都希望自己飞黄腾达，但他没有为了前程而放弃写词。为了词，他是真的到了"衣带渐宽终不悔，为伊消得人憔悴"的地步。

柳永：今宵酒醒何处

雨霖铃

寒蝉凄切，对长亭晚，骤雨初歇。都门帐饮无绪，留恋处、兰舟催发。执手相看泪眼，竟无语凝噎。念去去、千里烟波，暮霭沉沉楚天阔。

多情自古伤离别，更那堪、冷落清秋节！今宵酒醒何处，杨柳岸、晓风残月。此去经年，应是良辰好景虚设。便纵有千种风情，更与何人说？

  安史之乱，长安城破。马嵬坡下，铁了心的士卒停下了脚步，他们要唐明皇杀掉那个让他们的皇帝醉生梦死的女人。要江山还是要美人？唐明皇颤抖着双手选择了前者。

  一丈白绫一缕魂。国破关女人什么事？其实，这是历史给这段爱情留下的最后回答，那个七月七日在长生殿指天发誓，"在天愿做比翼鸟，在地愿为连理枝"的唐明皇，给爱情做了终结性的回答。

  逃至四川，蜀地多雨，霪雨不断，一连下了十几天。雨声凄迷，如泣如诉，车上的风铃被雨点敲打，或缓或急，发出有节奏的叮叮声，说不出的凄凉。沉浸于失去爱人悲痛中的唐明皇听到雨中铃儿的声音，意念忽动，那是发自他内心深处的一曲悲音，他真是个天才音乐家，任何一点声音都能激发他的创作灵感。很快，迷离的雨中传出一声如泣如诉的笛音，无限心事，便伴着那雨中叮叮声，悠悠地吹奏出来。于是，便有了这首《雨霖铃》。

  这场自唐朝就开始的雨一直下到了宋朝，听着淋漓不断的雨声，仿若听到了百年前那场雨中凄迷的铃声，柳永轻轻敲打看节拍，写下了这首千古绝唱《雨霖铃》。

大雨在傍晚刚刚停止，柳七就要上路了。

送别时间：傍晚。

古人送别的时间一般为清晨和傍晚时分。如李欣《送魏万之京》："朝闻游子唱离歌，昨夜微霜初渡河。"很少有中午送人的。人在早上起床，精神和体力都是最充沛的时候，此时上路最好。至于傍晚送别，一般皆为坐船，因为人在舟船中可以休息，不影响走夜路。刘长卿《饯别王十一南游》"长江一帆远，落日五湖春"就是坐船走的。

送别地点：水边、渡口、长亭。

唐宋时期，水利交通发达，而船这种交通工具既节省体力，又节省财力，骑马或坐车的成本较高，一般只有达官贵人才享受得起。人在船上还可以做饭，配备酒菜，非常方便。"船制甚宽，艄舱有灶，酒若肴馔，任客所指。"而在长亭送别的习俗，则源于"亭"与"停"谐音的缘故。在长亭送别，有挽留远行者之意。

送别方式：设祖帐送行。

"都门帐饮无绪"，她在"都门"（北宋京城汴梁城）设帐送别。古人为友人送行，要设帷帐、供筵席，或称"祖道"，或称"祖饯"，或称"祖帐"，设帏帐祭祀路神谓之祖，祖帐即是专门为友人送行而搭置的祭祀路神所用的帏帐，又叫"帐饮"或"张饮"。江淹《别赋》"帐饮东都，送客金谷"，便是此语出处。

当然，酒在送别时是不能缺少的。送别者往往在饮酒之后，借着酒劲儿说一些难舍难分或祝福的话。中国人含蓄，有些话不借着酒劲真是说不出口。不过，这酒，他和她喝得都毫无兴致。分手在即，哪还有喝酒的情绪呢？只好慢慢地喝，拖延着时间。

"留恋处、兰舟催发。执手相看泪眼，竟无语凝噎。"不管怎么拖延，航船催客的鼓声还是响起来了，这回必须要动身了。古时客船启行，要击鼓催客，范成大《晚潮》云："东风吹雨晚潮生，迭鼓催船镜里行。"她知道再想他多留一刻也不可能了，一把拉住他的手，泪眼朦胧，却不知道该说什么，心里明明有千言万语，此时却什么也说不出来，只是抽噎着。一来是不能说，说了也没有用；二来是说不出来，一发声，便要哭出来。为了不制造出号啕大哭的雷人场面来，只有锁紧喉咙忍住。想来，有过送别经验的青年男女都能了解这种矛盾的情绪。亦舒说："如此情深，却难以启

齿。原来你若真爱一个人，内心酸涩，反而会说不出话来。甜言蜜语，多数说给不相干的人听。"其实何止是恋人，世上最爱我们的父母，往往常说些责备我们的话来，倒是那不相干的人，把你夸得跟朵花似的，心里怎么看你，你永远也不知晓。

"念去去，千里烟波，暮霭沉沉楚天阔。"这是她想说的却没能说出来的话。你这一去，背井离乡，人生地疏，我真的不放心，真的不放心，可他还是走了。

柳永说，"多情自古伤离别"，"伤离别"自古以来便是有情人难逃的一劫。生是苦，老是苦，死是苦，与所怨憎的聚会是苦，与所爱恋的分离是苦，所求而不得是苦。所谓，五蕴皆苦。五蕴皆全，谓之"有情"，众生有情，有情皆苦。

古代人出一趟门不容易，所以，和亲友相聚是一件值得倍加珍惜的事。这和现代人不同，我们只需一个电话就能解决通信问题；一张飞机票，让你不消半天就能站在美国女友面前。时间和空间的问题解决了，大多数人却又开始为找不到合适的对象而苦恼。古代人结婚不需要爱情，现代人想找到一份属于自己的爱情却又像中六合彩。爱了，不爱了，合了，分了。一生不知要失恋几次，才能修成正果。

现在，只剩下柳永自己了。"今宵酒醒何处，杨柳岸、晓风残月。"以前，他喝酒，她斟酒，她唱曲，他弹琴。醉了，便倒在她的怀里昏天黑地地睡。在她面前，放浪形骸的他有时候像一个小孩子。风情万种的她，有时候也像一个母亲，纵容他的一切。

如今只有他自己独自喝着闷酒，昏乱中，脑子里却全是她的影子。他轻念着她的名字，终于沉沉地睡去。直到被凌晨侵骨的晓寒冻醒，只见舱外天色已发白，便坐起来走到窗边。天空上星星们都不见了，只有一轮孤独的残月挂在空中，无力地散发着迷离的光。也不知道船行至何处了，他想到，此时，她一定也如自己这般，一个人独眠后幽幽醒来，心里定是难过无比。

"此去经年，应是良辰好景虚设。便纵有千种风情，更与何人说！"这一走，也不知道什么时候能够回来，从此，她美好的青春年华，连同大自然的春花秋月，都如同虚设了，纵然有千般语，万般情，又能向谁诉说呢？

不知道，柳永到底有没有回来，从汴梁出发的柳永，自此南下苏杭，待他回来时，想必她已如尘烟般，在他的心里消散了。人是最多情的动物，也是最绝情的动物。

柳永：误几回天际识归舟

八声甘州

对潇潇暮雨洒江天，一番洗清秋。渐霜风凄紧，关河冷落，残照当楼。是处红衰翠减，苒苒物华休。惟有长江水，无语东流。

不忍登高临远，望故乡渺邈，归思难收。叹年来踪迹，何事苦淹留？想佳人、妆楼颙望，误几回、天际识归舟。争知我，倚阑干处，正恁凝愁。

《八声甘州》是从唐教坊大曲《甘州》中截取一段而成的慢词。因全词前后共八韵，故名八声，又名《潇潇雨》《宴瑶沁池》等。《词谱》以柳永为正体，九十七字，平韵。

此词堪称千古绝唱。后人填此词，无一可与之相提并论。可见"凡有井水处，皆能歌柳词"并非假新闻。

傍晚时分独立江边，他望着潇潇的暮雨从天空中洒落在江上，经过一番雨水的清洗，秋景显得分外寒凉清朗。凄凉的风霜逐渐迫近，关隘、山河冷清萧条，落日的余晖斜照在楼上，一派红花凋零翠叶枯落的景象。只有长江水，不声不响地向东流淌。

不忍登上高山眺望远方那渺茫遥远的故乡，渴望回家的想法难以收拢。叹息这些年来自己漂泊不定，毫无建树，为什么还要苦苦停留在异乡？想起家中的美人，正在闺楼中放眼凝望，多少次错把远处驶来的船当作心上人回家的船。你怎么能够知道啊，我在异乡倚着栏杆眺望故乡的时候，也是这样的愁思深重！

"对潇潇暮雨洒江天，一番洗清秋。"雨后江天，澄澈如洗。一个"洗"字，是全诗亮眼之处，那个宋朝的秋天，一下子变得明蓝澄碧。"雨"字，"洒"字，和

"洗"字，三个上声，循声高诵，定觉素秋清爽，无与伦比。

"渐霜风凄紧，关河冷落，残照当楼。"起语高亢，转句突然变作凄厉，直若要拨断琴弦般，使人惊醒，之后，语气又渐缓和，"是处红衰翠减，苒苒物华休。惟有长江水，无语东流"。

这首词，想来是柳永送给家里人的。"不忍登高临远，望故乡渺邈，归思难收"，总以为，柳永是浪子，一生都在烟花巷里过日子，就连最后的宿地，也是妓女们帮他置办的。但这首词里，柳永说到了故乡，说到了归思，读得让人心疼。

"叹年来踪迹，何事苦淹留？"他叹口气说，唉，也不知道这些年都为了什么事，竟然搞得自己有家不能回？

"想佳人、妆楼颙望，误几回、天际识归舟。"这个佳人，定不再是烟花女子，她们不能，也不敢想，这辈子能够有坐在闺房里只为等一个人的日子。那么，她是谁呢？

柳永也有父母妻儿，他的兄长们也都在朝为官，只要他肯收了性子，命运也不会这样惨，在主流社会中名声也不会这样臭。以他的才华，做个柳三变，也仍然会青史留名。青楼醉客花间死，实在是他自己的选择。大概以诗书齐家的父兄，也以有这样不争气的子弟感到羞耻。不过，家庭再寒冷，在浪子心中还是最温暖的去处。但，这个"佳人"有可能是他的妻子吗？有时候想想，以柳永的性子，恐怕不会对妻子作如此周到的怀想。想来，他当时亦在京城有了等他归来的美人儿，他也苦苦地等着回去和她团聚。

有人推测，等他归来的是一名叫谢玉英的女子，亦是名妓，与柳永情投意合，许了终身。这首词便是柳永怀念谢玉英而作。又据说，谢玉英左等右等，等不到柳永的消息，便离了青楼，独自前往柳永官所，却不想，与柳永擦身而过。那年月不像现在，一个电话，你在哪里，清清楚楚，错过一夕就可能一生错过。也有人说，是谢玉英等不及，又去接客了。柳永回来找不见玉英，便留了一首诗表明心迹而去。玉英回来后发现书迹，便一路追去，二人终于结为夫妻。又说，柳永死后，玉英也触碑相随而去。想来，这些都是善良的粉丝们给这位才子一厢情愿的温暖。他这一生实在太不幸了、太寒冷了，喜爱他的人便总想给他加件衣裳。柳永虽是个痴情种子，却不是宝玉，绝不会为了一朵花而放弃整个花丛。

欧阳修：人生自是有情痴

玉楼春

樽前拟把归期说，欲语春容先惨咽。
人生自是有情痴，此恨不关风与月。
离歌且莫翻新阕，一曲能教肠寸结。
直须看尽洛阳花，始共春风容易别。

因着这清雅的文字，在少男少女的心中，这欧阳修应该是一美男子，适值青春年少，玉树临风，双眸含情。若不然，如何能写得这唯美如画的小令来？即使不是，也该是那白发醉翁，银髯飘飘，笑意满怀。不然，如何做那醉翁亭中的主人？

其实，欧阳修是一个矮个子、长着两颗大兔牙、少白头、一脸病相的大叔。他出道时皇帝接见他，被皇后看到了，皇后皱起眉头说没见过这么丑的人。就连风流宰相晏殊见了他也说，这人的长相和他清新典雅的文字大相径庭，十分不待见欧阳修。

欧阳修在洛阳待了三年，从二十四岁到二十七岁。这是欧阳修在洛阳告别一位相好歌妓而作的词。在离席时，这个丑男子，微闭着双眼唱起了这样一首黯然销魂的歌。他与女人的交好岂仅仅是用地位和才华换来的。诗太美，却难译。我想了想，还是甘愿破坏了原词的美感，将它译成白话文，这比较容易理解一些。

分手前，你问我什么时候回来，我举起酒杯，迟疑着，想着怎样搪塞给你一个虚拟的归期，刚要张口，你那妩媚的面容已梨花带雨，伏在我的肩上哽咽起来。你已经猜透了我的心思，看到了结局。我知道，你对我的爱是发自内心的，你天生是一个情种，我们之间的一切都与风花雪月无关。

你为我轻轻唱起新近最流行的那首离歌，一曲唱罢，我已经受不住。不要再唱了呵，仅这一曲就足以令我肝肠寸断。离别已成定局，但这又有什么意义呢？倒不如让我们手牵着手，一起看完洛阳的每一朵春花，然后，在这满含芳香的春风里，你放开我的手，我放开你的手，就此告别。

"樽前拟把归期说，欲语春容先惨咽。"在送别的筵席上，他心里分明知道，这一回离开洛阳，不知道什么时候才能再回来。也许这一回便是最后的分手了。可是为了安慰对方，仍然打算虚构一个回来的日期，以免她过分悲伤失望。不料自己这句话还没说出口，对方已猜透他的心事。她那凄惨得说不出话的表情，分明知道这是最后一次见面。他举着酒杯，一下子就怔住了，说不出一句安慰她的话。

看着她伤心难过的样子，他恍然有所悟地说："人生自是有情痴，此恨不关风与月。"

人生来就是情痴，离悲别恨，是人发自本心的情感，跟大自然的风花雪月无关。

王国维《人间词话》说："永叔（按，即欧阳修）'人生自是有情痴，此恨不关风与月''直须看尽洛城花，始共东风容易别'。于豪放之中，有沉着之致，所以尤高。"王氏很欣赏此词的豪放与沉着。

一对普通的小儿女的离别，却生发出如此至纯至美的哲学课题，在宋词中，欧阳修是北宋第一人，好像也是最后一人。

自此之后，元遗山写下"问世间，情为何物？直教生死相许"，清代的况周颐又写下"他生莫做有情痴"的句子，都是对情痴所做的最好注解。只是，更喜欢欧阳修这句，悲而不伤。不需要有任何疑问，情感本来就是我们活在这世上的一部分，你推也推不掉，倒不如坦然接受它。

"直须看尽长安花，始共春风容易别"，欧阳修爱花，花像女人，但花不挑人，谁照顾好它，它就艳艳地开。洛阳的牡丹天下闻名。看了三年，他还没有看够，临别了，他还直嚷嚷着要看尽洛阳花再走。这就是欧阳修，不管什么事，一边伤着，一边痛着，一边找机会寻欢作乐。他这辈子爱花，爱美女，爱聚会，爱旅游，爱开玩笑。

每到一个地方任官，欧阳修一定要大搞绿化，种花种树。贬官滁州，他在官衙四周种满花木，还写了一首诗："浅红深白宜相间，先后仍须次第栽。我欲四时携酒去，莫教一日不花开。"至今，醉翁亭边还有一棵他亲手种下的老梅树。

一年后，他又到扬州做太守。这可是文人雅士心中的风流快活之地。腰缠十万贯，骑鹤下扬州，佳丽云集，少不了风流韵事。欧阳修选了扬州地势最高的地方，建了座平山堂，人在其上，江南美景尽收眼中。夏天，大半夜的不睡觉，趁着凉风正好，拉上一群人，带上妓女，就到堂里喝酒。事先派人到湖里采来上千朵荷花摆放在堂里。摆这些荷花做什么用呢？妓女把荷花摘下来，从第一个客人开始，一人摘一片花瓣，摘到最后一片的那个人就要喝酒，作诗。

又一年，他在颍州做太守。一上任，就治理西湖，除杂草，遍植荷花与杨柳，经年之后，接天莲叶无穷碧，游船笙歌往来，成了颍州的美景。有了西湖，就要有游湖的人，游湖的人中间一定要有白头醉翁。有白头醉翁在，就肯定有一群俊男美女相随。

欧阳修和颍州渊源很深。他闲居汝阴时，有一个妓女聪颖过人，是他的超级粉丝。凡是欧阳修的词，她都能一字不差地背下来。一次在宴会上，欧阳修与她戏约：他年当来这里当太守，那时就收她为小妾。几年后，欧阳修果然从扬州调任汝阴，但那个妓女已不见踪影。到任后的第二天，欧阳修和同僚在湖边饮酒植树，在撷芳亭上题诗说："柳絮已将春色去，海棠应恨我来迟。"

大概欧阳修当时说得太随意，歌妓也不敢当真，更何况男人酒桌上的情话又有几分可信？这个女孩子是聪明的。只是不知道她走后，是否还会经常唱起欧阳修的词："人生自古有情痴……"

三十年后，苏轼当汝阴太守，见诗笑道，这不是杜牧"绿叶成荫"之类的句子吗？苏轼说的是一个典故：唐代诗人杜牧在湖州偶遇一个十多岁的漂亮女孩，约定几年后来湖州当刺史时就娶她，双方还订了盟约，杜牧给了她很多礼金。可是直到十四年后，杜牧才出任湖州刺史，当年所约定的姑娘已出嫁三年，生了三个儿子。杜牧写《叹花》自我感伤道："自是寻春去较迟，不须惆怅怨芳时。狂风落尽深红

色，绿叶成荫子满枝。"

说起"绿叶成荫"的典故，便想起欧阳修的另一件糗事。欧阳大叔人虽然丑，桃色新闻却不少，但全是子虚乌有，皆源于欧阳大叔喜欢写艳词，说话更是不着调，搞得糗事一箩筐，但这件糗事对他的打击最大。

欧阳修有一个妹妹，嫁人不久便守了寡。欧阳便把她和七岁的外甥女（并无血缘关系）接到自己家里。外甥女长大后嫁给了欧阳修的远房侄子，后来这个外甥女和家仆私通，被发现后送到官府。没承想，这女人竟然说自己和欧阳修也有不伦的关系。有心人更找出欧阳修早年写的一首小词为证：

江南柳，叶小未成阴，人为丝轻那忍折，莺怜枝嫩不胜吟，留取待春深。
十四五，闲抱琵琶寻，堂上簸钱堂下走。恁时相见已留心，何况到如今？

细算那女孩到欧阳修家中，正好七八岁。有一个叫钱勰的官员笑着打趣说："年七岁正是学簸钱时也。"这话确实够噎人，欧阳修当时就答不上来了，怪就怪自己当初不该写这种不明不白的词！最后的结局是，欧阳修由龙图阁直学士骤降至滁州知州。这一年，欧阳修三十九岁。

在滁州，欧阳修写下了著名的《醉翁亭记》："宴酣之乐，非丝非竹，射者中，弈者胜，觥筹交错，起坐而喧哗者，众宾欢也。苍颜白发，颓然乎其间者，太守醉也。"众人玩着投壶和下棋的游戏，围坐在一起喝酒，高声说笑。欧阳修酒量又不行，喝一点就醉人长得又老，天生少白头，便自号醉翁，醉的不是酒，而是山水。

因乱伦丑事贬官，恐怕再也没有比这更难堪的了。但他仍然忙于喝酒，游山玩水。想来，他心里自有一杆秤。很多人因此便一醉不起，但欧阳修醉得厉害，心却不糊涂。他精于政事，有他在的地方，百姓便安居乐业。

其实，有关欧阳修的桃色新闻多因他的"词品太差"而起。欧阳修留传下来的词共有二百余首，大都是写男女之情的艳词，后人怀疑这些词里有近半并非他本人的作品，多是托名的伪作。不过，依欧阳修的性子，就是个口无遮拦的主儿，又爱喝酒，又爱玩，在酒桌上，说些荤段子，写首艳词，不过是一个玩笑，和人品本来就挂不上钩。

年轻时，欧阳修在洛阳当个小小的推官，上司钱惟演是吴越国王钱俶之子，入宋后小心谨慎，到底残留着王孙习气，为人洒脱得很，公余无事，常拉着下属赏花饮酒。这天，大家都到了，唯少两人：欧阳修和平时同他厮混的一个官妓。

两位终于姗姗地来了。钱惟演责问："怎么来得这么晚？"姑娘回答："去乘凉睡了会儿，起来发现丢了支金钗，怎么都找不到，就把时间耽误了。"钱惟演板着脸道："那让欧阳修写首词吧，写得好，便不治罪，还把金钗补偿给你。"

欧阳修应声作词一首：

柳外轻雷池上雨，雨声滴碎荷声。小楼西角断虹明。阑干倚处，待得月华生。
燕子飞来窥画栋，玉钩垂下帘旌。凉波不动簟纹平。水精双枕，傍有堕钗横。

——《临江仙》

那是雨后的一座小园，小池里的荷花开了，被雨珠敲着发出细碎的声音。雨停了，空气是那么清新，小楼西角有一道彩虹，被楼角遮掉了一半。她倚着栏干，等着月亮升上来。

一只燕子飞进了美人的画阁，床上的帘帐垂着，没有卷上去，床上铺着凉席，摆着水精枕一对，枕边静静横着金钗一支。歌女不是说自己的金钗丢了吗？欧阳修让燕子帮她找着了。至于为什么在这里，不可说，不可说。

众人自然意会，随之齐声叫好，钱惟演果然命人从公库中取钗补偿了这个妓女，并命她向欧阳修敬了一大杯酒，这件事就这么当个玩笑混过去了。

但凡与男女情事有关系的词，在古代，都一并归入"香艳淫词"。人们对写这词的人便总是疙疙瘩瘩，仿佛他做了见不得人的事。其实，那时有钱有势的男人哪个不是三妻四妾，做了不说，便等同于柳下惠吗？情感是人的正常需求，无论正道人士如何鄙夷，这些男女情事仍在民间兴盛不衰。许多人不明白欧阳修这样的顶

级文学大师为什么会写出如此"低级"的鄙俗之语，便对欧阳修辩污说，这都是他的仇人所为。欧阳修为官清正，不讲情面，得罪过的人确实不少，但想来，能写出"人生自是有情痴"者，也是个多情种子，那些淫词艳曲想来也有一部分是他本人的原创作品吧。

近代陈廷焯《词坛丛话》云："欧阳公词，飞卿之流亚也。其香艳之作，大率皆年少时笔墨，亦非近、后人伪作也。但家数近小，未尽脱五代风味。"是说，欧阳修的香艳之词有花间词的味道，这是当时的人伪造不来的，应该是他年轻时写的，说得有理。

《拊掌录》记了一件有趣的事，欧阳修和人行酒令，出的题目是每人各作两句诗，内容必须是犯徒刑以上的罪行。有人说："持刀哄寡妇，下海劫人船。"有人说："月黑杀人夜，风高放火天。"轮到欧阳修了，他摸了摸下巴，坏兮兮地说："酒粘衫袖重，花压帽檐偏。"众人诧异，便问："哪里有说到犯罪的事？"欧阳修说："到了这时候，徒刑以上的罪也能犯下了！"这是男人酒桌上的荤话，并不能证明欧阳修就是个色鬼。

《高斋漫录》里还记了这么一件事：欧阳修替宰相王旦作了神道（墓前的甬道）碑铭，王旦的儿子就特制了十副金酒杯送给欧阳修做润笔费。欧阳修不肯收，还开玩笑说："不是我不收，是缺捧这酒杯的人啊！"王旦的儿子一听，就赶紧回去买了两个漂亮的侍女送过去。欧阳修一看，这玩笑开过了，人家当真了，连忙说："我是开玩笑呢，酒杯我收了，女孩子带回去吧。"可见这欧阳修为人应该相当随和、有趣，搁现在，绝对可以当相声演员。

这才是真实的欧阳修。

欧阳修：楼高莫近危阑倚

踏莎行

候馆梅残，溪桥柳细。草薰风暖摇征辔。离愁渐远渐无穷，迢迢不断如春水。

寸寸柔肠，盈盈粉泪。楼高莫近危阑倚。平芜尽处是春山，行人更在春山外。

词的上阕写送别，下阕写相思，耳中只听到美人细声细腔地唱，唱得柔肠寸断，不知是欧阳修写给哪个女子的。

离别发生在春天，候馆，是古代用来接待官员的驿馆。在这个梅花刚残、溪桥柳细、草薰风暖的日子里，欧阳修和心上人匆匆告别，便骑上马走了。从"候馆梅残"这一细节推断，与欧阳修话别的女子定然不是妻子，而是他在外做官期间所认识的歌舞妓。不然，分别的地点就该是家里，而不是招待官员的驿馆。想必，这次的离别应是永别。

"离愁渐远渐无穷，迢迢不断如春水"，随着情郎身影渐远，女子的愁绪也跟着拉长，刚刚融化的春水流得格外欢快，发出琮琮的响声。"问君能有几多愁，恰似一江春水向东流"，她为很多客人都唱过后主这首《虞美人》，可是此时此刻，喉间似有什么堵着，什么也唱不出来。

那女孩绝望的眼神想想也叫人难过。这真要命。

接着，欧阳大叔劝女孩说：

"不要一个人爬到那高楼上倚着栏杆哦,还记得吗,我们一起在高楼上眺望过,还记得我们看到了什么吗?我们看到一片被重重青色群山围拢着的宽广平原,你用涂着蔻丹的指尖指向远方问我,那山外是神仙住的地方吗?我说,不,青山之外还是平原,平原之外又是青山,和我们在这里看到的一样。你要问我在哪里,我就在那青山之外。"

呵,这段词被我理解得诗意了一点,其实,欧阳大叔的言下之意是,人已经走远了,爬再高也看不到了,那不如省点力气吧。

可是,纵然看不到,也还是要一步步攀上高梯,手攀着围栏,踮起脚来,伸长了脖子,瞪大了眼睛。那一双泪眼,因过于用力而显得呆直,因为哭泣,脸上的胭脂被浸得东一块西一块的,只是为着美感,欧阳大叔隐去了这个镜头,只说"寸寸柔肠,盈盈粉泪",哭花了妆,怎么想也美不到哪里去。

这样的离别真叫人绝望。明明知道是不能长相守的相聚,还会拼了全力去爱,明知是不能再见的告别,还是肝肠寸断,伤了心也伤了身体。"情爱"二字岂是仅仅用男欢女爱便能一概而论的。

欧阳修长得极丑,却仍然有女子这样爱他。其实,无论男人女人,只要温柔起来,便是丑如钟馗也会变得可爱无比,招人喜欢。这个男人很知道怜香惜玉,这就是他的最大优点。

清晨帘幕卷轻霜。呵手试梅妆。都缘自有离恨,故画作远山长。
思往事,惜流芳。易成伤。拟歌先敛,欲笑还颦,最断人肠。

——《诉衷情·眉意》

因为天冷,女孩子一早起来便轻轻呵着手开始画梅妆。"都缘自有离恨,故画作远山长"比较难解。离恨和画眉有什么关系呢?"远山眉"一词来源于诗句"眉如远山含黛,肤若桃花含笑,发如浮云,眼眸宛若星辰",眉淡、细长,像远山含黛,故名。有远山眉的美女比较著名的有汉代的合德,就是赵飞燕的妹妹,被人称作"远山黛"。卓文君也是"眉色如望远山"的，眉似远山，淡淡含愁，所以，词中的女孩子因为情人不在身边，心绪不佳，就画了淡淡的远山眉。一边画，一边回忆和他在一起的细节，一边感叹自己空度青春年华。画完了眉，想唱首小曲解解闷，让自己心情好过一点。她张开嘴，却喉咙一紧，发不出声音来；她想摆出一张笑脸，笑未展，眉先颦。这样子真叫人心疼啊。

人的福气真是自己修来的，欧阳修这辈子运气一直都不好，但是，爱他的女人也不少。爱有过那么一次就够了，更何况，这个多情人爱女人如同爱花，是那样发自内心的疼，他还曾发誓说，要让花开到永远。

欧阳修：庭院深深深几许

蝶恋花

庭院深深深几许，杨柳堆烟，帘幕无重数。玉勒雕鞍游冶处，楼高不见章台路。

雨横风狂三月暮，门掩黄昏，无计留春住。泪眼问花花不语，乱红飞过秋千去。

全词起句即做了一个设问："庭院深深深几许？"三个深字连在一起，首句就把人的心给揪住了。到底有多深呢？"杨柳堆烟，帘幕无重数。"一棵棵、一排排的杨柳一字排开，形成无数的绿色帘幕，柳幕之后，是那一进进的院落、一扇扇的院门、一重重的珠帘。那么，围绕着这座深宅大院的又是什么呢？还是一座座的高楼，看过清明上河图的人一定都看过类似的景象。

"玉勒雕鞍游冶处，楼高不见章台路"，我隔着重重高楼，看不见骑着高头大马的贵公子和美人寻欢作乐的地方。章台，汉代长安街名。唐许尧佐《章台柳传》记妓女柳氏事，"章台"就成为歌妓聚居地的代称。这里暗示女子的丈夫在外面寻花问柳。

狂风骤雨袭来，打落了春花，黄昏时分，雨终于停了，院门在黄昏中紧紧地关闭着，却没有办法把院子里的春光留住。于是，被锁在深闺的她，只好独自坐在秋千上，看着春光慢慢从身边逝去。她泪眼朦胧地向春花诉说心事，请求春天留下来，但群花无言，化作点点落红飞过空荡荡的秋千。

男人在外面自由自在，寻花问柳，女人则被关在重重深宅大院之内，空掷着大好的青春年华。欧阳修这首词，把中国古代女子的一生都写了进去。想来，此时少妇的心境只可用王昌龄的《闺怨》诗"忽见陌头杨柳色，悔教夫婿觅封侯"来形容。

夫君还是个穷小子时，她织布，他读书，二目不期而视，他笑，她也笑。日子虽过得清苦，彼此却是对方眼里最珍贵的宝贝。现在，她仿佛家中的一件家具，他似乎早忘了家中还有一个美人，终日忙于柳巷中猎艳，而他却是她唯一的等待了。

"泪眼问花花不语"，问花什么呢？问花，春天为什么不能停下来？问花，为什么我的夫君冷落了我？问花，我的青春就这样一去不复返了吗？问花，我的一生就只能这样度过吗？花怎么会回答，它只会徒惹人伤心罢了。花也是身不由己，被风强行从枝头吹落，风吹到哪儿，花就飞到哪里。不过，再不济，花还有机会飞过高楼，她连残花都不如。

这句"泪眼问花花不语，乱红飞过秋千去"，仿若一幅唯美的小画，那画中人必要穿着红衣、有着宽大的衣袖。在漫天飞舞的红色花瓣中飘动，她伸出白玉般的指尖，碰触着空中的花瓣。还有她身后，那显得格外深翠的背景，一定要用笔画出如滴的水色来。画面无限伸展，红色花瓣，随风飞过秋千，飞过池塘，飞过杨柳的枝头，飞过重楼，飞出了院墙。若有画家将此情此境画下来，该是怎样一种摄魂的画面啊！

其实，闺中怨妇曾经也是幸福的小新娘。只是，那已经是很久远的事情了。

凤髻金泥带，龙纹玉掌梳，去来窗下笑相扶，爱道画眉深浅入时无。
弄笔偎人久，描花试手初，等闲妨了绣功夫，笑问鸳鸯两字怎生书。

——《南歌子》

这首词读起来特别温馨，只觉得有说不出来的美。细细地回味其中幸福的感

觉是如此美妙。想必是新婚的欧阳修的亲身经历也说不定。新娘子打扮得非常漂亮。她一早起来，坐在窗下梳妆，她扎起凤髻，用金泥带束着，用一种名叫龙纹玉掌的梳子插在发髻间。新郎看着好看，便走到窗下笑着扶住她，痴痴地看。小新娘故意问："我的眉毛画得好看吗？深浅合适吗？样子很时兴吧？"其实，哪里是询问，分明是向小新郎炫耀自己的美丽，希望得到对方的赞美。唐代朱庆余《近试上张水部》："妆罢低声问夫婿，画眉深浅入时无？"可见，画眉是夫妻闺房乐趣之一。

还有模范老公亲自为老婆画眉的。汉代张敞有一爱好就是给老婆画眉，这种隐私不知怎么就传出去了，传着传着就传到皇帝那里了。皇帝就问了："你一个大男人怎么能干给女人画眉毛这种没出息的事呢？"张敞说："我听说夫妻在房间里干的私事，还有比画眉更过分的呢。"的确，小夫妻闺房之中做什么事，就连皇帝也没权力过问的。元代的邵亨贞心血来潮，想做个模范老公，便效仿张敞给老婆画眉，却不得其法，反遭到夫人埋怨，只好写诗吐槽："扫黛嫌浓，涂铅讶浅，能画张郎不自由。"这位夫人真不好伺候啊，黛扫多了，她嫌浓；敷粉薄了，她喊浅。像张敞这样的画眉高手也会被搞得左右为难了。

眉画完了，又铺纸索笔，要描花样。"弄笔偎人久，描花试手初"，哪里是要描花样，分明是找借口撒娇嘛，坐在小老公的大腿上，靠着怀，也不描花，把笔放在手里玩弄，故意拖延时间。咬五分钟笔头描上一笔，再咬上五分钟。小老公的腿都坐麻了，便很无奈地说："娘子呀，你看你这么磨蹭，照你这速度，什么时候能绣完你的花呀？"她笑而不答，拿起笔来在纸上试了试，突然偏着头笑着问："'鸳鸯'两个字怎么写呀？"这个小新娘的鬼心眼可真多呀。

从这些细节可以看出，这个小老公对新娘亦是百般呵护，享受着她的无赖撒娇状。他心中知她的小把戏、鬼心眼，却非常享受这个过程。很多女孩都曾有过这样任性的时刻，所有的男人也都微笑着看她使小性子的样子，是那样可爱，令他们沉醉。在被人依赖的那一刻，他心底不知不觉生出一股男子汉的温情。可惜，一旦爱恋不在，再见女人的纠缠和无理状，便觉她面目可憎，只想落荒而逃。

当读者感动于"笑问'鸳鸯'两字怎生书"的深情时,那曾经的新郎已恨恨地锁住了朱门,跨上马,绝尘而去。

人生如茶,不经沸水烫之则无味;爱情则相反,不经平淡流年,皆无法知它最终的聚散。

宋祁：肯爱千金轻一笑

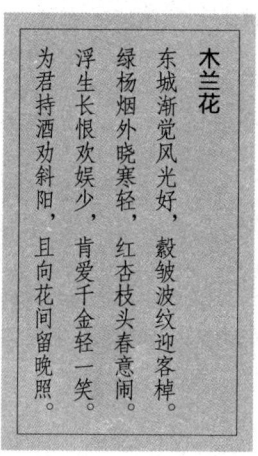

木兰花

东城渐觉风光好，縠皱波纹迎客棹。绿杨烟外晓寒轻，红杏枝头春意闹。
浮生长恨欢娱少，肯爱千金轻一笑。为君持酒劝斜阳，且向花间留晚照。

宋祁因这首词而一炮走红，得了一个"红杏枝头春意闹尚书"的招牌。王国维在《人间词话》里称道说："'红杏枝头春意闹'，着一'闹'字而境界全出。"不过，我更喜欢那句"为君持酒劝斜阳，且向花间留晚照"，这样的春光，这样的人生，才叫恬淡。我不喜欢热闹的花，若要看杏花，最好在雨中。宋祁的这个春天太熏人了，暖风熏得游人醉，过头了，便容易犯困。

不过，这样的春天还是很美的，很适合谈情说爱，想想新欢旧爱。

"东城渐觉风光好，縠皱波纹迎客棹。"东城的风光一日日的好看起来，可不是么，春天的色彩是慢慢染上去的，画笔先涂得很淡，大概想画个烟熏妆，想想，还是水墨丹青的好，于是，便越画越浓，转眼，便画满了桃红柳绿。水波也温柔起来，吸引着游人坐上画船，荡漾其中。杨柳新绿如烟，在早春三月的清风中轻轻飘动，那杏花却已经红艳艳地在枝头开得热闹了。

"浮生长恨欢娱少，肯爱千金轻一笑。"这句话就说了一个意思，及时行乐。爱是"吝惜"的意思，轻是"看轻"的意思，本来人这一辈子欢乐的时光就非常短暂，散尽千金只为博得美人一笑，也是值得的。

宋祁喜欢讲排场，通俗点说，就是"整景儿"。他修唐书时，先是"盥手漱口"，把卧室的大门打开，垂下帘幕，点燃两根巨烛，侍女环侍，他往中间一坐。他本来长得就很仙，这一来，就更"仙"了。

有一个大雪天，他又列好阵队开始作秀了，正要提笔写字，突然停下来，问了侍女一个问题："你们以前都服侍过别家的老爷吧，有人像我这样清雅脱俗的吗？"

侍女们心里想，你写字就关上门好好写呗，让我们陪着你站这么半天干什么呢？心里这么想，嘴上却不敢说，都说："没有，没有，当今世上，哪还有比老爷你更仙的人呢？"有一个侍女在皇亲国戚家里待过，宋祁就问她："你家太尉遇到这种天气时做什么？"那侍女说："也没干啥，就围着火炉，唱唱歌，跳跳舞，喝喝酒。"宋祁想了想："这样也没什么不好啊。今天不写了，咱也喝它个通宵。"就这样，把笔墨纸砚都拿下去，书房改餐厅。

可见，宋祁是严格奉行"肯爱千金轻一笑"的人生主张的。

宋祁有个大哥，叫宋庠，性格与他完全不同。宋仁宗天圣二年（1024）宋庠、宋祁两兄弟一起参加科举，据说小宋考了第一，宋庠第三，章献太后觉得弟弟第一，老大居后，不合长幼顺序，就让宋庠列第一名，宋祁列第十，故有兄弟"双状元"之称。

大小宋这哥俩儿在求学期间，最穷的时候身无分文，连吃饭都成问题了。冬至那天，小宋却约同学们去喝酒，出手还挺大方。别人问他钱从哪里来的，他说："为了请你们吃饭，我把祖先传下来的一把宝剑剑鞘上用来装饰的银子给抠下来了，还真不少，有一两多，正好够付这一桌酒钱。"还说，这回吃剑鞘，下次我们就吃这把剑好了。

人们都说，通过言行看人品。这时的宋祁颇有些李白"千金裘，呼儿将出换美酒"的豪气，不过，怎么看都像是作秀；李白卖千金裘只是招待意气相投的朋友，小宋的请客便有没钱臭显摆之嫌了。

小宋的大哥宋庠为人俭朴，做到宰相也绝不铺张。小宋的官做得没有哥哥大，但排场却大得很。有一次过上元节，大宋在家读《周易》，小宋却狎妓纵酒，欢

饮达旦。大宋就劝弟弟说:"你忘了有一年上元节,我们一起干饭就咸菜的情景了吗?"大宋的意思是让弟弟保持过去艰苦奋斗的作风,小宋却反问:"大哥,敢问咱俩当年干饭就咸菜为了什么?"

这话说得实在,可见小宋也是个实在人。这一点和晏殊确实很像,晏殊也是实在人。有一次,皇帝夸他俭仆,他说:"不是我不想铺张,是因为我没有钱。"其实,老晏的实在是"秀"出来的,小宋连"秀"都懒得作了。

宋祁风度翩翩、挺拔俊俏、英姿勃发,又有才气,仕途又得意,这样的男子,自然是女孩子心目中的白马王子。虽说,骑白马的不一定都是王子,但小宋不骑白马也是王子哦!

一天,汴京城的大街上浩浩荡荡来了一队皇宫里的车马,宋祁在路边避让。等待车队过去一半了。这时,一辆官车的车帘突然揭开,露出一位宫女的脸来,玉树临风的宋祁站在人群中就像凤凰和鸡一样的区别,宫女一见之下,情不自禁地叫了一声:"啊!看,那不是小宋吗!"宋祁循声望去,见那宫女长得甚是端丽,如见天人一般。回家后便写下了一首《鹧鸪天》。

> 画毂雕鞍狭路逢,一声肠断绣帘中。
> 身无彩凤双飞翼,心有灵犀一点通。
> 金作屋,玉为笼,车如流水马游龙。
> 刘郎已恨蓬山远,更隔蓬山几万重。

这首词通篇都是抄袭李商隐的诗句,是一篇东拼西凑的东西。当然,以小宋的才气,自然是用不着抄袭的,大概是一时起了兴致,写下的游戏之作。怎么也看不出来是写给不过偶然在车帘里露了一下脸的小宫女的。而且小宫女只是呼了一声小宋,想来语气应该是惊喜的,怎么会"一声肠断绣帘中"呢?为什么不是"娇声喜讶呼小宋"呢?

不久,这首词连同宋祁街头偶遇的故事,流传进了皇宫,仁宗皇帝也见多了风流韵事,这小宋竟风流到自己的皇宫里来了,倒是好玩儿得紧,便召宋祁入宫,问他:"蓬山远吗?"小宋心里明白皇上问这话的意思,该怎么回答呢?远还是不远?他以沉默代替回答。皇上看他一脸窘相,有些幸灾乐祸,笑着说:"蓬山并不远。"说完把那名宫女叫了出来:"请刘郎带走吧。"

说来,小宋对女人也是很有一套的,至少,比对待老师晏殊要人性化得多。话说,有一次,他在外面宴饮时觉得天气寒冷,命下人回家取件衣服,谁知数房宠妾各自都送了一件"半臂"(无袖小马甲),要穿哪一件好呢?想来,不管穿哪一件,都免不了打翻醋坛子,更惹得佳人伤心,得不偿失,便索性一件也不穿,冻着回了家。后世一直将之当作文人韵事来说,明末清初南山逸史所作《半臂寒》,就是描写这段情事的。

晏殊非常喜欢小宋,简直把小宋当成了自己的克隆版了。第一,小宋长得帅;第二,小宋有才;第三,小宋喜欢宴游行乐;第四,小宋很会做人。这四点就够了。同样是才子,才情比小宋高出一大截子的欧阳修,晏殊就怎么也喜欢不起来。

聪明讨喜的孩子自然得长辈喜欢,但当孩子的却并不领情,你对我好,是因为我帅啊、我有才啊、我嘴巴甜啊。人如果优秀过度,便不免狂妄,眼中也只有自己了。晏殊就被他的得意高徒宋祁狠狠涮了一回。

有一年中秋,晏殊请宋祁到家里饮酒赋诗,听歌赏舞,玩了个通宵。第二天,宋祁就接到起草诏书罢黜晏殊的任务。宋祁揣摩上意,把晏殊骂得狗血淋头。晏殊都惊呆了,昨天还推杯换盏呢,身上的酒气还没散呢,怎么马上就变脸了?按理,宋祁也犯不着趟这浑水,至于为何要落井下石,也只有宋祁自己能回答这个问题了。

苏轼：十年生死两茫茫

江城子·乙卯正月二十日夜记梦

十年生死两茫茫，不思量，自难忘。千里孤坟，无处话凄凉。纵使相逢应不识，尘满面，鬓如霜。

夜来幽梦忽还乡。小轩窗，正梳妆。相顾无言，惟有泪千行。料得年年肠断处，明月夜，短松冈。

这首著名的《江城子·乙卯正月二十日夜记梦》是苏轼写给亡妻王弗的，作于宋神宗熙宁八年乙卯（1075）密州知州任上。王水照先生曾云此词"含悲带泪，字字真情，将满腔思念倾注与（于）笔端，创造出缠绵悱恻浓挚悲凉的感人意境"，实为定评。

1054年，16岁的王弗嫁给19岁的苏轼。他们是怎样认识的，自由恋爱，还是父母之命、媒妁之言不得而知。王弗是苏轼老师的女儿，大概在成婚之前两个人是见过面的，彼此的感觉良好，这婚姻也算是你情我愿的。

婚后，两个人琴瑟相和，苏轼读书，王弗就在一旁红袖添香。与其说红袖添香，不如说是看着苏轼读书。大概婚前父母也叮嘱过，万不可以任性子只陪他玩耍，你要看住他……

在苏轼这一头看来，这个妻子应该也和所有的妻子一样，是不懂读书写字的，看她盯着自己读书，一看就是一天，心里很是不爽。你又不认得字，天天瞅着我看书干什么呢，我说什么你听得懂吗？后来苏轼背书或作文时，有想不起来的地方，王弗就在一旁提示。苏轼觉得很惊奇，连我都记不住的东西，你怎么能知道呢？苏轼颇不服气，拿别的书来考她，她居然也能略说个一二来。苏轼这才知道，这丫头是个聪慧的主儿。

从这段记录可以推知，苏轼和王弗在结婚前并不是太了解，甚至在结婚后有一段时间也很陌生。直到王弗帮他提点时，这才知道，自己好福气，竟然捡到一个识文断字、冰雪聪明的宝贝回来。其实，王弗的父亲王方是进士出身，女儿遗传父亲的高智商，本没有什么奇怪的。

但王弗为什么不主动告诉苏轼自己读过书呢？原来，在过去，女人读没读过书没有人在乎，更不值大肆张扬地说出来。那年月，男人只要认得几个字，会作几首酸诗，就想着有朝一日能加官进爵飞黄腾达，女人就算才高八斗也不值一钱，甚至还会被人看不起，说她不守本分。

宋代是一个奇怪的朝代，男人去青楼寻欢时，定要挑那才色双全的女人，会轻歌曼舞，能赏心悦目，要懂他们的心，晓他们的意，还要能唱和他们作的酸诗艳词，但对老婆的要求却简单得很，那就是门当户对，能理家，能生孩子，最重要的一点，要听话，不干涉他们婚外风流。王弗是一个有见识但不张扬的女人，她懂得如何让自己在这个大家族中做一个世人眼中的好妻子。

待慢慢熟识起来，小两口之间也有了些默契，小才女的傲气也慢慢露出尾巴来了。在婚后才知道娘子是才女，能说明什么呢，说明王弗读书是自学成才的，若是父亲所教，那两家老人在议婚时定会有所提及。

王弗看到苏轼读书，便终日不去，这"终日不去"确实有意味得很。一个识文断字的十六岁少女，想来在婚前对爱情也是有过憧憬的，那必是一个有才华，又爱自己的好男子。王弗很有福气，她更想不到自己遇到的这个男子有着光耀千古的才华。

一个无意中得了佳婿，一个无意中得了"贤妻"，自此，苏东坡便一路得意，先是中了进士，又做了官，而且，官越做越大，连苏轼也不免得意起来，但不见王弗喜形于色。他到凤翔去做官，王弗跟着。苏轼一回家，她就问东问西，问苏轼最近发生了什么事，和什么人交往，说了什么话，有什么打算，等等，并说：

"你在外面做官,亲人都不在身边,说话行事都要小心。"这口气和苏轼他爹老苏一个口气。

苏轼爱结交朋友,当然,以苏轼的才华,所交往的都是当时的风流才子,只是,苏轼看人经常走眼。苏轼是一个好人,好到什么地步呢?在他眼中就没有一个坏人,全天下的人都是好人。

他自己是好的,便认为全天下的人都是同他一样的,无形中便要吃很多亏。王弗自然了解苏轼的这个"死穴"。家里来了客人,女人是不能抛头露面的,王弗便坐在屏风后面偷听。待客人走了,她便出来分析刚才客人的谈话内容,判断对方值不值得苏轼交往,以及在交往时的注意事项等。比如说,这个人说话太极端,又爱拍你的马屁,你不要再跟他交往了,又或者,这个人是个"用人朝前,不用人朝后"的主儿,你小心他将来会给你穿小鞋等。

好女人能激起男人的野心,还能抚平男人的野心!王弗就是这样一个好女人。对王弗这样的女子来说,她的幸福并非缘于她所嫁的男人是苏轼;而对苏轼而言,他娶的即使不是王弗,也会有"十年生死两茫茫"的慨叹。他们都是世上少有的好人。

只是不知,这样好性格的女人为什么不长寿,27岁时,王弗就因病去世了。老苏洵对儿媳的死特别心疼,说:"你媳妇跟你吃苦受罪,没享几天福就走了,你就把她葬在你娘的身边吧。"还没等苏轼把王弗的尸骨运回老家,苏洵也去世了,苏轼便把王弗和父亲一起运回四川老家安葬。

这首《江城子》作于王弗去世后的第十个年头,故有"十年生死两茫茫"之慨。他们本是少年夫妻,王弗在女人最美好的年华死去,她的容颜便永远定格在了27岁的时空里,永远是那个坐在小轩窗中对镜梳妆的年轻女子。而活着的东坡却已是一个满脸皱纹、满头白发的老人了。如果两个人此时能相见,她一定不认识自己的老公了。

不知在梦中,她见到的苏轼是何等模样,是新婚燕尔的他,还是霜染鬓角的他?为什么生者和死者在梦里相见,往往都是无声?昔日的嘱托犹在耳畔,你就再没有别的话对我讲了吗？哪怕你只是叫一声我的小名，或者喊一声"喂"呢。

不是不想说，是不知从何处说起，是悲痛压住了喉头，是只想这样看着你。更是因为，我的心每天都在你身上，一刻也没有离开过，你所经历的一切我都知晓，不管你是生是死，是病是痛，是福是祸，我都无条件地跟随着你，所以，你的一切，我已经无须再问，也无须嘱托，所以，我无言。

苏轼：多情却被无情恼

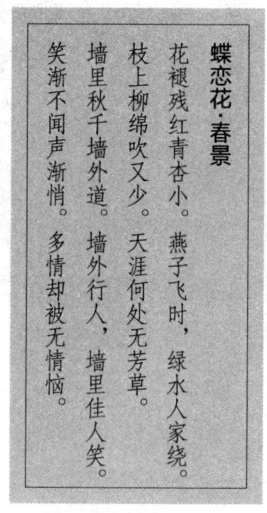

蝶恋花·春景

花褪残红青杏小。燕子飞时，绿水人家绕。枝上柳绵吹又少。天涯何处无芳草。

墙里秋千墙外道。墙外行人，墙里佳人笑。笑渐不闻声渐悄。多情却被无情恼。

宋人笔记《林下诗谈》载，苏轼贬官惠州，有一天，和侍妾王朝云闲坐，刚入秋，东坡见外面的树木正在落叶，便有了悲秋之意，就让朝云倒上酒，一边喝酒一边听朝云唱这首《蝶恋花》。朝云抱起琵琶，手指轻轻拨弄了几下琴弦，樱桃小嘴张了几张，却发不出声音来，接着，眼泪就簌簌地落到了衣襟上。苏轼很奇怪，问她："朝云啊，你这是怎么了？"朝云说："我一想到那句'枝上柳绵吹又少，天涯何处无芳草'，就什么也唱不出来了。"苏轼哈哈大笑，说："我在悲秋，你却又在伤春。咱俩不是一路的啊。"这首词到底没能唱成。

多情却被无情恼，她唱《蝶恋花》凄然不成歌，是因为她体味到了词中所包含的旷达与感伤相杂的情怀。正是明白他是那样豁达宽和的人才替他伤感，他实在不该受这样的磨难。朝云待东坡亦如黛玉待宝玉，世人皆言黛玉爱哭，却不知她的泪多是为宝玉而落，朝云也是一样的心思。我想东坡是明白的，不久，朝云病亡，苏轼终生再也不听这首词了。

这是怎样的相知啊，怎能让东坡不伤心？这个女子，不但深深地爱着他，还深深地懂得他，就像他的另一个分身。无论是结发妻子王弗，还是后来的患难老妻王闰之，都是亲情大于爱情，对他好是好得紧，就像自己的父母和手足般的关爱之情，却未必能够理解自己。那并不是真正的爱情。那时的女人，多是没有爱情的，说透一点，是根本不需要爱情。女人结婚不过是为了有一个安身之处，只管谁家条件好，给的彩礼多，谁家的小伙子有出息。条件都不好的，还要算算是否潜力股，八字是否相合等。嫁过去了，若那男人品正貌端，知冷知热，生了儿育了女，亲情便是自然而然的产物了。自己一生的命运所系，便全在丈夫和儿女身上。这是人的本能，和爱情本来无关。朝云却不同，她是自己无意间在世间遇到的另一半，他的知音、他的生命，他因有了她而圆满，不再有一丝缺憾。

王朝云是苏轼买来的。宋神宗熙宁四年，苏东坡被贬为杭州通判，随友人携妓游西湖。小小的朝云生得冰雪之貌，混迹于群妓中，却自有一股孤洁的气质。据说，苏轼那首"欲把西湖比西子，浓妆淡抹总相宜"中的西子，其实指的就是朝云。当然这些都是传闻。苏轼将她买了回来，留在身边做侍女。自小便在风尘中长大的朝云又怎会不知道自己未来的归宿便是这个人人仰慕的大文豪呢？命运待她果真不薄，把当世最有才华的男人赐给了她。如果她遇到的是混世魔王、浮花浪子，将她强行掳走，那人生又该是另一场光景了。

苏轼也是幸运的。他七岁时，便爱上了一个名叫花蕊夫人的女子，因为一位老婆婆告诉他，这女孩生得"冰肌玉骨，自清凉无汗"。那时，他便认定，这样的女孩才是最完美、最纯洁的，是他心中的女神。朝云生得极白，正是那冰肌玉骨的女神化身。秦少游写诗称赞朝云"美如春园，目似晨曦"。美如春园已经不俗，目似晨曦那该是怎样的美啊……

朝云不仅生得冰清玉洁，更是聪慧异常。在照顾苏轼起居之余，本不识字的她还学会了读书写字，更是弹得一手好琵琶。苏东坡填词，她能配上曲调浅吟低唱，直听得苏轼欣喜神迷，如痴似醉。

一次，苏东坡退朝回家，指着自己的肚子问侍妾："你们有谁知道我这里面有些什么？"一答："文章。"一说："见识。"苏东坡摇摇头，王朝云笑道："一肚

子的不合时宜。"苏东坡哈哈大笑，说："知我者，唯有朝云也。"

我们总说相知，就是你知我，我知你。然而，想来，苏轼把朝云当成了巫仙下凡，天女维摩，那也只是寻个安慰，朝云却是把这个男人爱到了骨子里，扯也扯不出来了。不然，也不会唱到"天涯何处无芳草"时簌簌落下泪来。

苏轼是个不合时宜的人，这一点他自己比谁都清楚，他最得意的也正是这一个缺点。结发妻子王弗嘴上不说，却处处留意，时时关心，怕他哪句话不对就丢了官帽。继室王闰之不懂这些，她只懂得用最少的钱让一家子吃好喝好，偶尔也会发发脾气："你写这些劳什子做什么？把一大家子老老小小都害死了你才高兴？"实实在在的夫妻家常话。没有人爱他的不合时宜，就算是相知的朋友也常劝他，改了这脾气吧。只有这个小朝云，能一脸笑意地拍拍这肚子，这一肚子的不合时宜……

乌台诗案发生后，官府来人查抄苏轼的诗文，全家人吓得够呛。官差走后，王闰之气愤地说："写这些害人的东西有什么用，不当吃不当穿。"一把火全烧了。若是王弗，大概会好言劝说，叫他以后少写这些劳什子。若是朝云，肯定会把那些纸一角不少地藏起来，过后同他一起挑出那些害人的文字，一边读一边笑。

朝云说："奴所不能歌，是'枝上柳绵吹又少，天涯何处无芳草'也。"芳草，历来是思乡离别主题赖以生发的意象之一。如范仲淹的《苏幕遮》："山映斜阳天接水，芳草无情，更在斜阳外。"《离骚》："何所独无芳草兮，尔何怀乎故宇？"朝云自然明白，此时的苏轼就像当年的屈原一样，远离故都，空怀报国之心。

有时候觉得女人是不会爱自己的，爱自己的女人也有，比如武则天、杨贵妃。她们懂得如何操控男人，让男人爱她们、疼她们，把三千宠爱集于一身。另有一种女人，她们通过爱男人来成全自己，所以，她们总是想改一改自己男人身上的脾气。王弗、王闰之爱苏轼便是如此，这样的女人天生适合做母亲，也是好妻子。朝云却不同，她像爱自己一样爱东坡，爱他一肚子的不合时宜。她不是不晓得这一肚子不合时宜会给自己和苏轼带来怎样的麻烦，但仍然"你想怎样便怎样，因为你就是我，我就是你。"

苏轼的这三个女人确实有趣得很。年少气盛时，大家闺秀的妻子如师如母；待年长时,正赶上官场失意,糟糠老妻做牛做马;晚景凄凉时,这一肚子的不合时宜终于有人识货了……

乌台诗案后,朝云随苏东坡前往惠州贬所,然而,幼子夭折的沉痛打击令她身体状况陡然直下,于是皈依佛门,诵经礼佛,但终敌不过岭南瘴疫而倒下了,握着苏东坡的手口诵《金刚经》四偈"一切有为法,如梦幻泡影,如露亦如电,应作如是观"离世。

苏东坡将她葬在惠州西湖孤山南麓栖禅寺大圣塔下的松林之中,并在墓上筑六如亭纪念,并为她作墓志铭,说:

东坡先生侍妾曰朝云,字子霞,姓王氏,钱塘人。敏而好义,事先生二十有三年,忠敬若一。绍圣三年七月壬辰,卒于惠州,年三十四。八月庚申,葬之丰湖之上栖禅山寺之东南。生子遁,未朞而夭。盖常从比丘尼学佛法,亦粗识大意。且死,诵《金刚经》四句偈以绝。

铭曰:浮屠是瞻,伽蓝是依。如汝宿心,惟佛之归。

一个人的一生,无论如何精彩,也不过短短几十字便可概括,如此而已。

(六如亭上有苏轼亲手写下的楹联:不合时宜,唯有朝云能识我;独弹古调,每逢暮雨倍思卿。后人依据"六如"之意,又在亭的两侧镌下对联:如梦如幻如泡如影如露如电,不生不灭不垢不净不增不减)

苏轼：但愿人长久，千里共婵娟

> **水调歌头·中秋**
>
> 明月几时有，把酒问青天。不知天上宫阙，今夕是何年。我欲乘风归去，又恐琼楼玉宇，高处不胜寒。起舞弄清影，何似在人间。
>
> 转朱阁，低绮户，照无眠。不应有恨，何事长向别时圆？人有悲欢离合，月有阴晴圆缺，此事古难全。但愿人长久，千里共婵娟。

这是苏轼知名度最高的词。《苕溪渔隐丛话》说："中秋词，自东坡《水调歌头》一出，余词尽废。"我意与之同。这是一篇前无古人后无来者的文学作品。全词句句经典，读来令人一唱三叹。

每读此词，耳边便有清迈的歌声响起。如果说李白是谪仙人下凡，那么，写这首词的苏轼就是偷下了凡间便死活都不走的仙人。这样的词，若在武侠剧中，由衣袂飘飘的白衣女子唱起，该是多么的摄人心魄。

词作于公元1076年（宋神宗熙宁九年）苏轼被贬至密州两年后的中秋，而他与弟弟7年未见，兄弟情深，又逢佳节，酒酣耳热后，怀着对弟弟深深的思念，苏轼提笔写下这首词。

写下此词后，由谁来弹唱？是朝云吗？这时的朝云，碧衣蓝袖，犹如巫山下凡人间的女神，轻轻拨弄琵琶："不知天上宫阙，今夕是何年……"

人的因缘真是妙不可言。如果命运之手没有将他送到密州，苏轼还会在酒酣中写下这一人间绝唱吗？一千多年过去了，对我们来说，邂逅水调是今生的注定，对东坡来说，那该是一段怎样的因缘呢？

"明月几时有，把酒问青天"这两句是从李白的《把酒问月》"青天有月来几时？我今停杯一问之"脱化而来的。

端起酒杯问一问青天，天上这轮明月是从什么时候开始出现的呢？唐代诗人张若虚有"江畔何人初见月？江月何年初照人"的诗句，也是这个意思。

"不知天上宫阙，今夕是何年。"今天是中秋佳节，不知道月宫的今天又是什么年景呢？很想去看一看，所以他接着说："我欲乘风归去，又恐琼楼玉宇，高处不胜寒。"我打算乘着风离开人间，回到天上的月宫，又怕住在那些用琼玉砌成的楼宇中，怎能经住那样的寒凉？

明明要去月宫，为什么要说归去呢？人们都把死说成"归"，魂归故里，驾鹤西归，归天，等等。总之，到天上去，要说归，到黄土里，也说归。归，是归宿。所以，东坡也说归。

"琼楼玉宇"语出《大业拾遗记》："瞿乾佑于江岸玩月，或谓此中何有？瞿笑曰：'可随我观之'。俄见琼楼玉宇烂然。"可知，琼楼玉宇是月亮上的宫殿。

"不胜寒"暗用《明皇杂录》中的典故，八月十五日夜，叶静能邀明皇游月宫。临行，叶叫他穿皮衣。到月宫，果然冷得难以支持。

东坡既向往月宫，又害怕受不住寒冷。"高处不胜寒"也被后人用来形容人居高位时，就要经受更大的风险与磨难。

说来说去，天上哪有在人间这般美好，就像此时，我们一起喝酒，一起在月光中跳舞，这样的日子比天上有趣多了。李白《月下独酌》："我歌月徘徊，我舞影零乱。"苏轼的"起舞弄清影"就是从这里脱胎出来的。

下片由中秋的圆月联想到人间的离别。"转朱阁，低绮户，照无眠。"转和低都是指月亮的移动，暗示夜已深沉。月亮转过朱楼，将清光低低地洒进雕花的门户，照着那难以成眠的佳人。绮户，彩绘雕花的门户，唐元稹《生春》诗之十七："何处生春早，春生绮户中。""无眠"是泛指那些在中秋月圆之夜因思念亲人而睡不着的人。

于是诗人埋怨明月说："不应有恨，何事长向别时圆。"月亮，你是有情的还是无情的呢，你应该是没有离愁别恨的，但为什么，你总是在有情人分别时才格外的圆满呢？

接着，诗人把笔锋一转，自我安慰说："人有悲欢离合，月有阴晴圆缺，此事古难全。"哎呀，这是因为啊，人的悲欢离合和月的阴晴圆缺都是上天的造化，这种事情自古以来就没有两全其美的，谁也没有办法呢！更何况，有分就有合，总有相见的一天！

"但愿人长久，千里共婵娟。"婵娟，明月，典出南朝谢庄的《月赋》："隔千里兮共明月"。读到这里，我们会想起张九龄那句"海上生明月，天涯共此时"的名句。而苏轼则近一步向天下有情人发出美好的祝愿，他说，但愿天下所有相亲相爱的人都能够长长久久，虽然远隔千里，互相见不到对方的面容，但是一抬头，就能看到一模一样的月亮，也不错呀。意思是，只要我们都安好，就是最幸福的事。

我们还活着，我们还相爱，我们还有一起看月亮的福气，还可以通过月亮互通心意，这就是最幸福的事。

苏轼：三十年前，我是风流帅

> 蝶恋花·送潘大临
>
> 别酒劝君君一醉。清润潘郎，又是何郎婿。记取钗头新利市，莫将分付东邻子。
>
> 三十年前，我是风流帅。回首长安佳丽地，为向青楼寻旧事，花枝缺处留名字。

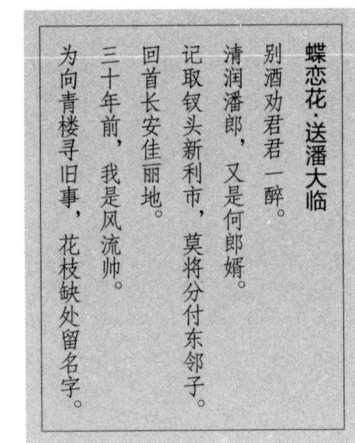

这首《蝶恋花》是东坡在黄州时，送潘大临赴省试所作。有人因"三十年前我是风流帅，为向青楼寻旧事，花枝缺处留名字"太不正经，就断定这是一篇伪作。然而，这词确确实实是苏轼送给潘大临的作品。其实，在男尊女卑的宋代，男人逛青楼不但不会受到谴责，反而会受到追捧，连当事人都要为此大书特书一番。苏轼自己家里也养着好几个小妾，后来贬官黄州，小妾养不起了，又卖掉了好几个。这事若拿到现在，别说狎妓了，光是重婚罪和买卖人口罪，就够苏轼坐十年牢了。若追究那白马换春娘，就是人命案了。

这首词是写给进京赶考者的。这个潘大临，就是写"沙明拳宿鹭，天阔退飞鸿"的那个潘大临。词里的"潘郎"就是拿潘大临来比潘安，"又是何郎婿"，是说，潘大临是何家的女婿。潘大临的母亲姓何，大概潘大临的妻子是自己的表姐妹，故称"何郎婿"。至于潘大临帅不帅，俺们不知，但是苏大胡子对自己三十年前的风流韵事是颇为自得的。

"回首长安佳丽地，三十年前，我是风流帅"让人想起古龙笔下的盗帅楚留香。

"花枝缺处留名字"，就是"点花牌"，青楼妓女将自己的艺名写在花牌上，

若被邀请外出侑宴,邀请人的名字也要写在花牌的空缺处。想想看,如果某妓女的花牌上留下苏轼的大名,那该有多风光呢。

何止是三十年前,苏轼狎妓最风光的时候应在杭州。宋人王明清在他的《挥尘录》中记载:姚舜明在杭州做市长时,遇到一个老妇。老妇年轻时曾做过妓女。她对姚舜明说起苏轼狎妓的盛大场面。据说,每逢公休日,苏轼就会呼朋唤友,带上一群妓女,到西湖游玩。找一个景色奇佳的地方,大家一起吃早饭,吃完饭,便把人分成几个小分队,每一队都选出一个队长,由队长带领众人,领上几个妓女,想去哪儿玩就去哪儿玩。黄昏时分,以敲锣为信,大家到圣湖楼或竹阁之类的地点集合,继续饮酒作乐。尽兴返回时,只见杭州城的马路中央,千骑马队,妓女们手里拿着烛火,列队相随,那阵势很是壮观。引得城中男女老少都出来观看,场面就更热闹了。

妓女的命运掌握在官员手中。妓女能否能脱籍从良,也全在当官的一句话。北宋王辟之《渑水燕谈录》第十卷载有这样一件事:

苏轼任钱塘通判时,赶上市长不在,衙门的事就暂由他这个副市长代替。一天,他收到一名营妓请求落籍从良的陈状。苏轼立即大笔一挥说:"五日京兆,判状不难;九尾野狐,从良任便。"放你自由,从良嫁人吧。

五日京兆是一个典故。汉代的张敞被人弹劾,按规定,五日后便要离职。正好有一个案子要办,他便令部下絮舜去查办。絮舜却说:"你只能当五天京兆了,还办什么案子呢?五天后你一走,我不是白忙活一场?"说完就撂挑子回家睡觉去了。张敞大怒,说:"五天的京兆又怎么样,我当一天京兆就有权法办你。"就让人去絮舜家将人拘押起来给杀掉了。

苏轼这里用这个典故,说自己是个临时负责人。

有一个姓周的妓女,色艺冠绝钱塘,听说这件事后,也递了陈状请求从良。苏轼却不批准,说:"慕《周南》之化,此意虽可嘉;空冀北之群,所请宜不允。"

苏轼顺手拈来的也是两个典故。

一是"慕《周南》之化",典出《诗经·周南·关雎》:"关关雎鸠,在河之洲。窈窕淑女，君子好逑。"

二是"空冀北之群"，典出韩愈《送温处士赴河阳军序》："伯乐一过冀北之野，而马群遂空。"意思是说，伯乐精通相马，遇见好的就取走，到最后，马群中就没有好马了。

你想从良嫁人的愿望是美好的，但是你走了，杭州妓界就少了你这根台柱子，那可不行呀，所以，你的请求我不批准。

妓女的幸福都在当官的一句话，如何讨好官员便是她们需费心思揣摩的事。《春渚纪闻》也记有苏轼一则故事：

苏轼在黄州期间，在宴会上喝到得意处，便不免诗兴大发，醉墨淋漓，写完了就赠送给歌妓们，谁都送到了，就是没为歌妓李琪写过只言片语。苏轼即将离开黄州去汝州的时候，州里为他饯行。李琪知道不能再等了，这是自己最后的机会了，于是，拿了围在脖子上的丝巾，请东坡题字。

苏轼欣然答应，让李琪为自己研磨。研好墨，苏轼挥笔写道："东坡七岁黄州住，何事无言及李琪？"我在黄州住了七年，为什么一直没有念叨过李琪呢？写完这两句，就放下笔同客人谈笑起来。李琪等得着急，但苏轼谈兴正浓，也不好打扰，便只好等着，眼看杯盘狼藉，酒宴都要散了，李琪只好硬着头皮说："大人，请您把这诗写完吧！"苏轼大笑说："你看我，光顾着说话了，忘了这事了。"又拿起笔补了后两句："恰似西川杜工部，海棠虽好不留诗。"大家都拍掌叫好，又狂饮了一会才尽兴而散。

苏轼的意思是说，我没写词给你李琪，不是因为你长得不好看，那我为什么不写你呢，这就像杜甫从来没有赞美过蜀地的海棠一样。老杜为什么不给海棠写诗呢？谁也不知道，东坡为什么不给李琪留个墨宝呢？大概还是觉得李琪长得有点太一般了吧。

妓女的命运不由人，但宋代的官妓好歹还有法律保护着她们，官员不得随意处置，而那些被有钱人花钱买回家去的侍妾婢女的情况就更悲惨了。明末冯梦龙编的《情史类略》记载：

坡公又有婢名春娘。公谪黄州，临行，有蒋运使者饯公。公命春娘劝酒。蒋问："春娘去否？"公曰："欲还母家。"蒋曰："我以白马易春娘可乎？"公诺之。蒋为诗曰："不惜霜毛雨雪蹄，等闲分付赎蛾眉。虽无金勒嘶明月，却有佳人捧玉卮。"公答诗曰："春娘此去太匆匆，不敢啼叹懊恨中。只为山行多险阻，故将红粉换追风。"春娘敛衽而前曰："妾闻景公斩厩吏，而晏子谏之；夫子厩焚而不问马，皆贵人贱畜也。学士以人换马，则贵畜贱人矣！"遂口占一绝辞谢，曰："为人莫作妇人身，百年苦乐由他人。今日始知人贱畜，此生苟活怨谁嗔。"下阶触槐而死。公甚惜之。

翻译成白话文实在太长，大概意思就是，苏东坡贬谪黄州，在路上，遇到一个姓蒋的公子，要用白马换婢女春娘。苏东坡同意了，春娘却认为东坡不拿女人当人看，一气之下，撞树而死。

把婢女当作物品一样赠送，在那个时代，男人们认为这是理所当然的，便是许多女人也不觉得这有什么不妥，有满心的不愿意，也只能怨自己生错了人家。就是父母也常常为了钱财将女儿卖掉，更何况是没有血缘关系的主人呢？其实，春娘死，并非因为主人将她看得比牲畜还不如，而是因为，她不想离开。那不离开的缘由，我不说你也懂的。春娘死于对苏轼的绝望，一个小小的婢女，她所能做的，只能是用死来向这个世界说"不"。

司空曙有一首题为《病中嫁女妓》曰：

万事伤心在目前，一身垂泪对花筵。
黄金用尽教歌舞，留与他人乐少年。

把花了不少银子辛苦培训出来的家妓卖掉，让别人拿去风流快活，他心有不甘。悲凉、伤心的人是他，那家妓作何感想，只字没提，像是卖掉一只宠物。

也有人为苏东坡辩护，说这是断不可能的事。其实，这些人都忘了，卖掉家婢甚至侍妾，是东坡自己亲口承认的。《赠朝云诗》序云：

> 世谓白乐天有《鬻骆马放杨枝》词，嘉其至老病不忍去也。然梦得有诗云："春尽絮飞留不得，随风好去落谁家。"又云："病与乐天相伴住，春随樊子一时归。"则是樊素竟去也，余家有数妾，四五年相继辞去。独朝云者随余南迁。

苏轼家有数妾，南迁时，都遣的遣卖的卖，那么，东坡以春娘换马就再正常不过了。当时，一匹马的市值甚至比一个女人还要高。蒋姓公子愿意以马换人，也是真动了心，出了高价的。据说，朝云也在被遣散的名单之内，朝云认为苏轼小看了她，据理力争，这才留了下来。这春娘性子也是烈了一些，苏东坡也不是狠心之人，大概只要春娘愿意，他也会一路带到黄州的。东坡卖的何止是婢妾，就是连他自己，也是朝不保夕的命运。错就错在，他不该买来这些可怜女子，害了人家终身的幸福。

总之，对女人来说，在男权社会中，并没有男性会永远专一地爱她们中的哪一个，把随意处置女人当成理所当然的事。买卖更是合乎理法，甚至被看作风流韵事而广为传扬。标榜"我是风流帅"的苏轼，这一生，所负的情，何止十一。要在宋词中寻一场唯美而专一的爱情，那真是找错了地方。

苏轼：共粉泪，两簌簌

贺新郎

乳燕飞华屋。悄无人、桐阴转午，晚凉新浴。手弄生绡白团扇，扇手一时似玉。渐困倚、孤眠清熟。帘外谁来推绣户，枉教人、梦断瑶台曲。又却是、风敲竹。

石榴半吐红巾蹙。待浮花、浪蕊都尽，伴君幽独。秾艳一枝细看取，芳心千重似束。又恐被、秋风惊绿。若待得君来向此，花前对酒不忍触。共粉泪、两簌簌。

    起调"乳燕飞华屋，悄无人，桐阴转午，晚凉新浴"，犹如电影的开幕。一场华丽热闹的燕子舞会，开在没有观众的庭院里，只觉更加寂寞、更加幽静。阳光分外的炽烈，梧桐的浓荫随着太阳慢慢转动方向，幽暗的窗纱中，一双寂寞的眸子，望见浓荫转到窗前，浓黑如刚泼的墨，仿佛要渗出水来。燕子的舞会已到中场休息时间，桐荫继续充当太阳的指针，直到黄昏将树影拉过院墙。外出觅食的大燕子们已经回来了，招呼着小燕们回家。

    这时候，她穿着深红如血的衫子出场了，长衣曳地，冰肌玉骨，鬓发犹湿，瀑布般泻于腰间。"晚凉新浴"，令人浮想联翩。这时的美是无须说出来的。所以，聪明的东坡绕过无数爱窥探的眼睛，诡异地笑了笑，用力地写下一个"浴"字。

    "手弄生绡白团扇，扇手一时似玉。"她玩弄着白团扇的样子很好看，因为她的手和团扇一样的白，如果是一个粗黑的大手握着这柄白扇，那该是多么恐怖呢！她望着团扇上的字出了一会儿神，随之轻声念起来：

> 新制齐纨素，皎洁如霜雪。
> 裁为合欢扇，团团似明月。
> 出入君怀袖，动摇微风发。
> 常恐秋节至，凉飙夺炎热。
> 弃捐箧笥中，恩情中道绝。

这是汉成帝的妃子班婕妤的诗。她是班固和班超的姑母，没有人记得她叫什么名字，婕妤是她的等级封号，于是，人们便叫她班婕妤。有一次，成帝在后花园游玩，见她也在，便说："婕妤，到我这里来，我们携手同游。"班婕妤何尝不想坐到自己男人的身边，靠着他，任由他抚摸，听他高声谈笑。可是，她却说："不，您是圣君，还是让那些忠直的大臣陪伴您吧，只有像夏商周的末代君王身边才围绕着美艳的女子。我怎能像那些女子一样，不为我的夫君着想呢？"王太后听人谈起这件事，高兴地说："古有樊姬，今有班婕妤。"

可惜，她仍然只是一名婕妤。皇帝的身边有三千佳丽，她一个人怎敌得过三千？飞燕姐妹来了，她们轻旋起来，比燕子还要轻灵，每一个眼神、每一声轻笑都能将帝王的灵魂融化。终于，飞燕坐上皇后的宝座。而她，用智慧躲过那场宫斗的血雨腥风，躲进王太后的长信宫，每日早早起来，从第一个台阶扫到最后一个台阶；从第一片叶子扫到最后一片叶子，连将尘土一起扫进历史的箩筐里。

成帝死后，她又来到他的陵园里，看着日影将她的身体拉长，又挨到黑夜将她淹没。她守着他，心里说不清是寂寞还是安慰。直到这时，她才恍然悟到，他是如此寂寞啊。想起他曾经伸向她的手，他曾经想将温暖分与她，想与她一起度过尘世夫妻的温情片刻，她却以江山为由拒绝。如今想来，却是她的绝情。

他信着她。赵飞燕构陷于她时，他曾经护过她。他说："我信你，你做不出这等事来。"她说："我没做坏事，我若做了坏事，天又怎么会放过我。"他不敢同她调笑，他怕见她的眼睛，那眼睛里全是女人的爱，他没有资格享有。他宁愿用权势去交换另一个女人的肉体。他能控制所有女人，唯一不能控制的是她。他知道她

们要什么,只有这个女人,不要。

绝代风华,贵为皇后的飞燕也不过是一场历史的剧幕。幕谢了,人们记住的,还是戏台上的故事,戏台下她是人是鬼没有人计较。而她只想永远在台下默默做他的妻子,她一片片数着皇陵中的落叶,一直到,连她自己也尘归尘,土归土。

她读着班婕妤的诗,如玉般的指尖正划过团扇上猩红的花枝。深宫寂寞的班婕妤也曾在洁白的团扇上画着寂寞的花枝,用笔写下这首《团扇歌》。她眼前迷离起来,有一种怪异的记忆。似睡非睡中,她似回到了汉宫中,一个女子用藏蓝的长裙兜起一捧红花,似血,女子挖了一个坑,要将这花葬进这坑里。蓦地,却发现自己正躺在这坑中,红花将她严严盖起,她却喊不出。

意识渐渐模糊,陷入深邃的黑暗中。正在这时,一声极细微的推门声自帘栊外响起,他回来了!她惊忙坐起,才知自己刚才不过做了一个梦,窗外天色尚白,空无一人,又是风敲竹杆的声音。其实,她又何尝不知那不过是竹声,不过,每次听到还是不断地寻找,希望接着便能听到他的足音。

"石榴半吐红巾蹙",此句化用白居易诗"山榴花似结红巾"句意,形象地写出了石榴花的外貌特征。还没有全开的石榴花就像一块皱折的红色丝巾。"蹙"字让人联想到纠结的心事,是她哭泣时揉皱的红巾吧。

"待浮花、浪蕊都尽,伴君幽独。"它不是那些花期短暂,跟着一阵风就飘零四落的春花,却在百花开尽之后,在浓淡相宜的绿叶之间绽放红蕾,听她对着自己静静地诉说心事,一个寂寞的眼神,一点莹莹的泪光,它无言,却仿佛懂了一切。她也穿着红衣,猩红色的,衬得她的皮肤更白了,有时候,那白里透出胭脂红,有时候白得透明,似冰雕般的冷艳。

他在春天里来过,那时,它还有没开放,连叶子也没有。他牵着她去看红白的桃花,直到花落,她都没有停止过笑声。它早知道结局,它将一方方红巾细细密密地折叠好,等待她来,一片片裹满心事。

"秾艳一枝细看取,芳心千重似束。"她折下一朵石榴花轻嗅,举到眼前时,蓦然发现,这花一重重地纠结成一颗红心模样。情似花心,花中含情。她把花紧紧贴在胸口，隐身于红衣里。

她捏着它，仿佛看见自己，一阵凉风吹来，她抖了一下，是秋风吗？东风已经带走了她的春天，如今西风又惦记上嫣红的花心了。

风儿，你不要吹，我要留着这片片心事结成的花，等他回来，与他一同坐在这花下饮酒。可是，风无言，花亦无言，西风中，满院落花簌簌，同她的胭脂泪一起，落下。

关于这首词的写作背景，前人众说纷纭。这首词《宋六十名家词·东坡词》题作："余倅杭日，府僚湖中高会。群妓毕集，唯秀兰不来。营将督之再三，乃来。仆问其故，答曰：'沐浴倦卧，忽有叩门声，急起询之，乃营将催督也。整妆趋命，不觉稍迟。'时府僚有属意于兰者，见其不来，表恨不已，云：'必有私事。'秀兰含泪力辩。而仆亦从旁冷语，阴为之解。府僚终不释然也。适榴花开盛，秀兰以一枝藉手献坐中，府僚愈怒，责其不恭。秀兰进退无据，但低首垂泪而已。仆乃作一曲名《贺新郎》，令秀兰歌以侑觞，声容妙绝。府僚大悦，剧饮而罢。"不知是真是假。亦有说此词是苏轼写给侍妾榴花的。

这首词意境高远，冠绝古今，人们不信，笔端下的女子会是一个侍妾或歌女。其实，无论写词还是为文，那灵感的源头有可能只是一个七十老妪或是一朵残花，至于诗中女子，那只是作者笔端的一种意象罢了，与她的身份一点关系也没有。

苏轼：一朵芙蕖，开过尚盈盈

江城子

凤凰山下雨初晴,水风清,晚霞明。一朵芙蕖,开过尚盈盈。何处飞来双白鹭,如有意,慕娉婷。

忽闻江上弄哀筝,苦含情,遣谁听?烟敛云收,依约是湘灵。欲待曲终寻问处,人不见,数峰青。

此词写于宋神宗熙宁五年（1072），苏轼杭州通判任上。正值西湖雨后初晴。杭州的雨总是很多，苏轼大概也格外喜欢雨后西湖，他曾写下"欲把西湖比西子，浓妆淡抹总相宜"来赞美雨后的西湖。

"凤凰山下雨初晴，水风清，晚霞明"一句话交代了游玩的地点、时间以及天气情况，仅用了13个字，若是现代人写来，恐怕要130个字都不止。凤凰山位于西湖之南，据《西湖游览志》记载："凤凰山，两翅轩翥，左薄湖浒，右掠江滨，形若飞凤，一郡王气，皆籍此山。"雨是在傍晚时停的，空气里含着浓浓的水汽，格外清新，天空也很干净，晚霞也比平时红艳。一朵盛开的荷花，缀着水珠，还保持着在雨中晶莹剔透、楚楚动人的样子。不知从哪里飞来一双白鹭，翘然立在荷花之下。它们一定是爱慕这荷的娉婷，对它诉说自己的爱意来了。

一幅"雨后西湖图"就这样跳入了我们的眼帘！画的底色是青绿色，大片的绿，含着水汽的绿，润透了半面画布，背景是红，火红，绯红，淡红，流动，浸漫，交融，染红了画布上端绿之外的空间。这大片的绿和红，在画布的下方倒转，那是无比温柔的西子湖的水波，因爱慕这青山彩霞，把它们揽到自己的身上做了衣裙。不同的是，在这倒转的青山和晚霞中，又多出来几片荷叶，一朵红花，两只白鹭。它们把群山和晚霞当成画布，又在其上涂画出另一幅动人的画面。

正当我们陶醉于这幅雨后西湖的图画之中时，不知从何处隐约传来了一阵低低的似有似无的琴筝之声，弦弦含情，声声诉恨，连风都停止了吹送的脚步，连凤凰山都忘情地收起它梦幻般的云霞了，莫非是湘灵女神在弹琴吗？听得人连大气都不敢出，生怕打扰了这清音。待最后一个音阶如烟如缕般徐徐消逝在天际后，听琴人才回过神来，刚要张口问一问弹琴的人是哪位，想邀她出来见一面，却发现除了听琴人之外，江面上再无一人，哪来弹琴人的影子？目之所及，只有两岸的群峰青翠如碧，寂静无言。如果不是余音还在耳边轻绕，真以为自己刚刚做了一场梦！

"依约是湘灵"，只有湘灵才弹得出这样悲伤又超然世外的曲调。

湘灵，传说是尧的两个女儿，长女娥皇，次女女英，尧见舜德才兼备，便将部族首领之位禅让给舜，还把两个女儿嫁给他。舜到南方巡视，累死在苍梧九嶷山下，娥皇和女英一路寻到九嶷山，得知舜去世的消息，异常悲痛，哭了九天九夜，九嶷山的竹子因此留下了娥皇和女英的泪痕。之后，二女投湘水而亡，化为湘水女神，湘灵就是湘水女神。所以，诗人们喜欢用"湘灵"这一意象来表现哀思。唐人钱起《省试湘灵鼓瑟》传神地描绘了湘灵琴音之妙。

> 善鼓云和瑟，常闻帝子灵。
> 冯夷空自舞，楚客不堪听。
> 苦调凄金石，清音入杳冥。
> 苍梧来怨慕，白芷动芳馨。
> 流水传潇浦，悲风过洞庭。
> 曲终人不见，江上数峰青。

全诗描摹了湘灵琴声之绝美。水神冯夷听到了琴声，情不自禁地跳起舞来，流落他乡的游子听到琴声也悲伤至极。琴声凄苦时，即使金石听了也会伤心，琴声高

亢时，可以响彻行云，传到无尽的苍穹之中。苍梧山听到了琴声，也产生了思怨仰慕之情，山上的白芷纷纷吐出芬芳。琴声随着流水传遍湘江两岸，随着凄迷的风吹过洞庭湖。

诗人凭借惊人的想象力，极力描摹琴音的神奇力量。总之，这琴声弥漫在广袤的宇宙，使天地为之悲苦，草木为之动情。任何诗人的笔都无法描述现实中的音乐之声，但诗可以为我们提供无限的想象空间。

全诗最后以"曲终人不见，江上数峰青"做结，把人从梦幻般的想象世界拉回到现实中来，堪称神来之笔。

相传，这句诗并非钱起原创。有一年，钱起外出，住在驿站，半夜时突然听到窗外有人吟唱"曲终人不见，江上数峰青"，他推开窗户寻找，窗外却不见一个人影。

十年后，钱起参加进士考试，一看题目是《湘灵鼓瑟》，诗写得很顺利，只是写到最后两句时，他卡住了，迟迟不能落笔。正犹豫间，十年前的夜半歌声忽入脑海，不正是这首诗的结尾吗？于是赶紧将这两句诗写在试卷上，再一看，果然全诗意境大不一样。钱起因此夺得进士第一名。

苏轼化用或曰"抄袭"了钱起这句诗做结尾，不同的是，这个"人不见"的人并非是湘灵，而是西湖中偶遇的弄筝人。

宋人张邦基《墨庄漫录》记载了这首《江城子》的来历："东坡在杭州，一日，游西湖，坐孤山竹阁前临湖亭上。时二客皆有服（带孝），预焉。久之，湖心有一彩舟，渐近亭前。靓妆数人，中有一人，尤丽，方鼓筝。年且三十余，风韵娴雅，绰有风度。二客竟目送之。曲未终，翩然而逝。公戏作长短句。"

这首诗只写弹筝而不见弹筝的人，读完这则记载，聪明的读者很快就能悟出来，原来，弹筝的人和听筝的人都在词里藏着呢？"一朵芙蕖，开过尚盈盈"不正是那"年且三十余，风韵娴雅，绰有风度"的弹筝人吗？"如有意，慕娉婷"的双白鹭正是两个呆若木鸡、失魂落魄的听琴人的写照！

也有人说，这女子本是苏轼的超级粉丝，那天，她一见到苏轼就说，我很早就仰慕你的才名，一直很想见你，但女儿家闺阁待嫁，出门不便，如今已嫁为人妇，听说你来游西湖，我便特意赶过来，为你弹一曲，云云。不过想来，那船上有靓妆数人，这女子年最长，却最有风韵，想来是当家花旦式的人物，绝非背着婆婆来会偶像的小媳妇。

只是不知道，这女子走后，是否会想到，自己偶然莲花般地走过西湖，而成为一首歌词中永恒的主角。

苏轼：冰肌玉骨，自清凉无汗

洞仙歌

余七岁时，见眉山老尼，姓朱，忘其名，年九十岁。自言尝随其师入蜀主孟昶宫中。一日大热，蜀主与花蕊夫人夜纳凉摩诃池上，作一词，朱具能记之。今四十年，朱死已久矣，人无知此词者，但记其首两句。暇日寻味，岂《洞仙歌》令乎？乃为足之云。

冰肌玉骨，自清凉无汗。水殿风来暗香满。绣帘开，一点明月窥人，人未寝，倚枕钗横鬓乱。

起来携素手，庭户无声，时见疏星渡河汉。试问夜如何？夜已三更。金波淡，玉绳低转。但屈指西风几时来？又不道流年暗中偷换。

公元965年，一支六万人的赵宋部队直插后蜀，本来，这次军事进攻属于试探性的，想不到，一试探，居然战果辉煌，后蜀兵马像潮水一样败退。富庶的蜀国财富尽归宋人，包括女人。

红颜祸水，若不是孟昶迷恋美色，哪有今天这番光景？宋太祖一边打着这样的官腔，一边把目光流连在眼前这位如花的美人身上。她却高声作了一首诗回他这番论调："君王城上竖降旗，妾在深宫哪得知。十四万人齐解甲，宁无一个是男儿！"（《口占答宋太祖述亡国诗》）

后蜀号称有十四万精兵，然而，在宋军压境之时，这十四万士兵纷纷弃甲。国家是由男人来统治的，女人只能任由男人来摆布，哪有半分自由？男人玩物丧志，却把罪过赖在女人身上，这岂不可笑？

宋太祖一惊，原来这女人并非空有倾国之色，还有着男子都比不了的才华和心气。我若是孟昶，自当励精图志，不为别的，只为永远拥有对这个女人的所有权。如今，她是他的了。

宋太祖虽贵为天子，但毕竟是马上皇帝，和风流韵籍的蜀主孟昶犹如泥巴和白玉的区别。花蕊夫人怎能爱上这一介武夫？她深爱着孟昶，夜深人静时，她便痴痴地望着他的画像，默默地流泪。

宫女看见这画，觉得画得好看，就问她："这是谁？"她一惊，随即镇静地回答："是张仙，送子之神，我们蜀地的习俗。"于是，宫中妃子们找来画师，照样子画上一张，挂到自己的屋里去。没多久，这习俗竟然传到民间去了。到了晚清，人们才把张仙男身像改为花蕊女身像，这样，花蕊夫人便摇身变作送子娘娘了。

这事最后被宋太祖知道了，一怒之下，拔出剑来，刺向她的胸口。她毫无怨言地倒在血泊之中，鲜血染红了院中的芙蓉花。芙蓉，是她的最爱。蜀主不但在宫中为她栽满了芙蓉，还令全城百姓皆种此花。芙蓉盛开的日子，满城皆香，飘满紫云。她死后，百姓尊她为芙蓉花神。

这只是传说。但正因为是传说，人们才深信不疑。人们为她辩解，为她守护最后的清白，帮她捧一抔净土。

也有人说，她是死在宋太宗的箭下。因为，他要这个女人帮他谋得大宋江山，协助他制造了"烛影斧声"的谜案，许诺事后将她送上皇后的宝座。事成之后，他却违了誓言杀了她，以封住历史的口。

花蕊是很多男子的梦中情人，有蜀主，宋太祖，有传说中射杀了她的宋太宗，还有为她写下这首《洞仙歌》的苏轼。

词序说明了这首词的由来。苏东坡七岁时，遇到一个九十多岁的眉山老尼，跟他说自己年轻时跟随师父到后蜀孟昶的宫中，看到孟昶和花蕊夫人晚上在摩诃池上避暑时，听到他们填了一首词。老尼把这首词背给苏轼听，苏轼那时还小，只记得两头两句，现在经过考证，应该是《洞仙歌》。孟昶怕热，大概是有气喘之类的毛病，一热便喘不上气，便在摩诃池上，建了一座水晶宫殿用来避暑。诗中的水殿就是指这座水晶宫殿。苏轼在这首词里大胆地描绘了花蕊和蜀主曾经的幸福时刻。

"冰肌玉骨，自清凉无汗"，一出场，便是仙风。花蕊夫人像冰和玉一样莹白剔透，给人一种通体清凉的感觉，仿佛她在夏天也不会为汗水所染。根据东坡序可

知,这两句不是他的原创,而是蜀主孟昶用来形容花蕊夫人的原话。花蕊长什么样子,苏轼也没见过,只有当事人孟昶最有发言权。这起句的冰肌玉骨便显得大有来头,无可替换了。

东坡喜欢肤白的女子,有人考证出,苏轼的爱妾朝云便是一位白如玉的女子,应是苏轼心目中的花蕊再世。

清风习习,水晶殿里充满美人幽幽体香。绣帘开了,如水的月光照进来,好像在偷窥床上的美人。她还没有睡,只是懒懒地倚着玉枕,钗横鬓乱。不知是否刚经过一场云雨?或者,偷窥的并不是明月,而是蜀主本人。他掀开了绣帘,发现美人还没有睡。于是,他邀她一起出去散步,纳凉。

"起来携素手,庭户无声,时见疏星渡河汉。"月明星稀,流星不时地划过银河。这是只有两个人的世界。她问,什么时辰了?他说,天上的月色已经淡了许多,玉绳已经转低了,看来已经三更了。玉绳,星名,在北斗第五星玉衡的北面。低转,位置低落了些。玉绳低转,表示夜深。

若可以再来一次,不知花蕊夫人会不会再选择在君王床畔流连,还会和那个为她种满全城芙蓉花的男子死死地爱上一回,再为那一刻的春宵而香消玉殒吗?

苏轼：燕子楼空，佳人何在

永遇乐

明月如霜，好风如水，清景无限。曲港跳鱼，圆荷泻露，寂寞无人见。紞如三鼓，铿然一叶，黯黯梦云惊断。夜茫茫，重寻无处，觉来小园行遍。

天涯倦客，山中归路，望断故园心眼。燕子楼空，佳人何在，空锁楼中燕。古今如梦，何曾梦觉，但有旧欢新怨。异时对，黄楼夜景，为余浩叹。

遇，是初见，是相逢，是相知；永遇，是痴心永不改，一生知遇。"永遇乐"这三个字本身就是一段啼血的爱情悲剧。据毛氏《填词名解》记载，有一个工于填词的书生，爱上了邻家女孩酥香。这女孩也很有才华，能背得出所有才子佳人的诗作。有一天，她与他相见，遂成"逾墙之好"。被发现之后，酥香的父母将书生告了官，书生以诱拐少女的罪名被发配到河朔。临行前，他写下《永遇乐》送给她。酥香将这词唱了三遍，声竭而亡。

相似的爱情在诗词里缠绵轮回。

一个叫关盼盼的歌妓，爱上了一个叫张愔的书生。张愔为二人能长伴厮守，为她建了一座燕子楼。他为她抚琴，她为他歌舞。

如果张愔和盼盼没有遇到大诗人白居易，也许，后来的悲剧就不会发生了。张愔素来仰慕白居易的大名，有一天，听说白居易来到了徐州，高兴之余便邀请他到家里喝酒。有酒怎能无歌？只听张愔喊道："盼盼！盼盼！"只见自绣帘中出来一位端庄秀丽的美女。一听来客是白居易，盼盼眼睛顿时瞪得溜圆，兴奋得差点尖叫起来，原来这盼盼还是"白粉"。盼盼人长得漂亮，歌唱得更动听，白居易也喜欢

得紧,当场慷慨赠诗,赞美她"醉娇胜不得,风袅牡丹花"。要不是碍于"朋友妻不可欺"的道德约束,大概早就骗回家做小妾了。

后来,张愔死了,盼盼独居在燕子楼,独守孤灯,发誓一辈子不嫁。

可是我们的白居易大人觉得这还不够,或者觉得盼盼守着一座空空的燕子楼,寂寞难奈,真是生不如死,倒不如再进一步,殉情,反而能制造一段千古流芳的爱情佳话。或者,他觉得这盼盼太矫情,你说你爱他,怎么不见你跟他一块死?所以就想讽刺讽刺,于是,他寄给关盼盼一封信,信笺上写着这样一首诗:

黄金不惜买娥眉,拣得如花四五枚。
歌舞教成心力尽,一朝身去不相随。

不管怎么说,白居易怪人家不殉情,相当不厚道。人家殉不殉情,关你何事?这诗写得也太尖刻了。关盼盼也是,让你死你就死吗?难不成你白居易家的小妾死了都要殉葬不成?她回信说:"不是我不想去下面陪伴他。我是怕别人说他的闲话,说他竟然让自己的小妾殉情。"原来,她不怕世人给她的流言,却怕别人误会了自己的老公。没想到,连张愔的老朋友白居易也不理解自己的难处。关盼盼也是太要强的女人,自尊心强得要命,人家对她有一点点不理解,便受不了了。你说我不敢死,我就死给你看看。她委屈地对白居易说:"自守空楼敛恨眉,形同春后牡丹枝;舍人不会人深意,讶道泉台不相随。"写完这封信后,便绝食七日而死。

中国几千年,为爱而死的人有多少已经数不清。有文字记载的第一段殉情记录见于《庄子·盗跖》:"尾生与女子期于梁下,女子不来,水至不去,抱梁柱而死。"据《西安府志》记载,尾生所抱的桥在陕西蓝田县的兰峪水上,故称"蓝桥"。从此,凡和尾生一样的殉情者,统称为"魂断蓝桥"。

舒乙说:"爱情是甲之砒霜,乙之蜜糖。"或者说,此时为蜜糖,彼时为砒霜。当爱不在时,绝望的一方饮下爱之毒酒,为爱而死。其实,熬过去之后,大多数人都会发现,人生其实还有比爱情更快乐的事情可以去做,生命并不会因为没有爱而失色。

盼盼的死和白居易脱不了干系。他事后也想明白了，名声毕竟比不得一条好端端的人命。为了不重蹈盼盼的覆辙，白居易在古稀之年，将自己最宠爱的"樊素"和"小蛮"遣散，让她们另嫁他人，以免令她们在自己死后孤苦一生。

两百余年过去了，东坡在梦中叩开了燕子楼的红门。

"明月如霜，好风如水""曲港跳鱼，圆荷泻露"，是这样的良辰美景，风清月白，如同在水晶宫中一般。鱼儿是快乐的，它们在池塘的荷叶间不时跳出水面，荷叶上滚动着午夜降下的露水，晶莹剔透，这一切美得像梦。但苏轼为什么说"寂寞无人见"呢？"纨如三鼓，铿然一叶，黯黯梦云惊断。"太安静了，一点声音都没有，一片叶子落下来，竟如三更鼓响，惊醒了梦境。谁在这个梦境里寂寞呢？"夜茫茫，重寻无处，觉来小园行遍"。苏轼醒后，走遍了燕子楼的小园，却再也看不到梦里的那个画面。

醒来的苏轼再也睡不着。"天涯倦客，山中归路，望断故园心眼。"想自己宦游至此，飘泊无依，"燕子楼空，佳人何在，空锁楼中燕。"再看这空空的燕子楼，当年的美人已经死了，只有燕子还年年在此筑巢，成双成对地飞进飞出。"古今如梦，何曾梦觉，但有旧欢新怨。"别说人生如梦了，就是这个世界本身，难道不是由一个梦境组成的吗？只是这个梦境永远不会醒，人在其中做着一个又一个"旧欢新怨"的梦，"异时对、黄楼夜景，为余浩叹"，黄楼是苏轼在徐州的住所，苏轼自言自语地说。等我死的时候，谁能对着黄楼的夜景，就像此时对着燕子楼的我一样，来凭吊我呢？

苏轼：此心安处，便是吾乡

定风波

序：王定国歌儿曰柔奴，姓宇文氏，眉目娟丽，善应对，家世住京师。定国南迁归，余问柔："广南风土，应是不好？"柔对曰："此心安处，便是吾乡。"因为缀词云：

常羡人间琢玉郎，天教分付点酥娘。自作清歌传皓齿，风起，雪飞炎海变清凉。

万里归来年愈少，微笑，时时犹带岭梅香。试问岭南应不好，却道，此心安处是吾乡。

这首词是苏轼写给好友王巩的歌妓宇文柔奴的，东坡因"乌台诗案"牵连了众多亲朋好友，其中属王巩被贬得最远，日子最难过。

王巩是宰相王旦之孙，字定国。苏轼在徐州做官时，他带着一车家酿的美酒和三个爱妾英英、盼盼、卿卿，兴师动众地来找苏轼玩。苏轼站在黄楼（苏轼在徐州的居所）高处，俯眺王巩携带一群"梨涡美女"下险滩的情景，只能用壮观来形容。

可见王巩当日是何等风光，又是何等的风流得意。

苏轼想着这个从小在富贵乡里长大的男人，怎受得住那岭南的瘴气。幸运的是，他活着回来了，不仅活着回来了，还是满面红光地回来了。老友相见，免不得一番嘘寒问暖、觥筹交错。席间，苏轼问一路跟随着王巩的侍妾柔奴："广南的风土不好吧，生活很苦吧？"

怎么会不苦呢？所有被贬的士子，连苏东坡在内，都不免叫苦连天，这不是明知故问吗？苏轼这样问，只是想知道他们在岭南是如何生活的。只听柔奴说：

"此心安处，便是吾乡。"

这句话是给苏轼当头一喝。这几年，他在岭南过得凄苦，有过快乐，也有过这样那样的怨苦，曾耕犁于东坡，也曾以"一蓑烟雨任平生"而自得，靠着信念的力量走过风雨。他以为自己是真正的胜利者，他赢了风，赢了雨，赢了自己。没想到，这个小女孩却只用这淡淡的八个字，完成了这次生死攸关的考验。

仿佛是居家的小妇人的口吻，仿佛是修行多年的得道高僧的禅悟。她淡淡说来，似乎在说窗外的一阵风、一朵落花。

炉上煮着茶，雾气熏着她的脸，她没有抬头，脸上恬淡得看不出悲喜。

这女子，真是不简单。

苏轼说柔奴"眉目娟丽，善应对"，只用"娟丽"二字形容，说明她的长相应该是端正的，非极美的，也并非那种特点突出的，放在人群中，她绝非主角，但细细去寻，十个男子有九个会愿意将她娶回家中，天生的老婆脸，让男人感到安心的主儿。她不活在别人的眼中，只活给自己看。她爱得执着，却并不热烈。大概，这也正是王巩只带了柔奴随去岭南的原因吧。

柔奴的智慧是不需张扬的。她说，此心安处，便是故乡，这安处，便有生死全然不怕的味道。就是死，我也是带着笑安稳地归去，哪怕外面风骤雨急。她不需要像苏轼一样，有了感悟，便急于立论，是个不立文字的主儿，要不是苏轼无意中记下了她说的这句话，宋词的故乡里便少了这样一句禅语。

王巩是个美男子，白玉无瑕，一副贾宝玉的身子骨，他又多情，因着卢仝的《与马异结交诗》里那句"白玉璞里琢出相思心，黄金矿里铸出相思泪"之句，苏轼便称他为"琢玉郎"，琢玉郎便是有情郎的意思。

"点酥"最早出自梅尧臣的"琼酥点出探春诗，玉刻小书题在榜"，点酥是一种手工艺术，代指心灵手巧的女子。在这里，苏轼用"点酥娘"来赞美柔奴心灵手巧，能歌善舞。

她张开红唇，露出洁白的牙齿，唱起自度的清歌，像一阵清风吹起，吹落漫天雪花，使炎热瘴毒的岭南变作清凉世界。

清凉的不是岭南的天气，是听歌人的心啊。

"万里归来颜愈少",从岭南到京城,万里之遥,一路上风尘仆仆,不用想,一定吃了不少苦,但她非但不见老,反而更加年轻了。不但年轻,还更加漂亮了。她脸上时现笑容,笑容里分明还有岭南的梅花香。她把一路的风霜化为盛放的梅妆,怎能不美?再看看自己,早已一头银丝。苏东坡不解。纵然是"此心安处,便是吾乡",但瘴毒侵肌,布衣粗食,又怎么能使人愈加年轻呢?

我想,大概岭南的日子反而更适合柔奴吧。

她原不过是一名歌妓,在京城,任王巩多喜爱她,也不过是他众多女人中的一个,她又不懂得去争风吃醋,只有一个人伤心的份儿。王巩被贬谪后,家奴歌女纷纷散去,只有她愿意随他远赴岭南。王巩自然感激不已,只有加倍地对她好。

那是她一生中最幸福的日子。在岭南,她成了他的唯一,他们像夫妻一样相濡以沫,她为他煮茶添酒,只为他一个人唱歌。他看她的眼神里,多了些深情,少了些轻浮。这才是她所想要过的日子,身边这个一心一意的男子才是她心中的归宿。

这样的日子没有忧愁,没有计较,没有通宵达旦的应酬,有的只是心安。岭南有什么不好?别人能待的地方,自己有何待不得?说富贵,她不曾有过真正的富贵,主人赏下的一袭裙,她细细地缝,密密地绣,却不是穿给自己看的;说安逸,她周旋于男人之间,曼舞轻歌,通宵达旦何曾安逸过?她活着,所为不过是一袭衣、一碗粥饭而已,所以,岭南的生活,对柔奴来说,和在京城的日子也没有什么不同。

有了柔奴的陪伴,王巩在岭南也慢慢定下心来,一心一意地读书写字,甚至研究起了养生之法。这和终日美女环抱、酒肉穿肠过的日子相差甚远,却无意中符合了养生之法。所以,当王巩回到京城之后,昔日的友人发现,他脸上不但没有一点落魄之色,反而更加神采奕奕,性情比昔日更见豁达。两个人分明刚去度了蜜月回来,哪里是从鬼门关里出来的模样?

对柔奴而言,岭南贫贱夫妻的柴米生活与京城贵公子狎伴的浮华生活,哪里更有家的感觉呢?更多的人只看见表面的荣华富贵或风雨狂暴,却忘了追究生活最深层的本质。

此心安处便是吾乡。

秦观：柔情似水，佳期如梦

> **鹊桥仙**
>
> 纤云弄巧，飞星传恨，银汉迢迢暗渡。金风玉露一相逢，便胜却人间无数。
>
> 柔情似水，佳期如梦，忍顾鹊桥归路！两情若是久长时，又岂在朝朝暮暮。

这是一首咏七夕的词。因此词，秦观赢得了数以亿计的粉丝。作为情诗高手的秦七，也因此一生桃色新闻不断。过去没有狗仔队，秦观虽然名气大，但还不至于到天下皆知的地步。主要是秦观太红了，遇到个可心的女子，就喜欢填首词纪念一下，或者送给心上人以博欢心。一些歌女为了出名，也会找来一两首秦观的词，说，你看，这就是秦公子当年赠与我的。就这样，秦观的情人便逐渐满天下了。

比较普遍的看法，这首词是秦观送给侍妾边朝华的。秦观19岁时迎娶了潭州宁乡主簿徐成甫的长女——徐文美为妻。徐文美家境不错，又很会理财，一个典型的能干但不懂情趣的管家婆形象。这完全不符合秦观风流才子的口味。秦观一生写过无数情诗，却没有一首是送给结发妻子的。

对男人来说，妻子可以不漂亮，可以不读书，不认字，甚至可以不喜欢，只要身体健康，门当户对便可，但妾却一定要温柔美丽，善解人意。因为可以花钱买来，便可以随心所欲地挑选，于是，男人底气便足了，无须媒妁之言、父母之命，倒有些自由恋爱的意思了。

秦观做官后，妻子徐氏就留在老家操持家务。不过，秦观很孝顺，将年老体衰的老母亲长年带在身边，并买了一个名叫边朝华的丫头照顾母亲起居。元祐八年（1093年），秦观将边朝华收了房。王士禛在《香祖笔记》中说："秦少游有姬边朝华，极慧丽。"

新婚之夜，秦观写下《赠边朝华》一诗：

  天风吹月入栏干，乌鹊无声子夜阑。
  织女明星来枕上，了知身不在人间。

在诗中，秦观把边朝华比作织女下凡，那么，他自然就是牛郎了。

不知为什么，牛郎织女的幸福生活维持不到一年，秦观就给了朝华父亲一笔财物，打发朝华回家了。有《遣朝华》一诗，真实记载了二人分别时难舍难分的情景：

  月雾茫茫晓柝悲，玉人挥手断肠时。
  不须重向灯前泣，百岁终当一别离。

秦观安慰朝华说，不要再哭了，是人都有死的那一天，我们早晚都要分开的，早分总比晚分好。（按，秦观娶边朝华时已经45岁，边朝华19岁，而秦观当时因受党争影响，日子并不好过。）大概，当时秦观的生活遇到了一个很大的变故，以至于很难养活自己的小妾了。所以，秦观写这首诗的意思很明白，你这么年轻，还有大好的青春，我现在日子不好过，能活几年也不知道，与其让你跟着我活受罪，还不如早早散开为好，趁年轻，赶紧去寻找你的归宿吧。

宋张邦基《墨庄漫录》中记载："朝华既去二十余日，使其父来云'不愿嫁，乞归'。少游怜而复取归。"由此可见，边朝华和秦观之间的感情是很深的。

好景不长，第二年，秦观贬官南迁，任杭州通判。在去杭州的路上，秦观遇到了一群道友，遂有了修道的想法，就对朝华说："汝不去，吾不得修真矣。"于是，再遣朝华。

玉人前去却重来，此度分携更不回。
肠断龟山离别处，夕阳孤塔自崔嵬。

这一天是绍圣元年（1094年）五月十一日。

秦观告诉边朝华，这一次的分手是永别了。龟山从此将是我最伤心的地方了。这次遣送朝华回家的理由是，他要修道。为了证明自己对边朝华不是始乱终弃的，秦观就写下了这首词。

"两情若是久长时，又岂在朝朝暮暮"成为柏拉图之爱的经典名句，就是连一首囫囵宋词都没读过的人，大概也能随口吟出这句众口皆熟的佳句来。不过，情话虽然好听，却往往也成为对情人安慰和欺骗的托辞。所以，恋人在打发旧爱时，都拿秦观当挡箭牌。若哪个男人被女朋友粘得不耐烦了，往往振振有辞地说："两情若是长久时，又岂在朝朝暮暮。"你别天天缠着我，好吗？男人既想劈腿，又不想落下个负心郎的名声，也会心虚地说："两情若是长久时，又岂在朝朝暮暮"。言下之意，我和别人结婚是万不得已的，我爱的人只有你，我的心是和你在一起的。

自古以来，才子都是美女爱慕的对象，或许，每个女人在投怀送抱时，心里都有一个强烈而微弱的希望：只有我，才是他一生要等待的那个人。所以，明知他有很多女人，也愿意飞蛾扑火地拼上一把。

也有人说，这首《鹊桥仙》是秦观送给情人陶心儿的诗。因为生活所迫，妓女陶心儿被一富商纳为小妾，和秦观不得不分开，于是，秦观就为陶心儿写下这首词作为纪念。事实是否如此，不得而知。事实上，即使是专门为某人而作的诗，在作者下笔的那一刻，也可能突然灵感一转，变了方向。那情话到底是向谁说的，连秦观自己也茫然了。

秦观：谩赢得，青楼薄幸名存

满庭芳

山抹微云，天连衰草，画角声断谯门。暂停征棹，聊共引离尊。多少蓬莱旧事，空回首、烟霭纷纷。斜阳外，寒鸦万点，流水绕孤村。

销魂。当此际，香囊暗解，罗带轻分。谩赢得、青楼薄幸名存。此去何时见也，襟袖上、空惹啼痕。伤情处，高城望断，灯火已黄昏。

"山抹微云"，起笔便令人眼前一亮，如置身画中，亮点全在一个"抹"字上。想一想，我们在眺望远山时有什么感觉？山色朦胧，罩着淡淡的云气，好像被人用画笔涂抹了一层淡淡的云雾。不说飘，不说笼，只说抹，一幅水山画卷便呈于眼前。

送别的时间在黄昏。画角，我们在反映古代战争的影视剧中都见过，一种大而如牛角状的东西，吹起来，声音悲壮苍凉，能传得很远。黄昏时，城上的士兵会吹起画角来报时，"谯门"，即"醮楼"，是古代建在城门上的高楼，用来瞭望敌情的。

这句表明地点在城门之外，"暂停征棹，聊共引离尊"，本来已经上了船，船也慢慢离开了岸边，这时，送别的人来了，于是，停下船，靠了岸，把前来送行的人引上船，一边喝酒一边聊天。聊什么呢，"多少蓬莱旧事"，蓬莱不是神仙的住处吗？这神仙旧事和秦观有什么关系？

《茹溪渔隐丛话》引《艺苑雌黄》云："程公辟守会稽，少游客焉，馆之蓬莱阁。一日，度上有所悦，自尔眷眷，不能忘情，因赋长短句，所谓'多少蓬莱旧事，空回首、烟霭纷纷'是也。"原来，蓬莱不是传说中的那个神仙地，而是名为

"蓬莱阁"的驿馆。他们聊的就是蓬莱阁的发生的一件件情事。

聊完了旧事，回头一看，"烟霭纷纷。斜阳外，寒鸦万点，流水绕孤村。"末三句化隋炀帝"寒鸦千万点，流水绕孤村"之句而来。晁补之评价这几句词时说："虽不识字人，亦知是天生好言语。"

"销魂。当此际，香囊暗解，罗带轻分"，点明这是和女人的分别。

销魂，指送别。江淹在《恨赋》中说："黯然销魂者，唯别而已矣！"现代读者们千万不要理解错了。

"香囊暗解，罗带轻分"，女人送男人香囊、手帕这类物事是有特殊意义的，那无疑告诉对方，我喜欢你，你要是也喜欢我，就收下它。男人一收下，这情便算定下了。小小的香囊里，存放着多少痴男怨女的心事。罗带，是指系香囊的带子，现代读者很容易误解为女人的衣带。

"谩赢得、青楼薄幸名存"化用杜牧"十年一觉扬州梦，赢得青楼薄幸名"句，不同的是，杜牧很自得地说，秦观却很不甘心地说——你说我薄幸，这个我承认，但我真心不想离开你。不是我想落个负心人的名声，实在有不得已的苦衷。这不得已的苦衷是什么呢？宦海沉浮，为利禄，为活着，为世俗的责任，也为了那不可告人更不能承认的私心。

"此去何时见也，襟袖上、空惹啼痕"，这泪痕落在秦观的衣袖上是永远干不了。

"伤情处，高城望断，灯火已黄昏"，船越行越远，秦观回头望着二人分手的渡口，直到高高的城楼隐没在夜色里看不见了，这时，黄昏的灯火已然亮起来了。

此三句化用唐代欧阳詹《初发太原途中寄太原所思》一诗中的"高城已不见，况复城中人"诗意。高城都看不见了，恋人更是渺无所踪，但诗人还是留恋地望向高城的方向。我相信，这些话是发自肺腑的。

这首词明明是写给歌妓的，为什么意境如此苍凉？原来，秦观将自己的身世之感也写进了"艳诗"。大概他也确实是深爱着这个女子的，这别离自然不同于一般的歌妓送别。他有深深的不舍，又不得不走，他怨，他恨，怨自己让她眼中含满了泪水，恨自己身不由己。周济在《宋四家词选》中说："将身世之感，打并入艳

情,又是一法。"

据说,苏东坡看到这首《满庭芳》后,认为是秦观在学柳永用艳语入词,基调过于消沉,就批评秦观,说:"想不到分别后,你倒学起了柳七作词。"秦观分辩说:"我虽然没有什么才情,但还不至于沦落到学柳七的地步。"苏东坡说:"'销魂,当此际',难道不就是柳七语吗?"因柳永《破阵子》词有"露花倒影"之句,苏东坡就戏作了一副对联:

山抹微云秦学士

露花倒影柳屯田

苏轼的批评丝毫没影响到这首词的流传,反而,"山抹微云秦学士"的名头就此传开了。据《铁围山丛谈》记载:秦观女婿范元石为人持重,一次在某贵人宴席间默默无语。酒宴间,有一个"善歌秦少游长短句"的歌妓唱了这首《满庭芳》之后,在场的人都很感动,只有范元石似乎无动于衷。这位歌女对范元石的冷漠非常不满,就问:"这个人是谁?难道他也懂得曲子吗?"范元石遽然而起,说:"某乃'山抹微云'女婿也!"

而由这首《满庭芳》所引发的另一段风流故事更是令人唏嘘。

秦少游因"山抹微云"一时红极,众人传唱。一次,一个文人酒席间饮至半醉,击节唱道:"山抹微云,天连衰草,画角声断斜阳……"他旁边的一个叫琴操的歌妓便提醒说:"画角声断樵门,非斜阳也。"这个人便故意逗她说:"唱错了有什么关系,干脆将错就错,你把它改成'阳'字韵吧。"琴操一笑,当即当着众人唱了出来:

山抹微云,天连衰草,画角声断斜阳。暂停征棹,聊共引离觞。多少蓬莱旧事,空回首、烟霭茫茫。孤村外,寒鸦万点,流水绕红墙。

魂伤,当此际,轻分罗带,暗解香囊。谩赢得青楼薄幸名狂。此去何时见也?

襟袖上，空惹余香。伤情处，高城望断，灯火已昏黄。

这首词改成阳韵，丝毫没有破坏原词的意境，其中"谩赢得青楼薄幸名狂"尤胜原句，真是令人拍案叫绝。当时，在座的就有苏轼。

琴操本是官宦家的女儿，大约在1074年出生，13岁时被抄家，做官的父亲被打入大牢，琴操也被没籍为官妓。"琴操"二字原出自蔡邕所撰的《琴操》一书，以琴操为名，可见她的才气也绝非一般。

琴操虽说是妓，但冰清玉洁，卖艺不卖身，红极一时。她和苏轼在这次酒宴上相识，从此，琴操的心便一刻也没有离开过这位文坛泰斗。身为杭州"市长"的苏东坡，却拘泥于世俗，不敢和琴操双宿双飞。

苏轼在杭州，携妓琴操游西湖。一日戏曰："我作长老，你试参禅。"琴问："何谓湖中景？"轼曰："落霞与孤鹜齐飞，秋水共长天一色。""何谓景中人？"曰："裙拖六幅潇湘水，髻挽巫山一段云。""何谓人中意？"曰："随他杨学士，鳖杀鲍参军。""如此究竟何如？"曰："门前冷落车马稀，老大嫁作商人妇。"琴大悟，遂削发为尼。

这段参禅是佳话也好，传说也好，我一直没有搞明白，苏轼最后一句何意。"门前冷落车马稀，老大嫁作商人妇"是白居易《琵琶行》里那名歌女的命运归宿，那也是大部分妓女的终极命运。任你有多少青春年华，任你神若湘女，貌似巫神，任你才比杨学士，气死鲍参军，也是没用的，只待年华逝去，便只能做那凡夫俗子的妻妾，平凡地度过一生。这就是出身低微的女人的命运。

这最终的宿命，聪明如琴操又怎会不懂，又何须苏东坡用参禅这样的方式点破呢？但她又能怎么办呢？做官妓本来是官家强压给良家女子的刑罚，并非琴操自愿，东坡只需利用手中的权力将她从良便是了，何须用这样的话来激别人的痛处呢？琴操又何必出家呢？也许，琴操明白，任自己如何努力、冰清玉洁，在这俗世

中也只能任人摆布，遭人冷眼，便是有幸嫁与皇家，贵为妃子，也不过是男人掌中的玩物。唯一能解脱这命运、保持这清净之身的方法，便是古寺的木鱼青灯了。自此，琴操脱下艳丽的衣裙，解下高高的云髻，削发为尼，于玲珑山别院修行。

　　既出家，便该与她断了这尘缘，不，从此，苏东坡一次次马踏玲珑，或与黄庭坚、佛印同来，与她参禅论诗。这个女子，自此倒能得以摆脱红尘卖笑的生活，和心上人面对面说些不食人间烟火的话，想来她已心满意足了。八年后，琴操病逝，接到死讯的苏轼面壁而泣，说道："是我害了她。"

秦观：多情但有，当时皓月

水龙吟

小楼连苑横空，下窥绣毂雕鞍骤。朱帘半卷，单衣初试，清明时候。破暖轻风，弄晴微雨，欲无还有。卖花声过尽，斜阳院落，红成阵、飞鸳甃。

玉佩丁东别后。怅佳期、参差难又。名缰利锁，天还知道，和天也瘦。花下重门，柳边深巷，不堪回首。念多情、但有当时皓月，向人依旧。

    37岁那年，在苏轼帮助下，秦观进士及第，到蔡州上任。在蔡州，风流成性的秦少游自然少不了在自己的人生履历上再加上一笔风流债。他遇到了营妓娄琬，字东玉。在宋代，文人的恋情大都是从嫖妓开始的。家里娶的那个，是父母之命，媒妁之言，不是自己想要的，其他女人都藏在深闺大院内难见真容，能让男人亲密接触的女人就是妓女了。见得多了，就难免遇到个温柔可人的，或者善解人意的，或者风情万种的，总之，据文人才子们自己说，所爱的女子大都是倾国倾城，色艺双绝，对自己又是万般好的。只是，只见那男子写尽相思曲，却少有修成正果的。

    这首《水龙吟》约作于宋元祐二年（1087），词人二次离蔡时。在临别时，他写下这首词赠给娄琬。据说，这词里藏着娄琬的名字。这倒要好好读一读。

    词的上阕写一个女人在初春时节刚刚送走情人，又坐在绣户中等待情人归来的情景。"小楼连苑横空，下窥绣毂雕鞍骤"，女孩子在楼上，居高临下，看着恋人骑马而去。绣毂雕鞍，言车马非常华贵。据杨万里《诚斋诗话》载，东坡见此二句，笑曰："又连远，又横空，又绣毂，又雕鞍，又骤，也劳攘。"并戏称这句"十三个字只说得一个人骑马楼前过"，确实有点啰唆。不过，秦观之所以这样

写,自有他"不可告人"的秘密在其中。

"朱帘半卷,单衣初试,清明时候。破暖轻风,弄晴微雨,欲无还有。"朱帘,红色的帘子,朱帘为什么只卷了一半呢?可以想象,缠缠绵绵了一夜的恋人,你搂着我,我搂着你,只顾呢呢喃喃地说着情话,不知不觉天已经大亮了。情话还没说够,男人一望窗外,说:"呀,来不及了,我要走了。"女子匆忙帮他穿好衣服,自己也随便披上一件单衣,两个人又抱了一会儿。真的来不及了,男子不舍地放开怀中的美人,女子这才不情愿地赶紧将帘子卷起来,没卷到头,男人就猫腰从帘下匆忙走出去,女子也紧跟着追出去了。跑到窗口时,情人已经到了楼下,女子看着他抬腿,上马。

"破暖",天气转暖。"弄晴",原指禽鸟在初晴时鸣啭、戏耍。韦庄《谒金门》词:"柳外飞来双羽玉,弄晴相对浴。"这里指天气已经转晴时要停还未停、似无似有的细雨。说明春天才刚刚开始,乍暖还寒的轻风,似有似无的雨丝,欲晴不晴的天空。这样的时节、这样的天气真让人有气无力,什么都不想做,只想发呆,想心事。女孩的心事也像这初春一样,半暖半冷,半喜半愁,半慵半懒。

"卖花声过尽,斜阳院落,红成阵、飞鸳鸯。"她空坐了一整天,从早上一直坐到晚上,外面有人在卖花,卖的应该杏花吧。卖了一天,她就听了一天的叫卖声,一遍遍地听。天黑了,卖花人也该收摊回家了,于是挑起花担,拉着了声音——"卖花咧"——声音渐行渐远,直到再也听不见了,女子才回过神,这才发现,天都黑了,夕阳把院子照得红彤彤的,落红飘零,一阵风吹来,那些原本铺在地上的、正在空中飞舞的花瓣都纷纷向井里飞去。鸳鸯,用对称的砖瓦砌成的井壁。这景象,怎么能让人开心呢?

下阕笔锋一转,写男子别后情怀。"玉佩丁东别后,怅佳期、参差难又",分手后,耳边还回响着她玉佩作响的声音,回味着二人在一起缠绵的一幕,真怕出什么差池,以后再也见不到她,但因为名利羁绊,又不得不分开。这几句表达了男子矛盾的心情,既不想和恋人分开,又放不下名利诱惑。"和天也瘦"句由李贺《金铜仙人辞汉歌》中"天若有情天亦老"化来,但以瘦易老,别有情味,天要知道我的相思之苦，天也会因此而憔悴吧。"花下重门，柳边深巷，不堪回首。"不忍回头去看那藏在烟柳深巷，飞花掩映着的恋人家的院门。"念多情、但有当时皓月，向人依旧。"此时能安慰我的，只有天上的明月，还像当初我们在一起时那样明亮，一如她的眼眸，脉脉含情地望着我。

宋词里到处可见这样的痴情女等负心男的爱情故事，秦观这一首也算不上出类拔萃的作品，要说特别，就是这首词里嵌着一个女人的名字。"小楼连苑横空"——娄琬，"玉佩丁东别后"——东玉。娄琬，娄东玉，这是一个女人的名字，是秦观一个心爱女人的名字。《花庵词选》调下注云："寄营妓娄琬。琬字东玉，词中藏其姓名与字在焉。"

这段感情注定是不能久天长地久的，秦观离开蔡州后，娄琬就从他的生活中彻底消失了，留下的只有这一首词。

秦观：一帘幽梦，十里柔情

八六子

倚危亭。恨如芳草，萋萋划尽还生。念柳外青骢别后,水边红袂分时,怆然暗惊。

无端天与娉婷,夜月一帘幽梦,春风十里柔情。怎奈向、欢娱渐随流水,素弦声断,翠绡香减,那堪片片飞花弄晚,濛濛残雨笼晴。正销凝,黄鹂又啼数声。

  宋神宗元丰年间，秦观在扬州意外地遇到一位多情的箜篌女。"无端天与娉婷"，这是上天赐给他的仙女，一帘幽梦，十里柔情。我不说，你也知道发生了什么。相思如草，"划尽还生"堪称"神来之笔"。往日的欢娱都随了流水，她为我弹起的送行曲已渺不可闻。黄昏时，天空依然下着细雨，西斜的太阳却已从云层里射下白亮的光芒，那些花瓣上滚动着雨珠，在阳光中分外娇艳欲滴。我正黯然销魂时，恼人的黄莺儿又在耳边叫了起来。

  张炎在《词源》中说："离情当如此作，全在情景交融，得言外意。"

  最爱这句"夜月一帘幽梦，春风十里柔情"，这十二个字，简直可作一篇小说来读。那一天，他不小心撞入月光，遇着了她，她正在月光下弹箜篌。那是近于绝世的乐器，在唐代，箜篌一度非常盛行，只是不知为什么，到了宋代，能够弹奏这种乐器的民间艺人已经很少了。他不觉痴了。从此，他流连扬州，不忍离去。

  月光下，珠帘静静垂下，遮住了外人的视线，却遮不住月亮的清辉。这是一个二人的世界，构成梦境的，与其说是男女的情事，倒不如说是那幽怨的琴声，还有那相知的心意。

她缬眼流波，十指间，妙音流泻，歌声清越。他写得一手好词，她弹得一手好琴，堪称当世绝配。

这是他流连于扬州一段生活记录。那年，他已三十二岁，本该是立业的时候，却连个功名都没考上。扬州，令他流连的不是官场，而是情场。

扬州是一个物宝天华、人杰地灵的城市。地处淮南江北，正当运河和长江交错之点，水陆交通方便，贸易发达，商贾云集，是唐宋极繁华的商业都市。俗谚云"腰缠十万贯，骑鹤上扬州"，文人墨客、富商巨贾皆以扬州为人间天堂。无数诗人都为扬州留下了最深情的一笔。与扬州情分最深的当属晚唐诗人杜牧，"十年一觉扬州梦，赢得青楼薄幸名"，扬州就是他的情场，就是他的温柔乡。从此，说扬州，唱扬州，必言杜牧；说杜牧，必言他的扬州梦。为什么是扬州，而不是苏州、杭州？若改成"十年一觉杭州梦"呢？也许，一个"扬"入眼，便是无上的视觉享受。

据说，杜牧日日流连花丛，他的上司牛僧孺很不放心，暗中派了三十来个人跟踪保护，每日还要将跟踪日记呈交给他。其实，杜牧不过是一个普通官员，逛青楼而已，就算要派人跟踪，一两个就够了，搞这么大排场，似乎不太可信。后来，杜牧升了官，要到长安去了，牛僧孺设宴送别时，终于忍不住劝他"适可而止"。

杜牧"好事"做了，却不敢承认，还撒谎说自己平时很检点。结果牛僧孺微微一笑，叫人拿出一个小匣子，当面打开，拿出一个本本，杜牧翻开一看，都是类似"杜书记过某家，无恙"等内容。好嘛，这老牛多亏是自己朋友，要是政敌，据此向皇帝奏上一本，说自己成天不务正业，不配做官，那可就惨了。

临离开扬州时，杜牧与自己的红颜知己、扬州当地的一位歌女（张好好）作别时，留下了那首著名的《赠别》：

娉娉袅袅十三余，豆蔻梢头二月初。
春风十里扬州路，卷上珠帘总不如。

少游这句"夜月一帘幽梦，春风十里柔情"在音韵上似乎低沉了一些，但魅力

丝毫不逊于小杜。尤其在内涵上，更令人遐想无限。

扬州的秦少游是杜牧的翻版，证据就在于，他屡屡将杜牧的春风、豆蔻、薄幸等诗句化入自己的扬州词中。比如这首《满庭芳》：

晓色云开，春随人意，骤雨才过还晴。古台芳榭，飞燕蹴红英。舞困榆钱自落，秋千外、绿水桥平。东风里，朱门映柳，低按小秦筝。

多情。行乐处，珠钿翠盖，玉辔红缨。渐酒空金榼，花困蓬瀛。豆蔻梢头旧恨，十年梦、屈指堪惊。凭栏久，疏烟淡日，寂寞下芜城。

他的自度曲《梦扬州》则更明白无误地表明自己淹留扬州的原因：

晚云收。正柳塘、烟雨初休。燕子未归，恻恻清寒如秋。小阑外、东风软，透绣帷、花蜜香稠。江南远，人何处，鹧鸪啼破春愁。

长记曾陪燕游。酬妙舞清歌，丽锦缠头。殢酒为花，十载因谁淹留？醉鞭拂面归来晚，望翠楼、帘卷金钩。佳会阻，离情正乱，频梦扬州。

十载因谁淹留？秦观曾经热衷于将情人名字化入词中，对他的扬州情人名讳却深深藏住。想来，十年淹留，他所为的不是一个女子。

词人反复引用杜牧诗句向我们传达出一个信息：他就是杜牧二世。据说，杜牧是个美男子，"美容姿，好歌舞，风情颇张，不能自遏"，扬州之于杜牧，便如同鱼儿和水。至于秦观，苏东坡曾为他作过画像，说他有天然的隐士之风，很仙，很侠，就是一脸落魄相也好看得紧，女人见了便五迷三道儿。怪不得，秦观会与杜牧神交，那原本就是一个模子里刻出来的两个情种。

不管秦观在扬州爱了谁，又弃了谁，他留下这么诗情画意的"一帘幽梦"是事实，这也是一种因缘。正如梁祝化蝶对当事人来说，悲到极点，对观众来说，却是美到极点。

秦观：雾失楼台，月迷津度

踏莎行·郴州旅舍

雾失楼台，月迷津渡。桃源望断无寻处。可堪孤馆闭春寒，杜鹃声里斜阳暮。

驿寄梅花，鱼传尺素。砌成此恨无重数。郴江幸自绕郴山，为谁流下潇湘去。

  秦观于宋神宗元丰十八年（1085）第三次参加科举考士，中了进士，从此踏上了仕途。适值朋党之争日烈之际，作为苏轼的得意门生，秦观自然被归到"旧党"一派中去。秦观也就随着新旧两党之间的起落而沉浮。元祐九年（1094），新党有了哲宗皇帝撑腰，秦观刚到手没两年还没捂热乎的国院编修的官就给撸了，他的好日子也彻底到头了，历时七年的贬谪生涯从此开始。

  先是以编修《神宗实录》的罪名被贬到杭州，杭州还没到，又通知他改道处州。处州就处州吧，不让我当官，我就读读佛经、写写诗词打发日子吧。在处州，秦观写下他的词作《千秋岁》：

  水边沙外。城郭春寒退。花影乱，莺声碎。飘零疏酒盏，离别宽衣带。人不见，碧云暮合空相对。

  忆昔西池会。鹓鹭同飞盖。携手处，今谁在？日边清梦断，镜里朱颜改。春去也，飞红万点愁如海。

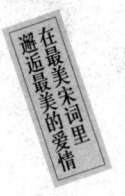

又有一首《好事近》：

春路雨添花，花动一山春色。行到小溪深处，有黄鹂千百。

飞云当面舞龙蛇，天矫转空碧。醉卧古藤阴下，了不知南北。

古人经常提到"谶言"，据说人死之前总会有些先兆，有一些反常的行为，或说一些反常的话。比如，明明很年轻的人却常说些和死有关的话题。而作为诗人或词人，则有"谶诗""谶词"之说。秦观的《千秋岁》和《好事近》（因结语"醉卧古藤阴下"之句，后人遂以为其死于藤州之谶）历来被人们认为是"谶词"，或曰"绝命词"。

《独醒杂志》中说：

秦少游谪古藤，意忽忽不乐。过衡阳，孔毅甫为守，与之厚，延留待遇有加。一日，饮于郡斋。少游作《千秋岁》词，毅甫览至"镜里朱颜改"之句，遽惊曰："少游盛年，何为言语悲怆如此？"遂赓其韵以解之。居数日，别去，毅甫送之于郊，复相语终日。归，谓所亲曰："秦少游气貌大不类平时，殆不久于世矣。"未几，是卒。

不过，此时，距秦少游死于藤州还有五年时间，一个人五年前就知道自己要不久于人世，实在有点儿天方夜谭。

大概嫌秦观活得还是太滋润了，当权者又以"写佛书为罪，削秩徙郴州"。"削秩"就是将所有的官职、封号都除掉，这是当时对士大夫最严重的惩罚了。次年二月，又编管横州，所谓"编管"，就是由地方官看管起来。在去横州之前，他写下这首《踏莎行》词。以委婉曲折的笔法抒写了谪居之恨，词的题目作"郴州旅舍"。这时候的秦观大概对仕途彻底绝望了吧。

"雾失楼台，月迷津渡。桃源望断无寻处"，写夜雾笼罩一切的凄迷世界：楼台在茫茫大雾中消失,渡口被朦胧的月色所隐没。陶渊明笔下的那桃花源更是云遮雾罩,无处可寻了。

因为春天的风太冷,所以旅馆的门窗紧闭,同时也把诗人的孤单和寂寞一同关在屋子里。在杜鹃"不如归去"的叫声里,夕阳西下,夜幕降临。王国维《人间词话》评曰:"少游词境最为凄婉,至'可堪孤馆闭春寒,杜鹃声里斜阳暮',则变而为凄厉矣。"

"驿寄梅花"句化用南朝陆凯故事:陆凯与范晔交好,尝自江南寄赠梅花一枝,并附诗一首:"折梅逢驿使,寄与陇头人。江南无所有,聊赠一枝梅。"

"鱼传尺素"句典出汉乐府《饮马长城窟行》:"客从远方来,遗我双鲤鱼。呼儿烹鲤鱼,中有尺素书。"这里指亲友的来信与慰问。亲友的一声声问候不但没有令诗人开心,反而徒增了许多思乡之愁。

最后,作者发出了一个看似无理的质问:"郴江啊,你绕着郴山流动就好了,为什么还要转道向潇湘而去呢?是为了什么人吗?远方有什么牵挂吗?你这样的奔波是为了什么呢?"其实,这是秦观对命运的追问。

苏轼非常喜欢"郴江幸自绕郴山,为谁流下潇湘去"这一句,秦观死后,他将这两句写在扇面上,并叹曰:"少游已矣,虽万人何赎!"

人们不会就此放过为一生艳遇无数的秦观制造桃色新闻的机会。于是,有好事者说,秦观在郴州遇到了一名美丽的歌妓,喜欢秦观的词到了痴迷的地步,到了非秦观不嫁的地步。没想到,秦观又被贬离郴州,这名歌妓就找到秦观说:"带上我吧,不管你去哪里,我都跟着你走。"秦观说:"这哪行啊,我过了今天没明天的。"于是,秦观就写下这首词送给她,一来感谢她的痴心,二来表明自己的处境。

秦观以为自己这一去就再也回不去了,之后不久,就写下"家乡在万里,妻子天一涯,孤魂不敢归,惴惴犹在兹"的遗言。一生都在艳遇里打滚,在情诗里缠绵的秦少游,终于在临死前想起了远在家乡的妻儿。

写下此诗不久,秦观就赶上了特赦,那时候,秦观还在去横州的路上,刚走到藤州就得到特赦的消息。大白天的,秦观却睡着了,做了个梦,醒后还把梦里做的

一首词背给别人听,然后说渴了,叫人端水给他。水端来了后,秦观不喝,看着水笑了一笑,就这么笑着离世了。终年53岁。

这首《踏莎行》的故事并没有随着少游的离世而结束。故事再回到那位歌妓的身上。秦观含笑而去没多久,歌妓也做了一个梦,这个梦境很奇怪,令人有一种不祥的预感,醒来后,一打听,秦观果然去世了。歌妓奔波百里赶到藤州,扶着秦观的棺材放声大哭。回去之后,一条白绫自缢而亡,一缕香魂随秦观而去。

故事还在继续。传说秦观去世后不久,在一富商的酒宴上,一歌妓唱了两句词,甚是好听,那富商就请歌妓唱完。歌妓说,这是昨天晚上自己在商船上,听旁边船上一个人靠着桅杆唱的,只记住了这么两句。席上有人说,听着这两句词倒像是秦观的风格。富商派人出去打听,原来歌妓晚上看见的那条船,就是运载秦观遗体的灵船。

贺铸：谁复挑灯夜补衣

思越人

重过阊门万事非，同来何事不同归？
梧桐半死清霜后，头白鸳鸯失伴飞。
原上草，露初晞，旧栖新垄两依依。
空床卧听南窗雨，谁复挑灯夜补衣！

  他本习武世家，先祖跟随宋太祖马上得天下，太祖娶了巾帼不让须眉的贺家女儿为妻。贺氏福薄，没有看到夫婿龙袍加身便已离世。所以，他并没有从姑奶奶那里得到什么实惠。他17岁进皇宫当"右班殿直"，做了皇家守卫，之后，他也一直做着低级武官，没什么"长进"。

  他的发妻本是皇族女儿，不知为何，她要嫁与他。他丑，虽是皇亲，却早是落毛的凤凰不如鸡，似乎从哪方面论，他都不该是女孩子心目中的理想对象。想来，最初的结合不该缘于两情相悦之爱。可是，这两个善良的人却在婚后恩恩爱爱，相濡以沫，是那时难得一见的模范夫妻。

  她跟着他没有过过一天好日子，日子过得紧紧巴巴的。每日忙完所有家务之后，她就在灯下为他补衣。这是所有民间妻子日常工作之一，本不值得大惊小怪，怪就怪在她是出身贵族的大小姐，竟然做起了丫头下人的工作。想来那时，她除了空有贵族身份之外，过的全然是平常百姓的日子。

  这样的日子过了很久，像水一样，清澈流畅。有她在时，他从来不觉得日子琐碎难过，有限的银钱被她安排得恰到好处，还稍有盈余。虽是粗茶淡饭，粗布麻

衣，也能够温饱，实在而踏实。穿上她缝补的衣服，吃上她做好的蒸饼咸菜，整整一天都是幸福。

每到夏天，妻子早早便将他的冬衣拿出来，一针一线地缝补。他说："大热天的，你补那劳什子做什么？离冬天还早着呢？"她说："闲着也是闲着，你在外面奔波，我也帮不上你什么忙，能做的就是缝缝补补这些事情了。再说，到冰天雪地的时候再补就晚啦！你一个男人哪里晓得这缝缝补补要费多少工夫呢！"他有感于此，写下《问内》一诗。

> 庚伏压蒸暑，细君弄咸缕。
> 乌绨百结裘，茹茧加弥补。
> 劳问汝何为，经营特先期。
> 妇工乃我职，一日安敢堕。
> 尝闻古俚语，君子毋见嗤。
> 瘿女将有行，始求然艾医。
> 须衣待僵冻，何异斯人痴。
> 蕉葛此时好，冰霜非所宜。

"蕉葛此时好，冰霜非所宜"，这是操持过家务女人的切身经验。在夏天补衣，为的是把最暖的阳光都缝补进去吗？她并非没有退路，却甘愿跟着丈夫过贫苦日子。这个女人的爱，朴实得如同新鲜的棉花，柔软而温暖。

他一度认为他和她会永远这样过下去，岁月静好，现世安稳，时光慢慢从他们身上流过，刻下皱纹，染白头发，然后，一起没于黄土。有一天早上，他睁开眼睛时发现，屋子里只有他一个人了，已经缝补好的衣服冷冷清清地叠放在枕边，上面还有她的针线，却是已经很久没有动过。她去了哪里？他似有所失，左想右想，才晓得，她已经走了。

他似乎怎么也想不明白，人怎么就走了呢？多年的婚姻，早已成为一种习惯，她于他，就像空气一样不可缺少。她在时，他没有什么特别的感觉，一旦抽离，他才感到无法呼吸。

"重过阊门万事非，同来何事不同归？"阊门为苏州城的西门。贺铸和妻子旅居苏州，没想到，妻子却死在这里，没能再跟他回到家乡。再次来到阊门，他想起她，伤心地流下眼泪："为什么我们当初一同来到苏州，你却不能跟我一道回去了呢？为什么，我们不能白头到老，同赴黄泉？"

"梧桐半死清霜后，头白鸳鸯失伴飞。"枚乘《七发》说："龙门之桐，高百尺而无枝。其根半死半生。"据说，用半死桐制琴，其声最悲。古人又认为合欢连理树形似梧桐，"梧桐半死"即丧偶之喻。

"原上草，露初晞，旧栖新垄两依依。"我踏上露珠初干的草地，寻找着往日我们一起携手时留下的踪迹，我在我们曾经朝夕生活的旧居前流连不止，在新垄起的坟茔前徘徊不去。我实在不忍心离开，有你的地方才是我的家呵！

最令人悲哀的是"空床卧听南窗雨，谁复挑灯夜补衣"！有人说，这男人，妻子死了，他却只在乎没有人给自己补衣服了！他哪里晓得所有的爱都在这深夜密密的缝补中！如今的年轻人常常为谁做饭、谁洗碗闹到分手的地步：为什么只是我在做家务，你连打个下手都不能？古代的夫妻分工明确，不会有这样的家务难题，现代女人早已习惯了既主外又主内的生活，男人的适应能力不如女人，总是忘了自己该做的那部分。然而，老公若能像贺铸一样，对妻子的付出心怀感恩，她心底只有深深的喜悦，哪里还会计较太多？

这首《思越人》历来被公认是能和潘岳的《悼亡》、元稹《遣悲怀》、苏轼《江城子·记梦》这三篇伤悼文字并传不朽的名篇。但我认为，贺铸这一首才是真正寻常夫妻的寻常家话，字字朴实，却又字字催人泪下。这词，实在没有半分卖弄，字字皆出自肺腑。有时候，卖弄是一种习惯，是人便有卖弄的本能。伤心的话谁都能说，真假只有当事人心知肚明。在爱情中，我们常常说尽万种风情，但对我们真正爱的人，只需说一句"从此再也没有人替我补衣服"这样的寻常话就够了。

贺铸：锦瑟华年谁与度

青玉案

凌波不过横塘路。但目送、芳尘去。锦瑟华年谁与度。月桥花院，琐窗朱户，只有春知处。

飞云冉冉蘅皋暮。彩笔新题断肠句。试问闲愁都几许？一川烟草，满城风絮，梅子黄时雨。

如果你有幸或不幸穿越到了宋朝（你应该并不会觉得陌生，你在电影里已经见过多回类似的场景），迎面走来一个彪形大汉，黑脸如铁，身高两米，剑眉怒目，头顶上梳着一个稀疏枯黄、不过梅子大小的发髻。这时，你似乎听到"咣"的一声，长剑出匣，不由得头皮发麻，手心里出汗。难不成你来到了水泊梁山，遇见了李逵？这时，他向你开口了，说的却是："凌波不过横塘路，但目送、芳尘去。锦瑟华年谁与度……"声音出奇的温和儒雅，充满磁性。你不禁哑然失笑，好像《大话西游》里紫霞仙子的魂魄换到了猪八戒身上一样。

没错，这个黑脸大汉不是别人，正是这首《青玉案》的作者贺铸。陆游的《老学庵笔记》中则说贺铸"状貌奇丑，色青黑而有英气"，所以人们又送他一个外号叫"贺鬼头"。这个外号一点也不善良。怎么想，这带着英气的剑眉男人也不应该丑得像"鬼"。更不可思议的是，这个黑脸大汉居然一直被视为婉约词的正宗。他的词绵密细腻、温婉唯美。这粗糙的皮囊下装的到底是怎样一颗玲珑七窍心呢？

其实，贺铸的第一份工作是皇家侍卫，跟写诗作词搭不上边儿，像投错了胎的纳兰容若。纳兰也是在这个年纪，做了皇帝侍卫，然而，他一点也不喜欢自己这个在外人看来极其风光的工作，一个武夫的骨子里却是文人浪漫多情的性子。

不过，少年习武的经历还是让贺铸显露出与众不同的侠士风度。在他的一首近乎自述的《六州歌头》词中，营造了一个令人向往的武侠世界：

少年侠气，交结五都雄。肝胆洞，毛发耸。立谈中，死生同，一诺千金重。推翘勇，矜豪纵，轻盖拥，联飞鞚，斗城东。轰饮酒垆，春色浮寒瓮。吸海垂虹。闲呼鹰嗾犬，白羽摘雕弓，狡穴俄空，乐匆匆。

似黄粱梦，辞丹凤；明月共，漾孤篷。官冗从，怀倥偬，落尘笼，簿书丛。鹖弁如云众，供粗用，忽奇功。笳鼓动，渔阳弄。思悲翁，不请长缨，系取天骄种，剑吼西风。恨登山临水，手寄七弦桐，目送归鸿。

"不请长缨，系取天骄种，剑吼西风。恨登山临水，手寄七弦桐，目送归鸿。"读罢此词，只觉又回到年少时迷恋武侠的那段时光，仗剑江湖的义气激荡心胸，直恨自己生不逢时，不能穿越古代，做个白衣侠客。其实，江湖的血雨腥风，哪里有想象中的那般快意人生，不过是叶公好龙罢了。但贺铸却是实实在在地在剑雨中冲杀出来的侠客。不想，这位侠客竟能笔带剑风，写出如许飞扬恣意的词句来。这歌需要拔刀亮剑，相击而歌才能助其气势。

有人将苏轼尊为豪放词宗主，其实，贺铸才是真正的"武林盟主"，那是"剑在手，问天下谁是英雄"做底气的真豪情。只可惜，重文轻武的宋朝不允许英雄的存在，英雄尚未末路就已经凋零。在一片绵羊音里，英雄的呼喊反而逝于无声。

放在武侠世界中，这仗剑豪侠的风度会迷倒多少女子，征服多少男子呀，那才是贺铸的梦乡。如今，这少年豪侠只好收起他的剑，在姑苏门外十余里一个叫横塘的地方，建起一座小屋，和结发妻子过起了寻常夫妻生活。没过两年，妻子过世，他又一个人过起了鳏夫的生活。

有人总结了贺铸的三个特点：丑陋无比、雄狂无比、温柔无比。这个侠骨柔情的汉子，大概是锦心而非绣口，感情又端正，不可能像苏轼、秦观那样的风流自

得,妻妾成群,粉丝无数。他是一个有韧性的男子,虽然一生不得志,沉于下僚,却不自我放逐,沉湎于风月。慷慨悲歌之后,他剑入匣,粗茶一盏,淡饭一钵,在横塘的小屋中,坐拥万卷藏书,做起了编辑撰写的工作。

横塘,又是横塘。说到横塘,我耳边便响起古代船家女唱起的那首山歌:"君家何处住,妾住在横塘。停船暂借问,或恐是同乡。"这个大胆的女孩,见到心仪的少年,便停下船,用山歌问人家住在哪里。歌声嘹亮,在江面上传出很远,任哪个少年男子听了都会把持不住。这样的妹子不用倾国倾城,那股子野性美便足以将男人征服。

那一日,他在横塘回家的路上,也遇到了一个绝色女子,并且一见钟情,只是这讷于言的老实男子,只能望着人家的背影做着白日梦。

"凌波不过横塘路,但目送,芳尘去。"一开场便令人失望,那次偶遇,连邂逅都说不上,只是目送着人家的背影绝尘而去。人的灵魂真是奇怪的东西,谁也不知道它为什么会突然对一个人就着了迷。哪怕拼了这副皮囊不要,也想得到她。但贺铸却连得到她的念想也不敢有,因为他不是翩翩公子。

一个小小横塘,一个美女,他岂能不知她的芳名?她若非歌女,必是大户人家的小姐太太。贺铸知道,有些感情还是保持神秘感为好。如果他跑去找她,大概仙女嘴角上扯起的那缕轻蔑就足以把一切美感破坏得荡然无存。

此时若是美男子秦少游在此,大概只须一个微笑便可令她回头,可惜他不是。他所能做的,便只是远远地想着她。

他想:"锦瑟年华谁与度?"她每天弹着锦瑟打发日子,谁是听琴人呢?她是会弹琴的,许是一位歌女,想必听众也很多。待听客散去,她闲散地拨着琴弦,"锦瑟无端五十弦,一弦一柱思华年",这琴是她为自己而弹,却是没有听众的。

他想象她的住处,"月桥花院,琐窗朱户","只有春知处","飞云冉冉蘅皋暮",想必,在那长满蘅芜的沙洲上,正有彩云慢慢升腾缭绕,暮色四合,掩没她寂寞的身影。"彩笔新题断肠句",寂寂长夜,她无聊地拿起彩笔,在纸上写下悲伤的诗句。

"彩笔"说的是南朝的江淹的故事。江淹年轻时文采飞扬，到了晚年不知为何却才思枯竭。人们对此产生了各种猜想，有人说，江淹旅居冶亭，梦见一个叫郭璞的人，对他说："吾有笔在卿处多年，可以见还。"江淹不得已，便从怀中掏出一支五彩笔还给他。失去了彩笔的江淹从此再也写不出一篇好文章了。"江郎才尽"的成语也来源于此。

她手中拿着彩笔，那自是仙家之物了。只是不知道，仙女的断肠句是为何人题写。

就这样，他成天满脑子都是她的影子，想象着她的一举一动、一笑一颦，心绪不宁。有时候，他也会想象他见到她的情景。可是，一想到自己这副丑样子，他就自卑了，只希望来世，自己化成那绝世美公子，再去找她吧。

他自己也知道，自己生的这是"闲愁"，既不像失恋那样撕心裂肺，又不像恋爱那样一日不见，如隔三秋，就这样终日无所事事地想她，又想不出个所以然来，不是闲愁是什么？可是，偏偏又控制不住自己不去想她。他说：你要问我这"闲愁"到底有多少，就可以用那"一川烟草，满城风絮，梅子黄时雨"来比喻。

清王闿运说："一句一月，非一时也。"原来，这一川烟草，满城飞絮，梅雨黄时雨，原是春天的三个阶段，三句话便是整个春天，整个春天他都在想她，一晃儿，春天就过去了。

黄庭坚认为贺铸的这首词不下于秦观小令："少游醉卧古藤下，谁与愁眉唱一杯？解道江南断肠句，只今唯有贺方回。"贺铸更因为这句"一川烟草，满城风絮，梅子黄时雨"，得雅号"贺梅子"。

《竹坡诗话》里说，贺铸晚年在姑苏时与郭功甫交好，两人经常互相戏谑。贺铸头发稀疏，还有点谢顶，挽成的发髻小得可怜，郭功甫指着他的发髻嘲笑道："这个可真是'贺梅子'了！"贺铸反唇相讥，将着郭功甫雪白的络腮胡子说："你也可以称得上是'郭训狐'吧？"训狐是一种羽毛花白的猫头鹰。

贺铸虽然嘴上没吃什么亏，不过，"贺梅子"的绰号确实是落下了，甩不掉了。

周邦彦：纤指破新橙

少年游

并刀如水，吴盐胜雪，纤指破新橙。锦幄初温，兽烟不断，相对坐调笙。
低声问：向谁行宿？城上已三更。马滑霜浓，不如休去，直是少人行。

这首词是周邦彦写给谁的呢？从表面意思理解，是写一个男人和女人幽会时的情景。

刀如水，盐似雪，她用纤纤素手破开一枚新橙（橙子用盐泡会去除酸味）。锦帐里还有她身体的温度，屋子里点着兽香，两个人对坐着笙箫合奏。男人和女人坐在有锦帐的屋子里，是幽会，还是偷情？

低声问，你今晚去哪里住？男人恋恋地望着她，没有回答，于是，她故意看看窗外说，已经三更天了，外面已经下霜了，路很滑，别走了吧。外面已经没有人赶夜路了。现在走会很危险吧。

"向谁行宿"——今晚去哪里投宿？表面关切实则是小心地打探，乍一听好像并不打算把他留下来似的。

"城上已三更"——这是在提醒对方：时间已经不早，要走就该早走，不走就该决定留下来了。

"马滑霜浓"——显然想要对方留下来，却好像一心一意地替对方设想：走是有些不放心，外面天气冷，也许会着凉；霜又很浓，马儿会打滑……真放心不下。

这样一转一折之后，才直截了当地说出早就要说的话来："不如休去，直是少人行！"意思是：你看，街上连人影儿也没几个，回家去多危险，你就不要走了吧！

真是一语一试探，一句一转折。读者分明听见她在语气上的一松一紧，一擒一纵；也仿佛看见她每说一句话同时都窥伺着对方的神情和反应。作者把女子所显现的机灵、狡黠都逼真地摹画出来了。

更有趣的是，据记载，这首词中的男女主角不是别人，正是当时东京城的头牌名妓李师师和万人之上的宋徽宗赵佶。

据说，李师师原本是汴京城内经营染坊的王寅的女儿，自幼失母，父亲用豆浆当奶喂活了她。那时有一种风俗，为了使孩子能够消灾免祸，要将其舍身佛寺。三岁时父亲把她舍身宝光寺。舍身时，女孩突然哭起来，僧人为她摩顶，她却立刻安静下来。僧人认为她和佛门有缘，因时称佛门弟子为师，父亲便将她取名师师。过了一年，父亲犯了罪，死于狱中。失去双亲的小师师被经营妓院的李媪收养，改名李师师。长大后，李师师色艺俱佳，冠绝一时，成为京城的"头牌"。文人雅士、公子王孙竞相追逐，能得到师师的青眼和招待，那是件倍儿有面子的事。

这可是个大腕，不是一般人能追到手的。一说宋徽宗赵佶，人们第一个印象就是，这是个昏庸无能的皇帝，北宋就败在他的手上。不过，说起他的字画，在当时可是天下一绝。这个皇帝的才华绝不逊于当年的李煜。赵佶听说师师的大名后，心痒难耐，有一天，换了身行头，打扮成商人模样就去了。总不能说我是皇上赵佶吧，就叫赵乙吧，也就是赵二。等了一天也不见李师师出来接客，赵二不干了，开始嚷嚷起来：老子是花了银子的，你牌儿再靓，不也是卖的吗？太没职业素质了吧。总之，这赵二大概态度不太好，师师偏不吃这一套，就是不给他好脸色，千呼万唤连吵吵带嚷嚷地总算别别扭扭地出来了。

师师一出来，赵二就没声了。以前他觉得当皇帝三宫六院，普天下就他一个男人有这等福气。一见师师，他知道，自己这辈子算白活了。什么三宫六院，和师师一比，都不过是些庸脂俗粉。别说是等上一天，就是等一个月把美人等出来也值

了。师师见到赵二,也不搭理他,径直走到琴旁,懒懒地弹起琴来。

　　文采是男人的绝杀技。赵二虽是个孬种,但肚子里还是相当有墨水的,对付女人足够用了。很快,他就把师师给追到手了。宫里的妃子问徽宗这李师师有啥好的,他说她"一种幽姿逸韵,要在色容之外"。意思是,师师的美不光在容貌,她身上另有一种超凡脱俗的风韵,这是没法用言语形容的。

　　为了方便幽会,他从宫中打了一条地道通向她家,整天就这么钻来钻去。现在开封的宋城遗址,还能看到这个地道的存留。

　　按说,皇帝的女人谁敢再追?就算敢追,师师能不能看上眼也说不定。不过,据说,敢泡皇帝女人的这个人真有,就是周邦彦。

　　据张端义《贵耳集》中记载:有一次宋徽宗生病,周邦彦趁着这个空儿前来看望师师。二人正在叙阔之际,忽报圣驾前来,周邦彦躲避不及,只得藏身床下。宋徽宗带来一只江南进献的新鲜橙子。周邦彦在床底下,看见师师玉手剥橙子的样子很好看,二人的悄悄话也一并听了个一清二楚,于是回家后就填了这首《少年游》。这师师很天真,等皇上再来,她就把这首词唱给皇上听了。皇上一听,这不就是写的咱俩的事吗?一气之下,就让周邦彦滚出京城了。

周邦彦：念月榭携手，露桥闻笛

兰陵王·柳

柳阴直。烟里丝丝弄碧。隋堤上、曾见几番，拂水飘绵送行色。登临望故国，谁识京华倦客？长亭路，年去岁来，应折柔条过千尺。

闲寻旧踪迹，又酒趁哀弦，灯照离席。梨花榆火催寒食。愁一箭风快，半篙波暖，回头迢递便数驿。望人在天北。

凄恻，恨堆积！渐别浦萦回，津堠岑寂。斜阳冉冉春无极。念月榭携手，露桥闻笛。沉思前事，似梦里，泪暗滴。

　　《兰陵王》本是唐教坊曲。《旧唐书·音乐志》云："北齐兰陵王长恭，才武而面美，常着假面以对敌。尝击周师金墉城下，勇冠三军，齐人壮之，为此舞以效其指挥击刺之容，谓之《兰陵王入阵曲》。"唐朝崔令钦的《教坊记》说："大面，出北齐。兰陵王长恭，性胆勇，而貌妇人，自嫌不足以威敌，乃刻为假面，临阵着之，因为此戏，亦入歌曲。"

　　所有的历史记录都说到他的美，"白类美妇人"，七尺男人，却天生一副美人坯子，连男人见了都要爱上他。不过，兰陵王的美却给他带来了极大苦恼，大概敌人见了他，多半都哈哈大笑："齐国没有男人了吗？派个女人出来打架？"后来，他灵机一动，命人制作了一个面目狰狞的"大面"，出战前，便戴上面具。敌人见不到他的真容，只见面具狰狞如鬼，很是吓人。后来，人们受到兰陵王的启发，也戴上面具跳舞，场面非常壮观，摄人心魄。

　　周邦彦这首《兰陵王》全词共三阕，一唱三叹，回环往复，动人心弦，被人称为兰陵三叠。据说，这词也是周邦彦和皇帝争风吃醋的成果。皇帝发现周邦彦跟自

己抢女人，一气之下就将他外放了。周邦彦只好告别师师，一个人上路了。这阕词就是写给师师的临别赠言。

上阕写饯行地点的景色。

饯行地点：隋堤。堤上种满了一排排的垂杨柳，正是初春时节，刚刚萌发的杨柳呈烟绿色。柳在古典诗词中一直是送别的意象，送别的人折下柳枝送给远行的人，表达自己的相思之情。这些杨柳不知见过多少离别的场面，也不知道被折下过多少枝条。隋堤在今天的开封汴河一带，建于隋炀帝大业元年。堤坝上种植着成行的柳树，西自黄河东至淮河，都是柳树成荫。后蜀何光远《鉴戒录·亡国音》："炀帝将幸江都，开汴河，种柳，至今号曰'隋堤'。"白居易《隋堤柳》诗："隋堤柳，岁久年深尽衰朽，风飘飘兮雨潇潇，三株两株汴河口。"

中阕交待了饯行的时间和情节。

饯行时间：寒食节。"梨花榆火催寒食"，寒食节在清明前一天，旧时风俗，寒食节这天禁火，节后另取新火。唐制，清明取榆、柳之火以赐近臣。

远行的人：周邦彦。

送行的人：相传是李师师。

"闲寻旧踪迹，又酒趁哀弦"，二人在分别前忙着寻访以前花前月下常去的地方。两个人在一起的时间已经不多，及时行乐吧，借着酒劲，他拨弄琴弦，她轻转歌喉，又借着灯光，将她的脸仔细端详。从今后，这张脸只能在梦中出现了。

"愁一箭风快，半篙波暖，回头迢递便数驿，望人天北。"这么快就要上船了。两条腿像灌了铅一样一步三回头，真希望突然绊上一跤，摔得腿断胳膊折，那样就不用走了啊。这船怎么这么快啊，东风一吹，跟箭似的就蹿出去了，一会儿工夫就蹿出去好几百里了，一驿三十里，转眼间不知多少个驿站都过去了。其实，船能有多快呢，又不是快艇游轮，只是因为不舍才觉得船快罢了。若是乘船去约会的路上，恐怕还会说，这船怎么走得比乌龟还慢呢？

下阕写周邦彦在船上想念佳人。

人随着船的远行，越来越悲伤，走得越远，相思之苦就越深。河道转了一道弯又一道弯，每到一个渡口我就望一望，希望看见她的影子，可是别说是她，就是别个人影也没见着一个。夕阳西下，春光无限，我想着和她在月下牵手、在桥上听她吹笛的情景。这一幕幕，就像做梦一样，我默默地流下了眼泪。

据说，师师送走了周邦彦，回到青楼，发现宋徽宗正坐在闺房里等她，一见面，便问她哪里去了。师师满不在乎地说："周邦彦不是被你给赶走了吗？我送了一下。"

"你们在一起没干什么吧？"宋徽宗的语气听起来酸酸的。

师师说："哪里敢？他只作了一首词送给我。"皇帝一听，便有了兴趣，叫她马上唱给他听。一曲《兰陵王》唱罢，宋徽宗想想，为了一个女人而争风吃醋这点小事，就让大宋朝的才子受到如此不公平的待遇，也实在不忍心，遂把刚贬到外地的周邦彦又召了回来，让他继续担任大晟乐府的乐正。

这个故事传得很广，听起来却总觉得不靠谱儿。王国维先生在其在《清真先生遗事》中，也表示了他的怀疑：一是那时周邦彦已五十六岁，官至列卿，想来一个五十六岁的老人还去嫖妓，从生理上说不现实；二是宋时亦无大晟乐正这种官职。也许，王国维先生是对的，不过，传说总比现实有趣得多，姑妄听之吧。

仲殊：残阳酒醒，一棹天涯

> **柳梢青**
> 岸草平沙。吴王故苑，柳袅烟斜。雨后寒轻，风前香软，春在梨花。
> 行人一棹天涯。酒醒处、残阳乱鸦。门外秋千，墙头红粉，深院谁家？

一落笔便是锦绣江南。两岸碧草依依，白沙堤岸，灵岩山上，在婷婷袅袅、柳烟笼罩中的是吴王的旧宫苑。当年夫差在灵岩山上为西施建造馆娃宫，以为从此便可以江山美人共有，却不想，那本是有预谋的，你用刀剑堆起重重尸堆，使我与父母兄弟离散，我只需拼却香裙一袭便可令你国破家亡。

无论赢家是谁，昔日的江山美人，都已化成烟尘，倒是那曾经的旧宫苑却依然不倒，一路从时光中走来的，还有岸草平沙，柳树轻烟，依然年年春色如故。

"雨后寒轻，风前香软，春在梨花。"一阵春雨之后，寒意淡淡，微风过处芳香柔和。先触觉，再嗅觉，后视觉。雨寒风轻，风中含香，如美人的玉手般香软。循香望去，但见两岸开满了洁白如雪的梨花，那香软的气息正是春风携梨花香气而来，无花不成春，原来春在梨花，真是让人春心荡漾。这真是一个创造性的发现，唐宋词中，要么伤春，要么惜春，就是没有人真正享受过当下。这样的美，为什么是不及早欣赏，反而为它的短暂而唏嘘不已？

"行人一棹天涯。"在风暖花香的春天里，词人泛舟江上，正在远行，风顺舟轻，又是顺流而下，船行得也轻快无比。他一边在船上欣赏沿岸春色，一边将酒葫芦对着嘴狂吹,直至喝得酩酊大醉,在酥软香风的吹拂下,沉沉睡去。

"一棹"犹言一桨。"天涯",人人心里都有个天涯,至于你的天涯在哪里,你懂的。好一个"一棹天涯"!他无拘无束,放浪天涯,任舟漂流。

等他酒醒,已经斜阳西坠,暮鸦乱飞。乌鸦总是在傍晚成群结队地寻找栖息之处,黑色点点,缀于霞光之中,却是一番动人景致,可惜现代人无缘得见。

乌鸦在寻找栖处,人也在寻找。"门外秋千,墙头红粉,深院谁家?"我们在夜晚目光总会被温暖的家园吸引,只见一家小院,院门深闭,一架秋千静静地悬于粉红的桃花之下。他突然来了精神,呀,那里是谁的家呢?

在历代诗词中,随处可见女子花丛中荡着秋千的动人身影。王维《寒食城东即事》:"蹴鞠屡过飞鸟上,秋千竟出垂杨里。"欧阳修《渔家傲》:"红粉墙头花几树。落花片片和惊絮。墙外有楼花有主。寻花去。隔墙遥见秋千侣。"与这句"门外秋千,墙头红粉,深院谁家"有相似之处。

据说,自有人类文明以来,便有了秋千,猴子们常手执藤蔓从一棵树上荡到另一棵树上,或者从这一岸荡到那一岸,生活中人类自然也学会了这一手。在汉代,秋千叫"千秋",大概最初属于杂耍之类的表演,是贵族的生日会上必备节目之一,后来,在民间流行开来。还有一种浪漫的说法:从前有一位美丽的公主,爱上一位草根帅哥。老国王极力反对,便把公主锁在深宫里。看着高高的宫墙,小公主心生一计,她在靠近宫墙的树上,用彩绸扎一个"U"形结,然后登上彩绸,用力摆荡,跃出宫墙,和心上人一起私奔了。从此,象征自由和爱情的秋千便诞生了。

于是,在诗人的笔下,秋千既是寓意女子的意象,亦是爱情的象征。

想着,在那样令人凄然的黄昏,一户温暖的人家,一架落满红花的秋千,谁都会忍不住想去门口看看那荡秋千的女孩长什么样子,即使并不美丽,那青春的活力也还是能叫人眼睛一亮的。

读者可能想不到,写这首词的,并不是一个俗人,而是一个和尚。仲殊不是他的名字,而是他的法号,苏轼称仲殊"能文善诗及歌词,皆操笔立成,不点窜一

字",而且,这仲殊不拘佛规,好作艳词,且屡教不改。

一个人受了什么劫,情场逃逸也好,官场失意也罢,好像一出家,便什么都解脱了,从此,清风明月,看尽人世沧桑。仿佛只要穿上袈裟,便能救我们于情海欲海。那么,是什么因缘让这个凡心不死的花和尚遁入空门的呢?

那日,和情人分别,他醉醺醺地回家。无论在外面如何花天酒地,家还是浪子最终的归宿。见到家中齐整的旧物,便是一个饭罐酒坛也有着温暖的气息。他却从来没想过,在他离家的这段日子里,妻子是如何坐如针毡,以泪洗面,乃至怨恨妒嫉相加,痛苦至极,直至她有了外遇。

那日,她异常温柔,端给他一碗肉羹,他小口地喝着,突觉腹痛难忍,倒在地上,哀叫不止。倒地的那一刻,他看见妻子嘴角牵扯出的恨意,什么都明白了。

还好,他命大,中的也非断肠草、鹤顶红。家人从医生那里得了一个偏方,连服了十余天的蜜水,命终于保住了。只是从此便不能再吃肉,因为"复食肉则毒发,不可复疗",每天须喝蜂蜜解毒。自此之后,他"所食皆蜜。豆腐、面筋、牛乳之类,皆渍蜜食之",只有同样酷爱吃蜜的东坡能和他吃到一起去。东坡呼之曰"蜜殊"。

不能吃肉,与和尚有什么区别?那个家,差点要了他的命,更是不愿再回去。就索性便出家了吧。人已经在了佛家,心却觉得空落落的,尘世的一切于他,仍是恋恋不舍。他依然爱酒,热爱年轻美丽的姑娘,经常去找姑娘喝酒,唱歌。

他到处云游,头上戴着一个草帽,翻过来就是钱罐,向来往行人化缘。

他曾经说:"钱如蜜,一滴也甜。"有一天,他看到一个卖糖粥的,便向人家化缘,卖糖粥的给了他一文钱,他便用这一文钱买了一碗糖粥喝了。

一日,他在郡府前,看到一妇人在门前投了一纸诉状,等了半天也没见传唤,天下起了雨,她就在雨中淋着,衣服都湿透了。仲殊尘心大发,竟然作起诗来:

浓润侵衣,暗香飘砌,雨中花色添憔悴。凤鞋湿透立多时,不言不语恹恹地。

眉上新愁,手中文字,因何不倩鳞鸿寄?想伊只诉薄情人,官中谁关闲公事!

和尚见妇人诉状，便想到人家是诉薄情人，总能让人想起，他出家之前的那段风流韵事，妻子因此而给他下毒，他似乎有些迷糊——这也值得下毒吗？这样的事，官家又能怎么处理呢？只好让你在门外待着了。

其实他也有些顽童心理，喜欢看热闹。这和尚的心，其实说起来挺天真的。

苏轼在杭州做太守时，经常携歌女游山玩水，有一次竟然带歌女去了宝月寺拜见大通禅师。禅师怒形于色，以苏轼的心性也自然不会悻悻而去，反作一首《南柯子》来戏谑人家：

师唱谁家曲，宗风嗣阿谁？借君拍板与门槌。我也逢场作戏、莫相疑。

溪女方偷眼，山僧莫皱眉。却愁弥勒下生迟。不见阿婆三五、少年时。

"阿婆三五、少年时"是一个典故，需要解释一下。唐朝有个叫薛逢的进士，晚景落魄，有一天骑着头瘦驴，在长安大街上行走，忽然遇到一列出游的新科进士，领队的高声吆喝着在前面开路："快给进士们让路！"薛逢挺不屑地看了一眼马上的小子，慢悠悠地说道："阿婆三五少年时，也曾东涂西抹来。"意思是说，想当年，我在你这年纪时，也曾涂脂抹粉、风光八面，别看你现在风光，早晚你也得混成我这样。苏东坡用这个典故，是想说众生本来平等，不要生分别心，若生分别心，反而背离了佛教的宗旨。

禅师也不好再生气，苏轼是大人物，佛家人太多计较反而是自己不是了。那时，站在大师一旁的还有一个和尚，听了这首《南歌子》，笑了拍手叫好，并依韵和了一首《南歌子》：

解舞清平乐，如今说向谁？红炉片雪上钳锤。打就金毛狮子、也堪疑。

木女明开眼，泥人暗皱眉。蟠桃已是著花迟。不向东风一笑、待何时。

苏轼见了，说："此僧胸中无一毫发事。"这和尚就是仲殊。从此，苏轼便将

他引为知己，来往密切。

"一日，与数客过之，崇宁中，忽上堂辞众。是夕，闭方丈自缢死。及火化，舍利五色不可胜计。"关于仲殊的死，记录得很清楚。死后有舍利，不可胜计，在佛家看来，这是高僧大德多年修练而成。

这个仲殊，出了家还写艳词，看似尘缘未了，他的自缢亦是给世人留下不解之谜。他的出家，他的死，似乎都有难言之隐，然而，那难言说到底也不过是悟之一种。悟了，来了；悟了，走了。

因他自尽于枇杷树下。一些好事人便因他那句"凤鞋湿透立多时，不言不语恹恹地"篡其诗曰："枇杷树下立多时，不言不语恹恹地。"他戏谑人家，人家也戏谑他。其实，他的戏谑何曾有歹意，不过是不能解、不能悟时的一种自我解嘲罢了。有时，看似看开，却是看不开的一种掩饰；待看开了，不掩饰了，倒反而和常人无异了，别人怎么活我便怎么活，哪来那么多说道？想来，若他能听到别人戏谑他的话，他一定会笑，说，真是这样呵！

说起仲殊，便忍不住要费些笔墨来说说曼殊。和仲殊一样，曼殊也是他的法号，却又加了俗家的姓，苏曼殊，这名怎么看怎么多情，果然是个情僧，这名字取得真是好。

他本是人家的养子，受尽冷眼，后来干脆逃走，睡柴房，吃剩饭，过起了流浪生活。十二岁时，一场大病几乎要了他的命，是山上的僧人救了他。索性，便在广州长寿寺出家。

出了家便该做出家人的事，他却受不了寒寺里的清规戒律，因偷吃鸽子肉被逐出寺院。无爱的童年让他对母亲无限思念，他东下日本去寻找那从未见过面的母亲，未得，却在日本吃下了刻骨铭心的爱情苦果。她叫菊子。他们携手樱花下，以为可以花开到永远。不想，他们的恋情遭到菊子家里人的强烈反对，菊子竟跳入海中埋葬了他和她的爱情。

> 十日樱花作意开，绕花岂惜日千回？
> 昨来风雨偏相厄，谁向人天诉此哀？

> 忍见胡沙埋艳骨，修将清泪滴深怀。
> 多情漫向他年忆，一寸春心早已灰。

——《樱花落》

天下有情人失散屡见不鲜，就算菊子不死，曼殊大概也会因另一个女子的出现而忘记她；菊子尚年轻，也会有另一个新的爱人。可惜什么都可以重来，就是生死不能重来。我不杀伯仁，伯仁却因我而死，而他和菊子的爱情在最盛烈时消亡，亦给他留下刻骨的幻美。

他再次出家，发誓一生不惹红尘。从此，多情公子变作痴情僧，哪怕是出入粉巷酒肆，亦是心在酒，不在色。成熟、风情的弹筝女子百助枫子爱上了他，两人曾同榻而眠，却一夜相安无事。

"乌舍凌波肌似雪，亲持红叶索题诗。还君一钵无情泪，恨不相逢未剃时。"这是他写给百助的诗，看来，他亦是动过心，或者，不过是不忍心伤女孩子的心，给她的一碗解情酒而已。我想，他拒绝百助的真正原因，不过是忘情于菊子而已。多年后，他的自传体小说《断鸿零雁记》凄美绝艳，写的是他和菊子的故事。1918年，年仅35岁的苏曼殊去世，临终时，写下8个字：一切有情，都无挂碍！

和仲殊一样，苏曼殊也痴迷美食，尤其嗜糖，自称日食酥糖三十包！他们皆寄情于糖，是冥冥中的因缘，还是一种巧合呢？

李之仪：只愿君心似我心

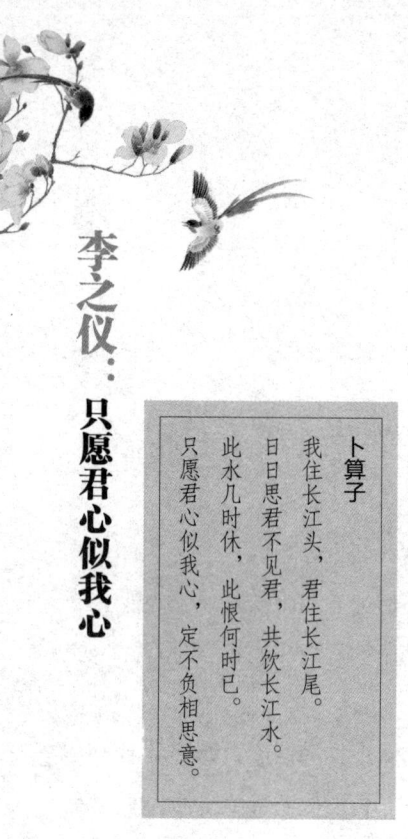

卜算子

我住长江头，君住长江尾。
日日思君不见君，共饮长江水。
此水几时休，此恨何时已。
只愿君心似我心，定不负相思意。

这一首被人传诵千古的名作《卜算子》，为北宋的李之仪所作。一开场便歌声荡漾，极富穿透力，长江上那大胆挚烈追求爱情的民间少女宛在眼前。

长江有多长？我只知道我在头，你在尾，我天天想着你，却看不见你。但她对她和他的爱情却抱有坚定的信心：我们同是长江儿女，我们的爱情就像这生生不息的江水，不管相隔有多遥远，江水都能够把我的相思传达给你，让我们心意相通。下阕，她又接着说，长江水奔流不息，我对你的思念也如江水般绵绵不绝。我只愿你想我的心同我想你的心是一样的，不要辜负我对你的一片心意。

这首词音韵爽利，宛如流水，毫不矫揉造作，如民谣般朴实清新，同我们所读的大部分宋词感觉完全不同。这是李之仪写给歌女杨姝的情书，和那些徒有相思意的爱情誓言完全不同，李之仪和杨姝以他们独有的方式，成就了一段感人的爱情佳话。

这段爱情故事的源头还要从苏轼说起，从宋代的那一场革新说起。做了旧党领袖的苏轼连累了一大批优秀的士子，李之仪作为苏轼的门生，也难逃此劫。他被贬到了当涂。在此之前，黄庭坚曾在当涂当了七天太守。

崇宁元年（1102）六月二十二日，是黄庭坚当太守的最后一天，他和几个朋友游太平州花园洞，有一个小歌妓弹了一首《履霜操》。

"履霜"本自《易·坤》中的"履霜之戒"，霜乃冰之先兆，故寓意防患未然，晓以自警。《琴操》曰："《履霜操》，尹吉甫之子伯奇所作也。伯奇无罪，为后母谮而见逐，乃集芰荷以为衣，采楟花以为食。晨朝履霜，自伤见放，于是援琴鼓之而作此操。曲终，投河而死。"据说，范仲淹一生只听《履霜操》，被人称为"范履霜"。那必然是一首极悲凉，能感心又能清心的曲子。

别看小歌妓只有13岁，却把这首《履霜操》弹得幽怨无比，动人心弦，她自己也是花容幽怨，别有一番动人之处。把黄太守都听得直拍手，当即写下一首《好事近·太平州小妓杨姝弹琴送酒》。

一弄醒心弦，情在两山斜叠。弹到古人愁处，有真珠承睫。

使君来去本无心，休泪界红颊。自恨老来憎酒，负十分蕉叶。

此词写杨姝弹琴时声情并茂的情景，弹到古人愁苦处，美人情深，珍珠承睫。杨姝早闻黄庭坚的高妙人品，弹罢琴曲，就亲自为他斟酒。黄庭坚因为"老来憎酒"，深感辜负了这片"蕉叶"的美意。

老黄把杨姝比作蕉叶，想必，那日，她穿着翠绿的衫子，让人联想起"潇洒绿衣长""不将翠袖染缁尘"的芭蕉。正值豆蔻年华的杨姝也正如那将展未展的芭蕉叶，正是最美时候。"落落虚怀好自珍，一番舒展一番新"（宋王洋《和陈长卿赋芭蕉二首》），唐人钱珝把未展芭蕉比作"犹卷"的少女芳心，清新而有淡淡的哀愁。

冷烛无烟绿蜡干，芳心犹卷怯春寒。

一缄书札藏何事，会被东风暗折看。

——《未展芭蕉》

又如"戏问芭蕉叶,何愁心不开"(宋张说《戏题草树》),"何因有恨事,常抱未舒心"(宋姚孝锡《芭蕉》),在文学作品中,未展蕉叶与少女婉转纠结的愁心是一组固定的比喻关系。

写了词还觉得不够,他又赠杨姝一首绝句:

> 千古人心指下传,杨姝闲处更婵娟。
> 不知心向谁边切,弹作南风欲断弦。

这个小杨姝真不简单,黄庭坚为她又填词又写诗的,可见,她的琴技之高,绝非等闲之辈。

此时的她还想不到,这首《履霜操》不仅征服了黄庭坚,更是征服了李之仪的心。在此之前,我还要先讲一段美丽动人的爱情传奇。

我们听惯了李清照与赵明诚夫妻伉俪情深的佳话,以为那是宋词中独一无二的爱情童话,其实才子李之仪和胡文柔的爱情才更加完美无缺。说起李之仪的原配妻子,才华风度绝不在李清照之下。她出身名门,通经史,熟诗词,尤精通天文。连大名鼎鼎的沈括遇到疑惑的时候也要通过李之仪代为请教。沈括对这个异性知音赞叹不已,说:"若为男子,我益友也。"胡文柔死后,李之仪在其《姑溪居士妻胡氏文柔墓志铭》作悼亡词说道:"与余伉俪四十年,胡氏上自六经,司马氏史,及诸纂修,多所综织。于修学则终一大藏。作小歌词禅讼,皆有师法,而尤精于算数。"

胡文柔非常敬重苏轼。她对丈夫说:"子瞻名重一时,读其书,使人有舍身成仁之志。君其善同之邂逅。"好一句"使人有舍身成仁之志",这女子的心气连男子也比不了的。一日,苏轼到李府做客,宾朋谈兴正浓,有人送公文过来,苏轼立刻停止谈笑,着手处理公文。整个过程有条不紊、干净利落。文柔在屏风后面悄悄瞧见,说:"我曾认为苏子瞻行事不脱书生气,今见临事一丝不苟,却是一代真正豪杰。"而苏轼对胡文柔也敬重有加,因她精通佛理,东坡便称她为"法喜上人"。

东坡被贬，她亲手缝衣相赠，并说："我一个女人，得如此等人知，我复何憾？"那时，已婚女子能够这样磊落地引丈夫之外的男子为知音，可见，这女人是何等坦荡，她的胸襟实在不比苏轼逊色。

李之仪为蔡京所陷害，她镇定自若，花钱买通蔡府佣人，将李之仪的老师范纯仁所遗手稿偷了出来，这才救了李之仪一命。这女子的处事能力以及见识胸襟真叫人赞叹。

她随丈夫一同来到贬所当涂，一个母亲，亲手送走了自己的儿子、儿媳，白发人送黑发人，这个不让须眉的女子再也扛不住了。她愧疚地看着他："对不起，我不能陪你到老了。"遂闭上眼睛，永远离开这灾难深重的世界。

四年之中，他接连丧子，丧妻，最后便剩下他自己，贫病交加，癣疮覆体。他近乎绝望了。不过，就是这样一个落魄的男人，居然以一颗挚爱之心迎来了他人生的第二个春天。

心绪不佳的他，偶尔也会随朋友喝喝酒，听听小曲。那天，他独步姑溪江畔，只听江上画舫中传来一阵琴声，随之清扬悲凉的歌声亦响起：

履朝霜兮采晨寒，考不明其心兮听谗言。孤恩别离兮摧肺肝。何辜皇天兮遭斯愆，痛殁不同兮恩有偏，谁说顾兮知我冤。

那是一曲《履霜操》，他怔了半天，不觉泪流。

这弹琴的便是杨姝。杨姝在花园洞为黄庭坚弹奏《履霜操》已成为时人的美谈，如今，得闻此曲，他非常激动，当场便以黄庭坚《好事近》的韵脚和了一首：

相见两无言，愁恨又还千叠。别有恼人深处，在懵腾双睫。

七弦虽妙不须弹，惟愿醉颊香。只愁近来情绪，似风前秋叶。

黄庭坚一个劲地夸赞杨姝琴艺高妙，动人心弦。而李之仪却是"相见两无

言","唯愿醉颊香",明眼人一看便知,李之仪对杨姝是一见钟情了。

后来,李之仪又赠她一首《清平乐》:

殷勤仙友,劝我千杯酒。一曲履霜谁与奏?邂逅麻姑妙手。
坐来休叹尘劳,相逢难似今朝。不待亲移玉指,自然痒处都消。

求爱已经摆到了明处,指向了杨姝。李之仪谈真爱的感觉时说,"不待亲移玉指,自然痒处都消",爱情就像一副神奇的药,手到之处,病马上消除。

李之仪的身体也奇迹般地好了起来,于是,他玩兴大发,邀上贺铸去采石矶游玩。在途中,因思念杨姝,便写下了这首《卜算子》。这首词相当于李之仪对杨姝发下的誓言。很快,李之仪又写了一首词,向杨姝正式求婚了。

李之仪：不见又相思，见了还依旧

谢池春

残寒销尽，疏雨过、清明后。花径敛余红，风沼萦新皱。乳燕穿庭户，飞絮沾襟袖。正佳时，仍晚昼。著人滋味，真个浓如酒。

频移带眼，空只恁、厌厌瘦。不见又思量，见了还依旧。相见，何似长相守。天不老，人未偶。且将此恨，分付庭前柳。

这是李之仪送给杨姝的求婚信。接到这封情书后不久，杨姝和李之仪这一对忘年情侣便同居了。

疏落的小雨过了清明就停了，残寒消尽，那条开满桃花的小径上铺满了落红。风吹池塘，水波如皱，乳燕在屋宇间飞来飞去，飞絮却飞到人的衣袖上拂了又来，来了又去，招惹着人好不烦恼。这样的好光景，我心里有个你，那滋味怎么形容呢，就像喝了浓酒一般醉人。

腰带上的孔眼被频频移动，我也只能任由日子这样一天天地把我折磨得病体恹恹，空瘦下去。见不到你时，想你想得不行，见到了还是想你想得不行，这真是没有办法。我们老是这样见了又分，分了又见的，多难受，那不如干脆不要分开好了，我挨着你，你挨着我，一刻也不分离！天无情，天不老；人有情，为什么却不能在一起呢？我也是没有办法，只好把心里的话说给庭前的柳树听，希望柳树能为我们的爱情作证。

又是一段"衣带渐宽终不悔，为伊消得人憔悴"的爱情悲歌。只是，勇敢的李之仪并没有空在相思里消磨感情和生命，他向所爱之人发出了求偶的信号。

天遂人愿，两个相爱的人从此携手姑溪水畔。当涂贬谪的生活虽然清贫无着，

但李之仪却爱屋及乌地爱上了这里。他自号"姑溪居士",一生的大量诗篇都是在姑溪写下的,有《姑溪集》存世。

但日子并不像我们想象得那样风平浪静。友人罗某去世,李之仪为之写下墓志铭:"姑孰之溪,其流有二,一清一浊。"那清者,是罗某,浊者又是谁呢?李之仪自然没有明说,邪不胜正,正人君子对此并不在意,而小人却开始疑神疑鬼了。姑溪名流郭功甫常以李太白自居,沽名钓誉,其实却是个卑鄙无耻、小肚鸡肠之人。他认为,这个浊字便是在影射自己。

关于这郭功甫和苏东坡之间还有一个有名的笑话,说:郭功甫经过杭州,拿了一轴诗稿去给苏东坡看,见东坡后就先抑扬顿挫地吟诵起来,吟完后,问东坡:"我这诗能得几分?"

东坡说:"十分。"

郭功甫大喜,再向东坡询问得十分的原由,东坡说:"七分是读得好,三分是写的好,加起来不正好是十分吗?"

这郭功甫其实是才气一般却自以为了得的人,说白了就是没有自知之明,也是文人的通病。虚荣心越重,忌妒心也就越强,强大到一定程度,那就害人害己了。郭功甫就开始找机会报复了。

那时,适逢朝廷恩典,李之仪之子也受到荫封。郭功甫卑劣到什么地步呢?他竟然唆使当地一个吉姓地主起诉李之仪,说杨姝所生的儿子是这个吉姓地主的,状告李之仪冒领朝廷恩典。当权的蔡京接到这个案子后,将李之仪的官籍削掉,连杨姝也受到杖刑。据说郭功甫得知这个结果后,幸灾乐祸地写了一首打油诗嘲弄这对可怜的人:

> 七十余岁老朝郎,曾向元祐说文章。
> 如今白首归田后,却与杨姝洗杖疮。

郭功甫洋洋得意,认为解了自己心头大恨,却不知,他忌讳别人说他浊,却忘了那句"清者自清,浊者自浊"的训言,他早把自己全身都涂满了大粪,被世人诟骂。后人编排他的糗事加起来何止一箩筐。

人的名节情操本是心性,并不是秀出来的。削籍、刑杖也改不了这对神仙情侣的高洁之志。李之仪写下《浣溪沙·为杨姝作》,更加高调地唱出自己与杨姝那海枯石烂不变心的爱情!

玉室金堂不动尘,林梢绿遍已无春。清和佳思一番新。
道骨仙风云外侣,烟鬟雾鬓月边人。何妨沉醉到黄昏。

直到李之仪67岁时,其外甥林彦政和门人吴可思才代讼其冤,得以昭雪,恢复官职,71岁病逝于任上。杨姝和儿子遵其遗愿,将其归葬于当涂藏云山麓至雨峰下,圆了他"一廛尚冀容此老"的夙愿。死也要回到当涂,这李之仪算是铁了心要做当涂的"上门女婿"了。

李清照：人比黄花瘦

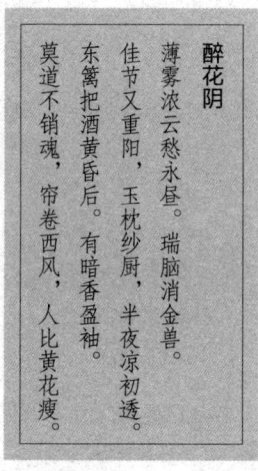

醉花阴

薄雾浓云愁永昼。瑞脑消金兽。佳节又重阳，玉枕纱厨，半夜凉初透。

东篱把酒黄昏后。有暗香盈袖。莫道不销魂，帘卷西风，人比黄花瘦。

据《古杭杂记》记载：有一个叫郑文的太学生收到老婆从家里寄来的一首《忆秦娥》："花深深，一勾罗袜行花阴；行花阴，闲将钿带结同心。"很快，这首诗就被同窗室友散播出去了，一时间，外面的酒楼妓馆都在竞相传唱。据说，《醉花阴》这个词牌名就是根据这首词的意思演化而来。

李清照这首《醉花阴》作于夫君赵明诚宦游期间。

词的上阕点明了时间、地点。时间是重阳节，地点是女人的闺房。天气不晴朗，空气里飘着淡淡的雾气，天空的云层很厚，可想而知，在这样的天气里，人是一种什么样的状态，懒，不想动弹，想东想西，开心不起来。

瑞脑又称龙脑香、冰片，是龙脑香树的树脂凝结形成的一种近于白色的结晶体，是礼佛的上等供品。《本草纲目》记载，龙脑"以白莹如冰，及作梅花片者为良。故俗呼为冰片脑，或云梅花脑"。

我看着瑞脑香在金兽香炉里一点点地燃尽，就这样无聊地打发完了一个白天。白天难熬，晚上更难熬，半夜睡不着，躺在床上翻来覆去，感到玉枕和纱帐透进来阵阵寒意，侵入肌肤。天冷不要紧，关键是身边少了一个既暖身又暖心的人。

李清照并没有直问："郎君呀，你什么时候回来？我实在想你想得不行了。"只写了一个女人一天生活中的几个片断，愁云，瑞香，枕席，纱帐，好似现代电影中的几个特写镜头。无需画外音，观众就已感同身受。

　　下阕则是人和菊花不断变换的镜头。菊花，女子，酒，菊花，女子，风，女子，菊花。"东篱把酒黄昏后"，在古代，有重阳喝菊花酒的习惯。唐代诗人孟浩然有"待到重阳日，还来就菊花"的诗句，"就菊花"就是喝菊花酒的意思。菊花酒又称长寿酒，由菊花、糯米加酒曲酿成，味清凉甘甜，有养肝、明目、健脑、延缓衰老等功效，可以说菊花酒是重阳必饮、祛灾祈福的"吉祥酒"。

　　李清照告诉自己的夫君说，我在黄昏时采菊花，喝菊花酒。有的读者会问，人家只说在喝酒，哪里说到采菊了？自陶渊明写下"采菊东篱下"之后，东篱就成为赏菊和采菊的地方，东篱句隐去了"采菊"二字，若要把这句写全了，应该为："采菊东篱，把菊花酒于黄昏后。"所以，接下来，她又写到，有暗香盈袖。我采来了菊花，我的指尖和衣袖充满了菊花的香气。记得往年这个时候，都是你，亲手采来菊花，将它轻轻插于我的云鬟之间。此时此景我怎么能不想你呢？你看，那被秋风卷起的绣帘中独坐的女子，比那菊花还清瘦。活脱脱勾画出一个菊样女子的形象。

　　"人比黄花瘦"句使李清照荣登了宋词人气榜的榜首。

　　设问手法也是词中值得注意的艺术特点之一。明茅映在《词的》中说：人们"但知传诵结语（指'人比黄花瘦'句），不知妙处全在'莫道不销魂'。"这话是很有见地的。"莫道"一句，实际上可以与贺铸《青玉案》中"试问闲愁都几许"一句相媲美，所不同的是"莫道"句带有反诘与激问的成分。

　　元伊士珍《琅嬛记》有如下一段故事，说李清照把自己写的词寄给了老公赵明诚。赵明诚一看，又惊喜又惭愧，心想，自己一个堂堂男子汉，饱读诗书，怎么可能连老婆都不如。大概也是不服气，就把自己关在屋子里三天三夜，绞尽脑汁写出了五十首词，临时又多了一个心眼，把老婆写的那首又抄了一份，连自己写的一共51首词，拿给朋友陆德夫看。陆德夫一页页地翻，开始脸上还有点笑意，越看越

麻木,越不耐烦,翻到李清照这一页,忽然眼睛一亮,看了又看。最后说:"要我说,这堆稿子里就只有三句最好。"哪三句呢?答曰:"'莫道不销魂,帘卷西风,人比黄花瘦。'就这三句,最好。"

赵明诚彻底无语了,心里不是个滋味。

李清照才高八斗,胸中的笔墨山河比男人还要壮烈,雪肤柔肌之下是一副"生当做人杰,死亦为鬼雄"的男儿风骨。可是,在赵明诚面前,她是个完完全全的小女人。她在他面前好强、逞能,也是一副小女人撒娇的情态。所以,赵明诚虽然心里不愿意自己输给她,却也输得开怀。毕竟,那句"人比黄花瘦"是为自己而书写的,她的心全在他的身上。

没有赵明诚,便没有今天我们所看到的宋词里的这个小女人。稍晚于李清照的南宋朱淑真便没有这样的福气,她的一生都在抗拒和挣扎里度过,从来没有完整地拥有过一段爱情和婚姻并举的生活。才女比才子更需要幸福的婚姻,她需要一个包容、理解的人,否则,她便容易被自己的才华和精神所毁灭。

李清照：才下眉头，却上心头

一剪梅

红藕香残玉簟秋，轻解罗裳，独上兰舟。云中谁寄锦书来？雁字回时，月满西楼。

花自飘零水自流，一种相思，两处闲愁。此情无计可消除，才下眉头，却上心头。

　　《一剪梅》调为周邦彦创制，因首句"一剪梅花万样娇"，故名《一剪梅》。因韩淲词中有句"一朵梅花百和香"，亦称《腊梅香》；因李清照词有"红藕香残玉簟秋"，又名《玉簟秋》。伊世珍的《琅嬛记》里又有这样一段记载："易安结褵未久，明诚即负笈远游。易安殊不忍别，觅锦帕书《一剪梅》词以送之。"不过，我更倾向于将此词定为闺思或别愁，因"罗裳"应指女子的裙子，若独上兰舟的是赵明诚，何来"轻解罗裳"的说法呢？

　　《琅嬛记》中记载了这样一则故事：据说，有一年，宰相赵挺之要给三儿子赵明诚物色老婆，赵明诚听说后大概很是担心或者幻想了一番，自己未来老婆到底是什么样子呢？高的，矮的，胖的，瘦的？是王家的，还是谢家的，还是张家的？想着想着，大白天的就做起梦来了。他梦见自己在读一本书，醒来后，就记得三句："言与司合，安上已脱，芝芙草拔。"他把自己的梦说给父亲听，父亲想了一想，说："'言与司合'是'词'字，'安上已脱'是'女'字，'芝芙草拔'是之'夫'二字，合起来不就是'词女之夫'吗？意思就是说，你将来的老婆是个会作

词的。"

赵挺之也是经过一番考查，认为同朝为官的李格非的女儿李清照待字闺中，颇有才华。就这样，赵明诚就把当朝第一才女李清照娶回了家。从此，赵明诚每次出场都被戴上"易安之夫"的帽子，摘也摘不掉了。

其实，当李清照大概还是十三四岁的小女孩时，就已经见过赵明诚。那年春天，日光丰盛，她在花园里荡秋千，荡完之后，她正懒懒地整理自己的衣服，秋千荡得太欢，太阳又正暖，出了点汗，把轻薄的衫子都打湿了，正像一朵含露的花儿。正在这时，她听到门外有脚步声，从花叶的缝隙中瞅见一青年男子的身影。想来，女孩游玩的地方应该在后园，来客不应该来到这里，大概，他偶然听到女孩子的笑声，才信步走到这里的吧。

她羞得仓皇逃跑，连鞋子和金钗都掉了。在中国古代的爱情故事里，女人的绣鞋和金钗是有特别含义的。那些掉了鞋子和金钗的桥段中，必有一个捡拾者，循着旧物寻去，多半要演绎出一段爱情传奇来。我们不知道鞋子和金钗有没有被人拾到，倒是她，到底还是再一次回眸，佯作倚门嗅梅，斜目偷觑少年的风神。

荡罢秋千，起来慵整纤纤手。露浓花瘦，薄汗轻衣透。见客入来，袜刬金钗溜。和羞走。倚门回首，却把青梅嗅。

有人说，对于男子来说，喜欢一个女人，便想办法"湮灭自己的良心"去偷窥她；对于女子来说，芳心暗动，就是含羞抚面地退回自己闺房时，回眸那么一望，倒是很有些道理。

她和赵明诚的婚姻度过了很长一段蜜月期，他们在一起最快乐的事就是收集文物。据李清照在《〈金石录〉后序》中回忆：赵明诚在太学期间，小夫妻的日子非常清苦，没有经济来源的他们却醉心于文物收藏，每逢初一和十五，便典当了衣服，然后结伴去大相国寺逛文物市场。有一次，"有人持徐熙《牡丹图》求钱二十万。当时虽贵家子弟，求二十万钱岂易得耶？留信宿，计无所出而还之。夫妇相向惋怅者数日。"

最开怀的还是他们每于饭后所做的赌博游戏。"每饭罢，坐归来堂烹茶，指堆积书史，言某事在某书某卷第几页第几行，以中否决胜负，为饮茶先后。中即举杯大笑，至茶倾覆怀中，反不得饮而起。"谁赢了，谁就喝一口茶，输的那个没茶喝。她赢的次数居多，笑得她前仰后合，把手中的茶都洒到了衣服上，搞得大家都没有茶喝。

看这些文字，感觉有张爱玲的风格。仿若她不是生在宋代，而是生在民国。只有民国女人才敢用这样的笔触去记录自己的恋爱情事。也正因为此，我们才得以看到宋代也曾有过这样平等的夫妻。

正因为在一起的时光太过美好，分别时，便分外难熬。他和她只有初一和十五才能相聚，聚少离多，到底还有个盼头，更何况小别胜新婚。这一次，他走的时间似乎有点长了。

"红藕香残玉簟秋"，这个夜晚，红荷已经凋残，竹制的凉席传出沁入肌肤的凉意，这一切，宣告着秋天的到来。玉簟，光华如玉的精美竹席。在宋词中，所有的花谢都是年华易逝的流伤，被冷、席冷、枕空等皆是情人不在之暗指。

清朝陈廷焯赞赏说："易安佳句，如《一剪梅》起七字云'红藕香残玉簟秋'，精秀特绝，真不食人间烟火者。"我倒不觉得有什么不食烟火之感，只觉精致到极点，如玉琢般剔透美好。

"轻解罗裳，独上兰舟"。红荷虽然有凋残之象，但毕竟还可以抓住花开的最后时刻尽情欣赏。于是，她换下裙子，穿上便装，独自划着小船到荷塘中散心去了。"罗裳"，是丝绸制的裙子，"兰舟"，即木兰舟，船的美称。

"云中谁寄锦书来？雁字回时，月满西楼。"在月光满满的西楼之上，她看见大雁排成"人"字阵形飞回来了，不知它们带来了谁家的书信呢？"锦书"，即锦字回文书。前秦时期，秦州刺史窦滔因得罪了苻坚的属下被流放到流沙县，妻子苏蕙思念丈夫，便在一块锦缎上绣上840个字，纵横20几个字的方图，可以任意地读，共能读出3752首诗。后来便以"锦字回文书"代指情书。

"花自飘零水自流。一种相思,两处闲愁",日子就是流水一样过去,我就像那荷花独自凋零。闲愁,无端无谓的忧愁,就像一个人成天闷闷不乐,你要问他,为什么不快乐呀,他却理不出头绪来。大概就是"剪不断,理还乱"的感觉吧。"此情无计可消除,才下眉头,却上心头",这闲愁还会跑来跑去的呀,一会跑到眉头上,一会又跑到心头上,赶也不赶不走。王士祯在《花草蒙拾》中说:"易安亦从范希文'都来此事,眉间心上,无计相回避'语胎出,李特工耳。"其实,李清照词最大的好处就是情真,自古以来,都是男人借妇人口写闺思,多半有形无神,其实,感情是女人的本能,女人才是天生的诗人,感情泛滥起来,男人只能甘拜下风。

李清照：凤凰台上忆吹箫

凤凰台上忆吹箫

香冷金猊，被翻红浪，起来慵自梳头。任宝奁尘满，日上帘钩。生怕离怀别苦，多少事、欲说还休。新来瘦，非干病酒，不是悲秋。

休休！这回去也，千万遍阳关，也则难留。念武陵人远，烟锁秦楼。惟有楼前流水，应念我、终日凝眸。凝眸处，从今又添，一段新愁。

《词谱》卷二十五引《列仙传拾遗》："萧史善吹箫，作鸾凤之响。秦穆公有女弄玉，善吹箫，公以妻之，遂教弄玉作凤鸣。居十数年，凤凰来止。公为作凤台，夫妇止其上。数年，弄玉乘凤，萧史乘龙去。"

相传战国时，秦穆公的小女儿因自幼爱玉，小名弄玉，精通音律，尤擅吹笙。到了及笄之年，秦穆公开始为心肝宝贝物色夫君，这弄玉却说什么也不嫁。秦穆公明白女儿的心思，可是，上哪儿找一个能和女儿般配的音乐高手呢？

一天晚上，弄玉在月光下吹笙，依稀听见有箫声传来，竟在与自己的笙乐相和。接下来一连几天都是如此。秦穆公派人寻访，一直寻至华山，才听见樵夫们说："有个叫萧史的青年，在华山中峰明星崖隐居，他喜欢吹箫，箫声可以传出几百里。"

就这样，弄玉和萧史得以相见，终成眷属。萧史教弄玉吹箫，过了十年，二人的吹箫水平都到了出神入化的境界，能以箫声吸引凤凰飞来。秦穆公就建了一座凤凰台给夫妇二人居住。有一天，二人在台上吹箫，突见一双金龙紫凤飞来，弄玉坐上紫

凤，萧史跨上金龙，双双化仙而去。词牌《凤凰台上忆吹箫》由此传说而来。

"香冷金猊，被翻红浪，起来慵自梳头。任宝奁尘满，日上帘钩。"这句是说，女主人公一觉睡到日头晒到屁股了，这才起床，不燃香，不叠被，不梳头，不化妆，也不打扫卫生，也没吃早饭。这么懒的妇人，还能见人吗？见什么人呀，敢这样过日子的女人，就只有一个可能，老公不在身边。

"生怕离怀别苦，多少事、欲说还休"，人生最怕的就是离别之苦，其中的隐情，想说又不知道从何说起，更不知道怎么去说，更不知道跟谁去说。只有过来人，才能说出这番话，才能懂其中的滋味呀。

"新来瘦，非干病酒，不是悲秋"，我又瘦了，瘦的原因不是因为我嗜酒，也不是因为那句"却道天凉好个秋"！

"休休！这回去也，千万遍《阳关》，也则难留"，好一句休休，犹如戏文中的一句高亢的唱腔，暗示高潮的到来。他这一走，就是唱一千遍一万遍的阳关曲，也追不回他的心！绝望凄厉到极点。

"念武陵人远，烟锁秦楼。"一说"武陵人远"，很多读者都会想到陶渊明的桃花源里的武陵人，但这里另有其人。南朝刘义庆《幽明录》记载，汉朝的时候，有两个人，名叫刘晨、阮肇的到天台山采药，竟然误闯到仙女所住的桃林里，乐而忘返，与她们在一起生活了大半年。返家后，他们的妻儿都已不在人世，只见到七世孙。《北词广正谱》卷三云："有缘千里能相会，刘晨曾入武陵溪。"而北宋韩琦《点绛唇》中所写的："武陵回睇，人远波空翠"，意境更与李清照此词相仿。"烟锁秦楼"的秦楼，便是凤楼，即我们开头所说的凤凰台的故事中的女主角弄玉的住所。

"武陵人远，烟锁重楼"。如今，秦楼里只有弄玉，不见吹箫人，因为他正眷留于武陵溪边的桃林。武陵人应指赵明诚，秦楼是指李清照和赵明诚的居所，"烟锁"二字是李清照在暗示，自己和赵明诚原先那种琴瑟相和的夫妇关系发生了变化。用这个典故，最合理的解释就是，李清照和赵明诚分居了，分居的原因不外乎赵明诚另有新欢了。从此，"唯有楼前流水，应念我、终日凝眸。凝眸处，从今又添，一段新愁。"

　　作家张小娴说，"如果我不爱你，我就不会思念你，我就不会妒嫉你身边的异性，我也不会失去自信心和斗志，我更不会痛苦。如果我能够不爱你，那该多好。"那时的男子把"妒"看成是女人失德，不仅干涉丈夫的"恋爱自由"，更影响了家庭和睦。李清照的妒大概也曾招来赵明诚的厌烦，使带着小妾独自上任去了。妒原本就是人性的本能之一，是人自我保护的本能反应。可惜，妒嫉赢不回爱情。好在，出身高贵的她对丈夫的喜新厌旧保持着清醒的理性，纵然是烟锁秦楼，也还是守住了自己的婚姻。"武陵人远，烟锁重楼"似乎只是李清照婚姻中的一段小插曲，并没有引起多大的波澜。随着金人日渐深入的铁蹄声，夫妻二人双双加入了南逃的队伍中，他终于牵回她的手。

李清照：寻寻觅觅，冷冷清清

声声慢

寻寻觅觅，冷冷清清，凄凄惨惨戚戚。乍暖还寒时候，最难将息。三杯两盏淡酒，怎敌他、晚来风急！雁过也，正伤心，却是旧时相识。

满地黄花堆积。憔悴损、如今有谁堪摘？守着窗儿，独自怎生得黑！梧桐更兼细雨，到黄昏、点点滴滴。这次第，怎一个愁字了得！

青春年少时读"寻寻觅觅，冷冷清清，凄凄惨惨戚戚"这句时，觉得费解，费解之处就在寻寻觅觅，寻觅好解，只是寻觅下面紧跟着冷冷清清是何意呢？说到寻觅，那么下句该说寻找什么吧，又没有。其实，人寻觅的不光是东西和情感，也有可能只是寻觅本身。比如，人伤心难过时，便不免"魔怔"起来，摸摸索索的，翻来翻去，找来找去。总觉得少点什么，待人家奇怪地问起："你在找什么吗？"便突然茫然："是啊，我在找什么呢？"

她在找什么呢？那就要看她少什么了。"冷冷清清，凄凄惨惨戚戚"，一行整整齐齐的文字入眼，便使人心上不禁生出一股凉气，能够到这地步的人，心头该有多大的悲凉笼罩！然后才恍然明白，她找的东西太多，但什么都找不回来了。

国破家亡，她随着丈夫流离失所。家没有了，还可以再布置，放不下的只有他们穷尽一生钱财和心血收集的古董器物，夫妻二人带着这些笨重的宝贝到处逃难。那时，国还在，直到靖康之难，金人的铁锤砸烂了汴梁的琼楼玉苑，掠走了徽、钦二帝，北宋的书页遂翻到了最后一篇。那一年，她45岁。

他们随新皇帝南下，每天都似下着寒雨一般。那年，他们一路坐船，要找个能安放身体和这些古玩字画的地方。就在这时,赵明诚得到皇帝命令,要他赴任江宁。他弃舟登岸,目光如炬,明亮异常。她心里却被一种不祥的感觉笼罩着。她突然想起什么,冲着岸上大声地问:"如果局势紧急,敌军来犯,我要怎么办?"那时,他已走出一段距离,听到她的喊话后,只伸出一个手指,远远地应声回答:"跟着人群走,实在万不得已,就丢掉辎重,再不行就扔掉衣被,再不行就扔掉书册卷轴和古器,只有一样不能丢,那就是咱家的宗器,你要随时背着它们,与身俱存亡,千万不要忘了!"声音洪亮有力,说完,他便策马而去。

那时的他未曾想过死,但他确确实实地在交代着后事。

他冒着酷暑一路奔波,中了暑气,待到了建康,人就爬不起来了。七月底,李清照才得到他生病的报信,知他性子急,发烧便会乱服凉药。她一昼夜赶了三百里路去看他,果然他服了柴胡等大量凉药,疟疾加上痢疾,已病入膏肓,八月十八日那天,他歪在床上写下一首绝笔诗,撒手人寰,对她却没有留下一句话。

安葬了他,她带着他留下来的文物,又开始了颠沛流离的逃亡。可一个女人,怎么保护得了这么多东西?随着金兵的南下,这些古物都像云烟一般消失了,只留下一些残破的书册字帖,她拼命护着,那是他留下来的唯一一点东西了,万万不能再丢失了,留给她最珍贵的一样东西,就是一部尚未完成的《金石录》。她在以后的岁月里,就以整理《金石录》来打发日子,也是支撑她活下去的动力。

这时候,她的人生中发生了一件事,曾让人们一度怀疑她对赵明诚的爱,那就是,她再嫁了。当然,在宋代,女人再嫁本是平常事,王安石便曾经把自己的儿媳改嫁了。甚至那时政府还有法令,寡妇不肯再结婚的,父母有权命她再嫁。官员家里有女眷守寡,不给找婆家,甚至会受到御史的弹劾。女人从一而终的观念是南宋至明清才被逐渐扩大,并且以为那是女人自有天地以来便该守的本分。

这柴米油盐的日子,一个势单力薄的女人要如何应付?男人只管他们自己好过,哪里管得了女人要怎么活?

在战乱中惊惶失措的李清照又大病了一场,她深知,自己是多么需要一个结实可靠的臂膀啊!他叫张汝舟,进士出身,斯文有礼,能言善辩。他不嫌她是寡妇,

对她呵护有加。处于绝境中的她对此又怎能不心动？若赵明诚还活着，有男子对她这般倾心，她定会说"还君明珠双泪垂，恨不相逢未嫁时"，但此时，他却是另一个赵明诚。他向她求婚，她同意了。她把自己用生命拼命护下来的东西细细藏好，梳洗了一番，便起身跟他走了。不复当初嫁给赵明诚的喜悦，那样的喜悦一个女人一生只能有一次。

婚后才知，上天并没有赐给自己另一个赵明诚，他原是为了她的藏品而来。这怎么行？她可以再嫁，可以死，只要把他放在心里，她怎样都无所谓，唯一有所谓的，就是，谁都不可以碰他的东西。哪怕是他的一件旧衣服，她都精心地藏好，那是只属于他和她的回忆。

张汝舟见她守得严，不肯交出来，便原形毕露，对她大打出手。

她绝不是嫁鸡随鸡的蠢女人，她开始寻找机会摆脱这个欺世盗名的伪君子的魔掌。只是，想离婚谈何容易？上天垂怜，一次，张汝舟喝醉了酒，扬扬得意地对她说起当年科举作弊的勾当。想来，这个蠢男人没想到一个弱女子早已暗暗产生了与他鱼死网破的离婚念头。他绝想不到，为了离婚，她会去官府告他，因为法律规定，妻告夫，即使告赢了，也要坐两年大牢。她赢了官司，却住进了牢房。幸好，得朋友帮忙，没几天她便出狱了。

再回到这首《声声慢》，我们便知道，她寻觅的东西何其多，她的家国，她的亲人，她这一生最爱的人，她和赵明诚一生的收藏，失去的又何止是这些，她失去了一切希望，无从追回。这就是她寻寻觅觅的原因，越寻觅，就越凄凉。

"乍暖还寒时候，最难将息"，"乍暖还寒"是什么时候呢？为什么这种时候最难将息？将息就是调养的意思，在这里，应是使人安稳的意思。乍暖还寒，应该是一天中气温刚刚上升的时段，但晓寒未消，人便不知道是该减衣还是该加衣，说冷吧，太阳还有那么两三分的暖意，说暖和吧，偏偏寒气挥之不去地锁在骨头里。

"三杯两盏淡酒，怎敌他、晓来风急"，"晓"，通行本作"晚"。从全词意境来看，应该是"晓"字。说"晓来风急"，正与"乍暖还寒"相合。古人早晨一般在卯时饮酒，又称"扶头卯酒"。大概因为早起寒气太浓，喝一口酒能驱掉寒湿之气。可喝酒也没有用，秋风骤起，万物萧瑟，冷的何止是身体啊。

"雁过也"的"雁"，是北归的秋雁，正是往昔在北方见到的北雁南飞，所以说"正伤心，却是旧时相识"了。这竟然是易安这一天中所见到的最可安慰的事。

"满地黄花堆积。憔悴损、如今有谁堪摘？"黄花就是黄色的菊花，菊花开了一地，堆堆叠叠。花怎么满地堆积呢？想来已经到了深秋，风急雨大，花头太重，菊枝禁不住而倒伏在地，花压着花，便堆积在一起了。这景象肯定不能太好看。想想当年东篱把酒的情致，再看看今日黄花萎地的景象，岂可同日而语。当年，菊花开的时候，她要把它们采来，插在瓶中，戴在头上，酿成菊花酒，制成菊花茶。如今，它们只能随着秋天枯萎。花可怜，人更可怜。

"守着窗儿，独自怎生得黑！"形容自己日子难过，我们张嘴便来，说自己度日如年，然而，因夸张过度，倒使听者心耳麻木。但这"守着窗儿，独自怎么生得黑"的滋味，想必很多有过相思之苦的人都明了。这词，妙就妙在全是大实话，而且是用方言土语写的大实话。

"梧桐更兼细雨，到黄昏，点点滴滴。这次第，怎一个愁字了得！"好不容易到了黄昏，天又下起了雨。雨下得不大，雨丝很细，敲打在梧桐叶上，就像一个女人在小声地哭泣，絮絮叨叨地，没完没了。在这里，易安又用了一个四字叠词，点点滴滴，在寂寞中她一分一秒地数着雨滴的情景跃然纸上。她害怕听雨声，可是越怕听，就越听得清楚，每一声滴嗒声都清清楚楚地敲打在心上。

连李清照也无法用文字形象地表达出这种深入骨髓的凄凉。所以，她说，"这次第，怎一个愁字了得"。

词写到这个地步，已经不需要咬文嚼字了。什么山抹微云，云破月、花弄影，怎么读，都有卖弄之嫌。诗词一旦耽于卖弄，情便假了。如果说，易安的《醉花阴》还有小资女的刻意情调，这首词已是笔力老辣，如陈年老酒，不需添加任何香料，香气自溢，堪称登峰造极之作。

那年，她满怀欣喜地在书签里夹了一瓣重阳的菊花，还直嚷嚷"人比黄花瘦"，真是搞不懂，那有什么愁的呢？那时候，他还在，青春年少，风流俊美，她

风华正茂,才情洋溢,还经常觉得他不够爱自己,难免冲他发发小脾气:你看你,人家因为想你都瘦成什么样子了!如今,白发已经悄悄夹杂于发间,眼角的皱纹已经如刀刻般遮掩不住。出门时路上的孩子已经喊她作阿婆,她已经不懂得什么是愁,她心里的苦岂是一个"愁"字便能形容的!但她又找不到合适的字眼来称呼这东西,那么,我们就暂且叫它"寻觅"吧。

辛弃疾：那人却在灯火阑珊处

青玉案·元夕

东风夜放花千树。更吹落、星如雨。宝马雕车香满路。凤箫声动，玉壶光转，一夜鱼龙舞。

蛾儿雪柳黄金缕。笑语盈盈暗香去。众里寻他千百度。蓦然回首，那人却在，灯火阑珊处。

"青玉案"调名出自汉张衡《四愁诗》："美人赠我锦绣缎，何以报之青玉案"。"案"与"碗"同，青玉案即青玉碗。词的上阕描写元宵夜观灯的场景。花千树，星如雨，玉壶光转，鱼龙舞，简直是灯的海洋，光的海洋。

从汉代起，就有正月十五放灯礼佛的习俗。到了唐宋，元宵节放灯、观灯已经成为民间盛大的节日。《水浒传》第六十六回："依照东京体例，通宵不禁，十三至十七，放灯五夜。"放花灯要搭建灯棚（或称"山棚"），宋代吴自牧《梦粱录》记载："汴京大内前缚山棚，对宣德楼，悉以彩结，山沓上皆画群仙故事，左右以五色彩结文殊、普贤，跨狮子、白象，各手指内五道出水。其水用辘轳绞上灯棚高尖处，以木柜盛贮，逐时放下，如瀑布状。又以草缚成龙，用青幕遮草上，密置灯烛万盏，望之蜿蜒，如双龙飞走之状。"可想而知当时的盛况。

除了赏灯之外，还有文艺节目表演。歌女艺人吹箫弄乐，载歌载舞。"凤箫声动"，箫演奏的声音很像凤凰的鸣叫声，故称凤箫。而灯舞表演则是灯会重头戏，

鱼灯舞和龙灯舞最为常见。灯舞多为群舞，夜间表演，彩灯缤纷，再伴以锣鼓、烟花、爆竹，热闹壮观。

元宵之夜，无论是穷人还是富人，都会从四面八方聚集到城中，观看花灯。"宝马雕车香满路"，能坐得起宝马雕车的，自然都是大家闺秀、富家太太或红极一时的交际花。这么多高贵美丽的女人同时盛装出场，还不让男人们把眼珠子都瞪出来？作者极尽华丽字眼，描写元宵之夜的繁华热闹。读完上阕，你可能觉得这词太过华丽，太过堆砌——俗。接下来，看下阕，"蛾儿雪柳黄金缕，笑语盈盈暗香去。"戴着节日头饰的美女迎面而来，仍是精雕细琢，极尽美丽。据《大宋宣和遗事》记载：汴京人在元宵节"尽头上戴着玉梅、雪柳、闹蛾儿，直到鳌山下看灯"，哪里是看灯，这些花枝招展的女孩才是灯会上最引人注目的主角，年轻男子恨不得多长几双眼睛才看得过来。这些女孩涂脂抹粉、蛾儿雪柳地装扮自己，也是为了吸引帅哥的目光——恨不得全城男子的目光都往自己身上瞄。可惜的是，众里寻她千百度——这些美人儿都不是男主人公的中意对象。那么，她在哪里呢？

"蓦然回首，那人却在，灯火阑珊处"。读到这里，我们才恍然大悟，既而拍案叫绝，怦然心动，继而回味深长——原来，作者写尽了灯会的热闹繁华，丽人们的韵态风味，原只是为了衬托这位最后出场的美人儿。如果没有这最后的出场者，那么，上阕的彩灯、烟火、流光、歌舞、下阕盛装艳抹的丽人，也就失去了所有的趣味。

读到此，读者不禁也会产生一个疑问，她是谁，她长什么样子，穿什么样的衣服，是什么样的神态？想来，她既不是宝马雕车中的大家闺秀，也不是笑语盈盈的小家碧玉。那么，她到底是谁呢？为什么，她要独立于繁华热闹之外？作者一句也没有写到。她独立于灯火的暗光中。烟花在她身后的上空爆开，星雨纷落，未及地面，已经消失于无形。而她，就是繁华过尽之后的唯一风景。

她为什么在这里？也许他们早已经相约好，她为了逗他，所以才故意躲到他的身后，看他在人群中张皇的样子。也许他们是初次邂逅，四目相对的瞬间，眼中闪过无言的惊喜……

也许每个人心中都曾有一个灯火阑珊处的故事。

有人说，这首《青玉案·元夕》里那个不涂脂抹粉、不流于世俗的美人就是辛弃疾自己。因为爱情和这个金戈铁马的铁血男儿实在沾不上边儿，因为宋词里情花朵朵，盛开得无比艳丽，却是正统人士眼里的毒刺。王国维在《人间词话》中认为，"众里寻他千百度，蓦然回首，那人却在灯火阑珊处"是做学问的第三重境界，即最高境界。

你看，被王国维一解释，这个蓦然回首的爱情瞬间灰飞烟灭。

不过，若是辛弃疾心里没有这样一个仙子做模板，又怎能写出"众里寻他千百度"的情郎形象，又怎能了然那蓦然回首时的怦然心动呢？

赵令畤：断送一生憔悴

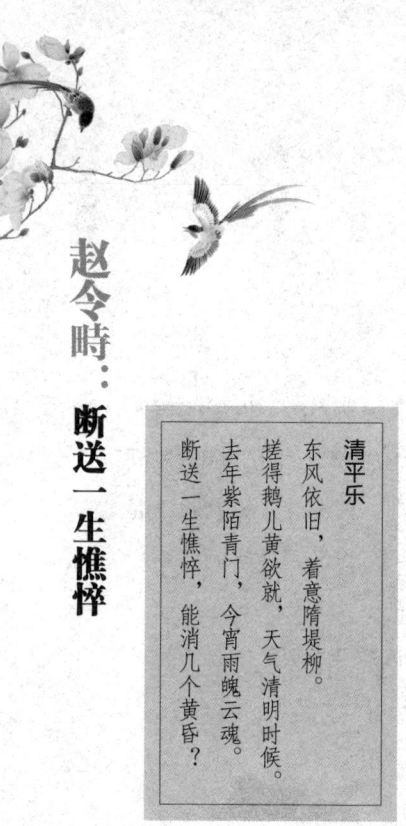

清平乐

东风依旧，着意隋堤柳。搓得鹅儿黄欲就，天气清明时候。

去年紫陌青门，今宵雨魄云魂。断送一生憔悴，能消几个黄昏？

赵令畤是皇族后裔，来头不小，人却有魏晋的风味。他自号"聊复翁"，用的是《晋书·阮咸传》"未能免俗，聊复尔耳"的典故。阮咸穷得叮当响，到了晴天，家家户户都把衣服拿出来晾晒去霉气，他除了身上一套一年没洗的破衣服，实在找不到衣服出来晾。看见邻居拿出锦缎衣服来晾晒，就转身进了家门，翻出一条大裤头出来，跟人家的锦缎晾在一块儿，一边晒还一边说："未能免俗，聊复尔尔！"有点酸，有点自嘲，有点不屑，不知道是打趣自己还是打趣人家，真让人哭笑不得。不知赵令畤"聊复尔尔"所为何事。

这首词是赵令畤在京任职期间悼念爱妾（一说为朋友之妾）而作。上片写景，下片写情。我们在唐诗宋词中常见隋堤、杨柳之类的字眼，指的是隋炀帝时所开的运河，自洛阳至扬州，沿堤广植杨柳。据说，隋炀帝亲自在隋堤上种植柳树，并赐柳树皇族姓氏，从此，柳树便通称为杨柳。中国历史上的两个短命王朝，一个筑起了长城，一个开凿了运河。有人说，隋炀帝开运河是为了方便自己游江南，从运河对后世的长远影响来看，他绝非一个只为寻欢作乐的皇帝。这个首开科举的帝王绝对是一个具有前瞻性的职业政治家。也正因为隋炀帝，唐诗宋词中才永远飘着柔柔依依的杨柳。

"着意"和"搓"将东风拟人化，使人身临其境般地感受到那春意之溶溶。既然是悼亡，如何又写得这样温情脉脉呢？

现在我们再回过头来，将注意力放到首句上重读，"东风依旧"，说明这景致不仅是现在进行时，也是过去进行时。去年这个时间，一定发生过让他难忘的事情。所以，特意用了依旧二字。

下片今昔对比，显出今时的冷落。"去年紫陌青门"，与上片"东风依旧"相映，是回忆从前郊外与爱妾共同游赏之乐。

紫陌，指京城的道路，如唐人贾至《早朝大明宫》诗云："银烛朝天紫陌长，禁城春色晓苍苍。"青门，汉时长安灞城门的别名，此指汴京城门。"雨魄云魂"，语本宋玉《高唐赋》："妾巫山之阳，高丘之阻，且为朝云，暮为行雨，朝朝暮暮，阳台之下。"爱妾化作雨魄云魂，雨凄云渺，眼前的黄昏美景，正是断肠之源。"断送一生憔悴，能消几个黄昏？"从此后，这一生因佳人不再而憔悴，再也消受不起这样的黄昏了！

明人沈际飞评曰："'能消几个黄昏'，恒语之有情者。'能'字更吃紧。"确实，着一"能"字，则加强了感情的深度，更富于感染力量。这首词是怀念小妾的，赵令畤的婚姻也有点惊世骇俗。

有个姓王的女孩子，聪慧有诗才，父母为她找了好多婆家，不知道为什么，她谁也瞧不上，一耽搁便成了"剩女"，她因感觉佳偶难求，作了一首《咏怀》诗：

白藕作花风已秋，不堪残睡更回头。

晚云带雨归飞急，去作西窗一夜愁。

那时，赵令畤"丧偶，欲得善配，未有久之"，读了王家小姐的诗，马上就找媒人上门提亲。这女孩也怪，给她说了那么多门亲事，她一个也不瞧不上，赵令畤来提亲，却一口答应了，一时传为佳话，"人以为二十八字媒"。由此可知，这女

孩求的,并非门第,并非富贵,也并相貌,只是人品才华。而赵令畤在当时也算是个"非主流",放着年轻漂亮的不娶,专娶大龄剩女。都说看男人的品位就要看他找什么样的老婆,赵令畤的品位可见一斑。

《苕溪鱼隐》记载:"德麟有小词赠其细君句云:'脸薄难藏泪,眉长易觉愁'。人多称之乃全用《香奁集》'桃花脸薄难藏泪,柳叶眉长易觉愁'一联诗,但去其上四字耳。"想来,他的"细君"是很美丽的,脸薄,吹弹立破,眉长,含情脉脉,楚楚动人,这样的美女发起愁来,再流下几滴眼泪,只能用梨花带雨来形容了。赵令畤故意隐去"桃花"和"柳叶"二字,也有调侃的意味——我老婆长啥样,诸位细合计去吧。大概为了什么事,老婆跟他闹别扭了,写了这首小词送给她。她见了,不破啼为笑才怪。

赵令畤曾以十二首《商调·蝶恋花》组成一套鼓子词,把莺莺和张生相悦相恋的故事娓娓道出。鼓子词是中国宋代的说唱伎艺。演唱时以鼓伴奏,反复应用同一个词调,或间以说白,用来叙事写景。请看其中第四首:

庭院黄昏春雨霁。一缕深心,百种成牵系。青翼蓦然来报喜,鱼笺微谕相容意。
待月西厢人不寐。帘影摇光,朱户犹慵闭。花动拂墙红萼坠,分明疑是情人至。

上片写张生接到莺莺约他幽会的一幅彩笺喜不自胜的情景,下片写莺莺待月西厢等情人不来的情景。莺莺坐在屋中,为情人虚掩着门户,花枝拂动墙壁,红萼落地的声音都让人错听为情人的脚步声。"分明""疑是"把莺莺的热盼心理刻画得栩栩如在眼前。

这组鼓子词进一步丰富了张生和莺莺的爱情故事,可以说是元稹《会真记》的说唱本,也是《西厢记》故事最早的说唱改编形式,在词曲史上留下了弥足珍贵的资料。

司马槱：檀板清歌，唱彻《黄金缕》

黄金缕

妾本钱塘江上住，花落花开，不管流年度。燕子将衔春色去，纱窗几阵黄梅雨。

斜插犀梳云半吐，檀板轻敲，唱彻《黄金缕》。望断行云无觅处，梦回明月生南浦。

  司马槱做了一个梦。梦做于他进士及第后到洛阳做官的头一天。一路奔波，人困马乏，他一进洛阳城，寻了住处，便睡下了。恍惚间见一女子，款款地走进帐中，用檀板打着节拍唱了一首歌给他听，唱了半阕就不再唱了，便转身要离开，司马槱一见美人要走，急忙叫住，问她这是什么曲子，美女说，这是《黄金缕》。

  梦见美女为自己唱歌，这本来并不稀奇，是个男人都有可能做这种春梦，奇就奇在，美女临走还郑重其事地对司马槱说："我们以后会在钱塘江上相见。"梦还在继续。

  五年后，司马槱被任命到杭州做秦少章（秦少游的弟弟）的幕僚，司马槱与秦少章谈起了五年前的这个梦，秦少章非常惊讶，说："你官舍后面的西泠就是苏小小的墓呀。"这才知，梦中为自己唱歌的十有八九便是小小了。司马槱与秦少章便一同出来，寻了小小的墓拜祭。回去之后，司马槱便补了这首词的下阕。

  之后的事情便属于无厘头的内容了。不久，司马槱病了，很重。有一天，船工

看见司马槱牵着一个女孩的手一起上了自家停在河边的画船。他便问："大人你这是要去哪里？"话音刚落，便看见船尾燃起大火。船工急着回家报告，走到门口，听见家人在恸哭。原来司马槱已经病逝了。船工刚才所见的，是司马槱的鬼魂。至于那美丽的女孩子是谁，不说大家也能猜到了。

其实，所有的故事都是好事者根据这首《黄金缕》臆测而来。又或者，是司马槱故弄玄虚也说不定，又或者，是真做了这个梦也说不定。读书人在梦里看到美女对着自己唱情歌，但那歌的原创者其实也还是他本人，不过是在梦里写就罢了。

上阕便是司马槱梦中女子所唱的歌。我一个人钱塘江上居住好寂寞，花儿落了又开，开了又落，燕子飞来又飞去，将大好春光尽消磨，隔着纱窗听见黄昏的小雨淅淅沥沥，听得我好生伤悲。

下阕是司马槱梦中所见。她鬓发美如墨云，如月的犀梳斜插鬓角，如月出云间。她一边用檀板打着节拍，一边随着节拍唱歌，歌声清亮。一曲唱罢，《黄金缕》的余音飘飘渺渺，似从云端而来，又似向云端而去。突然，她的身影幻化如云飞离我的视线。我望遍长空，寻找她的踪影，那片云光霞影已不知所踪。我从梦中醒来，眼前依稀，行云歌影，似无似有。春水初平，月出其间，皓然无语。

"犀梳"，犀牛角制成的梳子。"檀板"，一种打击乐器，"制以木为板，以绳联之"。"彻"，曲子的结尾。"行云"用巫山女神"朝为行云，暮为行雨"的典故。

发生在西湖上的梦太多，而最为动人的梦，就是苏小小了。围绕着苏小小所生发的梦，古往今来，不计其数。司马槱的梦是其中再普通不过的一个。

苏小小的名字最初出现在古乐府里的《钱塘苏小小歌》之中：

> 妾乘油壁车，郎骑青骢马。
> 何处结同心？西陵松柏下。

这首诗是别人以苏小小的口吻所作还是苏小小本人所作，不得而知。苏小小是何许人也，亦不得而知。《乐府广题》云："苏小小，钱塘名娼也，盖南齐时人。"

这短短十三个字也不过出于臆测。此诗最早见于六朝南陈徐陵编辑的诗集《玉台新咏》中，所以，人们便推断她应该是南齐人。至于名娼，则更是自以为是的论断了。但这并不影响苏小小的存在。诗题《钱塘苏小小》，自然是生在钱塘。至今，西湖畔，苏小小墓仍是游人如织。小小，不再是美女的代名词，也不仅仅是一场爱情悲剧中的主角，她是男人心中完美女人的化身。

目光中"苏小小"三字映入眼中那一刻，"妾乘油壁车，郎骑青骢马"的青春女子的幽然弹唱，让俗不可耐的男男女女产生了片刻的心动。

总之，这首诗若一粒花种，在往后的日子里，生发出花丛簇簇。

短短20个字，小小便在我们的脑海里活了起来。这歌声是如此的清淡，又是如此的热情，是如此的谦卑，又是如此的自信。既羞怯又大胆，既执着又淡定。

诗中的西陵，就是现在的西泠桥，西湖三大情人桥之一，苏小小死后就葬在西泠桥畔。这是小小邂逅情郎阮郁的地方，当时，阮郁指着西泠桥畔的松柏说："青松作证，愿同生死。"

故事的结局人人都想得出来，阮郁说，待我回去禀明家父，便明媒正娶地迎你回去。小小哪里懂男人心机，她痴痴地等情郎回来。因他，她成为世上最幸福的小女人。几年后，她终于在西泠桥畔等来了情郎，一见面，他便说，他已经娶妻了，愿纳她为妾。她冷冷地转过头去，咬住嘴唇，用颤抖而冰冷的声音说："这里可没有青松为你作证。"

面对别人的劝解，她只答非所问地说："我的心是干净的。"

"我的心是干净的"，她看穿了这个虚伪世界对她所泼的污水。面对富家子弟的纠缠，她指着庭院中盛开的梅花吟道："梅花虽傲骨，怎可敌春寒。若要分红白，还须青眼看。"

日子一天天过去，小小憔悴的脸颊慢慢恢复了一些颜色。她又穿起旧时衣裳，细细地画了淡妆，坐在绣阁中轻轻抚琴。对来访的旧客，她凄然的目光一度掠过虚空，突然化作妩媚，一笑倾城。

那一日，她遇见了他，他不是富贵公子，只是一个落魄书生。她想起了那个

　　他，富贵如云，她从来不看重这些，他却因富贵而背弃前言。她淡然一笑，打开箱子，她取出一锭银子赠予他：去实现你的理想吧。经历了这些事后，她已不在乎他是否会回来，是否还会记得她。他捂不暖她的春寒，却也在她心中埋出一粒种子，在尘埃里开出一朵花来。走吧，我放你走，即便你不再回来。

　　他终究也不是她的，他走了。也不知是否给过她承诺，就算给过，她亦是不信了。和所有妓女和穷书生的爱情故事结局一样，穷书生金榜题名，高官得坐。不同的是，他没有娶宰相之女，而是念着那红尘女子的深情厚恩。

　　他回来了。她还在那里，一抔黄土，她小心地把自己种在了里面。坟茔上，亦开着一些小野花，随着风摇摆。立在小小墓前的鲍仁留下这样一句话："千秋侠义，谁知反在闺帏。"这句话，彻底定格了小小，她不再是男人眼中的完美情人，而是需要仰视的玉面侠女。直到清代，随园主人袁枚还有一方私印，"钱塘苏小是乡亲"。咏小小的诗词有无数，最用情的是李贺：

　　幽兰露，如啼眼。无物结同心，烟花不堪剪。草如茵，松如盖。风为裳，水为珮。油壁车，久相待。冷翠烛，劳光彩。西陵下，风吹雨。

　　他满怀恨意地说道："无物结同心，烟花不堪剪。"他恨世间无情无义的男子，也恨自己晚生了200年，不能守护他的小小女神。因为懂得，所以慈悲。

姜夔：淮南皓月冷千山

踏莎行

燕燕轻盈，莺莺娇软。分明又向华胥见。夜长争得薄情知，春初早被相思染。

别后书辞，别时针线。离魂暗逐郎行远。淮南皓月冷千山，冥冥归去无人管。

小题指出本词写作时间是孝宗淳熙十四年正月初一，地点是在金陵附近的江上舟中。那年，词人32岁。此去是与已订下亲事却从未谋面的未婚妻成亲。燕燕、莺莺，指情人。华胥是传说中的理想仙国，指梦乡。《列子·黄帝》载"黄帝昼寝而梦，游于华胥氏之国"，夜有所梦，乃是日有所思的缘故。她来到词人的梦中，向他诉说别后的相思。薄情是女子对情郎的戏称。

"别后书辞"是指情人寄来的书信，"别时针线"是指情人为自己做的衣服"离魂暗逐郎行远"，"郎行"即"郎边"，她的魂魄来到我的梦中，跟了我一程又一程，我们都舍不得分开。"淮南皓月冷千山，冥冥归去无人管。"想来，当梦境结束之后，在明月冷照的千里淮南群山之上，她独自归去的魂魄该是多么寂寞无助啊！

淮南，即合肥，是姜夔情人所居之地。

那一年，20岁的姜夔来到合肥，住在城东的赤阑桥边。他在给朋友的诗中说："我家曾住赤阑桥，邻里相过不寂寥。君若到时秋已半，西风门巷柳萧萧。"

合肥并非烟雨江南,唯一能让他留恋的是赤阑桥边的依依杨柳,多少次,晓风残月之际,精通音乐的他,独自在桥畔弄箫吹笛。他专门用"淡黄柳"为词牌,自度了一首咏合肥的词,在词前的小序中,他提到:"居合肥南城赤阑桥之西,巷陌凄凉,与江左异。唯柳色夹道,依依可怜。因度此片,以纾客怀。"

空城晓角,吹入垂杨陌。马上单衣寒恻恻。看尽鹅黄嫩绿,都是江南旧相识。

正岑寂,明朝又寒食。强携酒、小桥宅,怕梨花落尽成秋色。燕燕飞来,问春何在?唯有池塘自碧。

词中提到的"小乔宅",在与赤阑桥相对的水西门内九曲水旁。水上有座桥叫回龙桥,相传曹操与孙权争夺合肥,于此回马,故名。乔玄的家也在这里。乔玄很少为现代人所知,但是,我若说,他就是大乔和小乔的老爸,读者便会恍然大悟了。后来,大乔嫁给了孙策,小乔嫁给了周瑜。

赤阑桥边多秦楼楚馆,日日笙歌,美丽袅娜的女子迎来送往。一天,他在桥畔散步,忽听楼中传来悠扬的琵琶与秦筝的合奏,精通音律的他,一听便痴住了。那琵琶声如春风拂面,筝声如雁啼秋水。经打听,才知,那弹奏者是一对姐妹。很快,她们也知道了他的来历,这个穿着白衣的男子常在桥边吹箫弄笛,姐妹早就注意到了。

玉鞍重倚。却沉吟未上,又萦离思。为大乔能拨春风,小乔妙移筝,雁啼秋水。柳怯云松,更何必、十分梳洗。道郎携羽扇,那日隔帘,半面曾记。

西窗夜凉雨霁。叹幽欢未足,何事轻弃。问后约、空指蔷薇,算如此溪山,甚时重至。水驿灯昏,又见在、曲屏近底。念唯有夜来皓月,照伊自睡。

"为大乔能拨春风,小乔妙移筝,雁啼秋水。"大乔和小乔当指两姐妹。临别前,姐姐拨动琵琶,妹妹弹起筝,诉说衷曲。"春风"代指琵琶及其演奏技艺。王安石《明妃曲》："含情欲说独无处，传与琵琶心自知。黄金杆拨春风手，弹看飞鸿劝胡酒。""雁"字切筝，以筝承弦之柱斜列暗合雁行，两姐妹皆是艺技高超，不知白石爱的是姐姐还是妹妹。

"柳怯云松，更何必、十分梳洗。道郎携羽扇，那日隔帘，半面曾记。"那天，被美妙的音乐吸引，他手持羽扇信步而来。据说，姜夔是个美男子，"气貌若不胜衣""望之若神仙中人"。而那天，两姐妹还没来得及打扮，柳怯云松，却仍然不减天香国色。

他曾幻想，待自己金榜高中，便来迎娶她。于是，告别了两姐妹，他再一次踏上了去往京城的路途。想不通的是，命运总是跟好人开玩笑，也许，这个人脸上天生就写着"苦命"两个字，谁也没奈何。

当然，好运也曾经过来一次。在游学中，他遇到萧德藻，这个人淡泊功名，无意为官，宰相王淮曾推荐他出任太守，他称病不就。什么人找什么人，萧德藻特别喜欢姜夔的《扬州慢》，说写了四十年的诗，才遇到姜夔这么个奇才，于是，主动作媒，把自己的侄女嫁给他。怎么推辞？难道明说，自己已心有所属？可是就算想这样，又能怎样呢，他拿什么去迎娶她？他没有理由推却。他的生活安定下来了，但却彻底断了他迎娶她的希望。

婚后，他曾多次去合肥寻访二姐妹。想来，他们分别的时间都在正月，那时，梅花正艳。所以看到梅花，他就想起了她。他笔下的梅花皆是为她而开放。

人间离别易多时。见梅枝，忽相思。几度小窗幽梦手同携？今夜梦中无觅处，漫徘徊。寒侵被，尚未知。

湿红恨墨浅封题。宝筝空，无雁飞。俊游巷陌，算空有古木斜晖。旧约扁舟，心事已成非！歌罢淮南春草赋，又蓁蓁。漂零客，泪满衣。

——《江梅引》

那枝上绽放的花朵，是梅花，也是凄艳如血的相思。

在一个元宵之夜,姜夔又在梦中与二乔相会,遂写下《鹧鸪天·元夕有所梦》:

肥水东流无尽期,当初不合种相思。梦中未比丹青见,暗里忽惊山鸟啼。
春未绿,鬓先丝,人间别久不成悲。谁教岁岁红莲夜,两处沉吟各自知。

"肥水东流无尽期,当初不合种相思。"直到晚年,姜夔仍在苦苦思恋合肥女子,他意识到了人生因缘的奇妙与无助。相思之树结下的苦果,这位词人几乎品尝了一生。

姜夔：长记携手处

暗香疏影

《暗香》

旧时月色。算几番照我，梅边吹笛。唤起玉人，不管清寒与攀摘。何逊而今渐老，都忘却、春风词笔。但怪得、竹外疏花，香冷入瑶席。

江国。正寂寂，叹寄与路遥，夜雪初积。翠尊易泣，红萼无言耿相忆。长记曾携手处，千树压、西湖寒碧。又片片吹尽也，几时见得？

《疏影》

苔枝缀玉。有翠禽小小，枝上同宿。客里相逢，篱角黄昏，无言自倚修竹。昭君不惯胡沙远，但暗忆、江南江北。想佩环、月夜归来，化作此花幽独。

犹记深宫旧事，那人正睡里，飞近蛾绿。莫似春风，不管盈盈，早与安排金屋。还教一片随波去，又却怨、玉龙哀曲。等恁时、重觅幽香，已入小窗横幅。

——《疏影》

辛亥之冬，予载雪诣石湖。止既月，授简索句，且征新声，作此两曲。石湖把玩不已，使二妓肄习之，音节谐婉，乃名之曰《暗香》《疏影》。

宋光宗绍熙二年冬天，天下着雪，姜夔冒雪来到远在苏州石湖的范成大家里。范成大一生爱梅，特意在故乡石湖置下了这座庄园，栽下许多梅树。这一年，石湖山庄的红梅正迎雪开放，于是同样酷爱梅花的姜夔就在石湖山庄住了一个多月，日日在梅边吹笛，恋恋不去。

有一天，他吹了两首新曲，范成大觉得曲子悠远婉转，美如仙乐，细问，才知道，那是他新谱的《暗香》和《疏影》。两首得意之作，皆取名自林逋著名的咏梅诗《山园小梅》："疏影横斜水清浅，暗香浮动月黄昏。"

"旧时月色。算几番照我，梅边吹笛。唤起玉人，不管清寒与攀摘。"梅花吐幽的月下清夜，他在梅边吹笛，这悠悠一缕笛音，使玉人忘记清寒，循声而来攀摘梅花。这是回忆"玉人折梅我吹笛"的昔日情事。

"何逊而今渐老,都忘却、春风词笔。但怪得、竹外疏花,香冷入瑶席。"何逊是南朝的梁国诗人,8岁能诗,20岁举为秀才,少年成名,可叹身世贫寒,仕途不顺,姜夔用他来自比。那昔日的飞扬少年已经不见,如今我竟也像当年的何逊一样,在扬州见到旧时官舍的梅花,却再也写不出一首像样的诗。写不出可还是要写,因为它们太美了,我实在控制不住自己了。

这既是谦虚又是大实话。谦虚的是,那春风词笔的才情仍在;大实话是,当年风流自得的少年已经不复存在了。"春风词笔"是指他的《咏春风》诗:"可闻不可见,能重复能轻。镜前飘落粉,琴上响余声",咏物颇为工细。

"长记曾携手处,千树压、西湖寒碧。"回忆的窗子再一次打开。他和她曾经在西湖畔,手牵手,同游梅林。那应该是如雪一般盛大的花事,整个天地间似乎都被没有尽头的花树占领,那一团团花雪,似乎要从树枝下坠下来一般。这花海曾给人一种错觉,那就是这场花事会永远都开不完。

"又片片吹尽也,几时见得?"然而,这念头刚起,只见一阵轻风,那花瓣便片片落下来,由几片到十片、百片、千万片,直至密密麻麻,簌簌而下。转眼,那树头已空,只剩下干枝。

但此时,"江国正寂寂",梅花迎来了这个冬天的第一场雪,"叹寄与路遥,夜雪初积",我想寄给她一枝梅花,只叹路途遥远,无从相寄。捧起翠色的玉樽,我不由落下泪来,红梅无言,让我对她的思念越加地明晰起来。

"苔枝缀玉,有翠禽小小,枝上同宿。"苔枝,长有苔藓的梅枝。范成大曾著有《梅谱》,说到绍兴、吴兴一带的古梅:"苔须垂于枝间,或长数寸,风至,绿丝飘飘可玩。"缀玉,梅花像美玉一般缀满枝头。梅树长有苔藓的枝干上缀满晶莹如玉的梅花,小小的双翠鸟,在枝间同栖。翠禽用的是一个关于梅花的典故。讲的是隋代赵师雄在罗浮山遇仙女的神话故事,见于曾慥《类说》所引《异人录》记载。

隋开皇年间,赵师雄行经罗浮山,日暮时分,入一梅林,遇一美人,与之对酌,又有一绿衣童子歌舞助兴。不知不觉沉沉睡去,待醒来时,发现东方已白,耳中听到有鸟儿欢快的鸣叫声，想起昨晚的艳遇，待起身察看，哪里还有美女的影子？只见梅花树上有一些小小翠鸟成双成对地在花间跳跃欢叫。想来昨夜，自己是和梅花女神玩了一场艳遇，那绿衣童子便是这些翠鸟了。想到此，他心下一阵惆怅。

姜夔似格外偏爱这个典故，在其《鬲溪梅令》中，他亦写道："漫向孤山山下觅盈盈，翠禽啼一春。"简直是将梅花与罗浮神女融为一体了，似花非花，似人非人。在他的心中，他和她是否也是一场人间仙遇呢？

"客里相逢，篱角黄昏，无言自倚修竹"，我与你在异乡相逢，那一日，在黄昏的篱角，你默默地倚着修竹茕茕孑立，使人想起杜甫笔下的佳人意境："绝代有佳人，幽居在空谷。天寒翠袖薄，日暮倚修竹。"

"昭君不惯胡沙远，但暗忆、江南江北。想佩环、月夜归来，化作此花幽独。"原来这位佳人不是别人，而是王昭君的香魂所化。这几句用王昭君的典故，"王昭君入宫久不见幸，积悲怨，乃请行，远嫁匈奴，死于他乡。"作者的构思主要是参照杜甫的这首《咏怀古迹》：

> 群山万壑赴荆门，生长明妃尚有村。
> 一去紫台连朔漠，独留青冢向黄昏。
> 画图省识春风面，环佩空归月夜魂。
> 千载琵琶作胡语，分明怨恨曲中论。

想来，姜夔认为，死后的昭君应是梅花仙子，因为思念故乡，身佩玉环月夜归来，化作幽独的梅花。梅因人增色，人因梅得归。

"犹记深宫旧事，那人正睡里，飞近蛾绿。"蛾，细长的眉毛；绿，眉淡如山的颜色，用的是寿阳公主的典故。《太平御览》引《杂五行书》记载，宋武帝的女儿寿阳公主非常美丽，有一天，她在含章殿檐下躺着打瞌睡，有一朵梅花落在她的额头上，竟留下一朵五瓣梅花的印迹，怎么擦也擦不掉，过了三天，才能洗掉。宫

女们觉得公主额头印有梅花的样子很好看,便都在自己的额头上画一朵梅花的图案。这就是梅花妆的由来。

"莫似春风,不管盈盈",是怜花;"早与安排金屋",是惜花。这里用的是汉武帝"金屋藏娇"的典故(见《晏几道:当时明月在,曾照彩云归》)。可惜的是,花开花落自有时,梅花的开落与春风有关,也与春风无关。"还教一片随波去",梅花终于又一次凋零了。

短短一阕词,竟一口气写了五位女性,而且这五位女性都与梅花有关。

"却又怨、玉龙哀曲",玉龙即玉笛,马融《长笛赋》:"龙鸣水中不见己,截竹吹之声相似。""哀曲"当指《梅花落》,与前篇"梅边吹笛"相呼应。这就是《疏影》和《暗香》的连环效果,你中有我,我有中你,环环相扣。

"等恁时,重觅幽香,已入小窗横幅",又从绘画这一角度加以深化主题。《疏影》最后一句的"小窗横幅"应该是与《暗香》的开头一句"旧时月色"相呼应的。那么,"小窗横幅"就既可解释为图画,又可解释为梅影了。月色日光映照在纸窗上的竹影梅影,也是一种"天然图画",非常好看。

《疏影》是写与情人昔日与梅花有关的回忆,可用"美人折梅我吹笛,携手梅林香雪里"来概括。《疏影》走的是则纯咏物的路线,几乎字字用典,句句都有来历。只觉写得巧,用得妙,作者真正的心意,反而不好琢磨了。梅花在他笔下,是一位寂寞的绝代佳人,她那么美、那么好,必须万分珍重,可做不到,不能够,她终于还是随波而去,只留下纸窗上的剪影,令他徘徊无地。

其实,梅即是人,人即是梅。在姜夔心中,梅就是她。

《疏影》和《暗香》写就后,范成大叫来歌妓小红,演唱这两首词,姜夔在一旁吹箫伴奏。范成大一旁看得直咋舌,小红身着红衣,宛如云霞,姜夔白衣胜雪,玉树临风,轻歌伴玉箫,这可真是一对金童玉女。

待姜夔回家时,范成大便把小红推向他:"带上她走吧。"

一向孤身江湖的姜夔从此身边便多了一个仙子相伴。一天,船过垂虹桥,天下起了大雪。只见茫白一片的天地之间,只有他和小红,一个唱歌,一个吹箫,仿若天外仙侣。于是，他奋笔写下一首《过垂虹》："自琢新词韵最娇，小红低唱我吹箫。曲终过尽松陵路，回首烟波廿四桥。"

元人陆友仁的《砚北杂志》记述姜夔得了小红之后，"每自喜度曲吟洞箫，小红辄歌而和之"。有可能，二人在一起确实度过了一段美好时光。后来，姜夔晚年贫病交迫，陷入了衣食难继的困苦之中。此时范成大早已病逝，姜夔不愿小红跟着自己吃苦受罪，便帮她寻了一富人家做妾。小红流泪不肯，后来看姜夔已决，终于离去。

姜夔67岁时，因病卒于西湖，贫不能殡，在友人吴潜的帮助下，葬于杭州钱塘门外西马塍。曾与之诗词唱和的名士苏泂作挽诗："所幸小红方嫁了，不然啼损马塍花。"

《暗香》《疏影》是姜夔人生的最高峰，又得了小红相伴，他的人生，也曾经有过刹那的美梦成真吧。

谢希孟：我断不思量，你莫思量我

卜算子

双桨浪花平，夹岸青山锁。你自归家我自归，说着如何过。

我断不思量，你莫思量我。将你从前与我心，付与他人可。

有一个男子深深爱着一个女子，一个非他不嫁，一个非她不娶。不想，有一天，这男子对她说："咱俩各回各家吧，我不想你，你也别想我，用你从前爱我的那颗心去爱别人吧。"听起来很荒唐，和以往我们听到的临别赠言大不相同，能说出这番言语的男人也算是极品了。

谢希孟家世显赫，极有才华，有个外号叫"八斗文学"，长得又极帅，时人赞之"逸气如太阿之出匣"。太阿剑为干将、莫邪所铸，光想想这剑名就足以让人遐想联翩。这形象大概只有在武侠小说里才有，你说小谢同学长得到底有多帅？想多帅就有多帅。

小谢不只人长得很武侠，做派也很武侠。有一次，好友陈亮到台州，小谢早早就叫了一帮歌妓和朋友到酒楼为陈亮接风洗尘。不过陈亮好像对美女比对美酒的兴趣大，小谢酒杯端起来了，陈亮仍然只顾着和歌妓打情骂俏。小谢当时就拍翻了桌子，接着两个人便动上了手，妓女们尖叫着跑光了。

有时候，小谢也童心大发，干些出格的事。邻居有一个画家，脸黑多须，他给自己画了张自画像，画得也比较写实。小谢看见了，就趁人家不在的时候，在画上添了句话:"伯益之面,大无两指。髭髯不仁,侵扰乎其两旁而不已。于是乎伯益之面,所余无几。"

好好的画就这么给毁了,气得老头子大病了一场。

这小谢的风流韵事也很多。有人说,凌濛初小说《二刻拍案惊奇》中与严蕊相好、把严蕊留宿家中半年的豪客谢元卿,原型就是谢希孟。

《红楼梦》贾宝玉有言云:"天地英灵之气,皆钟于女儿。"此言一出,闻者咸谓惊世骇俗,引发议论无数。其实此言并非自我作古,而是引经据典。典出何处呢?原来,出于谢希孟的《鸳鸯楼记》。

据《西湖游览志余》记载,谢希孟在杭州与一个姓陆的歌妓相爱,难舍难分。他发誓非她不娶,歌妓更是非他不嫁。为此,他还打算建一座鸳鸯楼送给歌妓。他的老师陆九渊听说后就跑过来劝说,说你一个读书人,和妓女玩玩也就算了,为她大兴土木,这动静未免搞得太大了吧。

谢希孟怎么回答的呢?他说:"这楼我一定要盖的,我连《鸳鸯楼记》都写好了。"陆九渊挺好奇,就问:"这楼记是怎么写的呢?"

谢希孟当即回答说:"自逊、抗、机、云之后,英灵之气,不钟于世之男子,而钟于妇人。"

翻译成白话文就是:"自从江左名流陆逊、陆抗、陆机、陆云死后,天地英灵之气,不钟情于男子而钟情于女人。"

陆逊,东吴儒将,丞相。陆逊的儿子陆抗,是三国后期东吴大将,大司马。陆抗的儿子陆机、陆云,在父死后为将军,吴亡,闭门勤学,陆机有《陆士衡文集》、陆云有《陆士龙集》。

这四个人都姓陆,陆九渊姓陆,歌妓也姓陆。大概陆家的风水不好,陆家就出了这四个人物,之后便一个有出息的男人也没出现,其实是在讽刺陆九渊平庸无能。妇人应指陆姓歌妓,估计这陆姓歌妓在当时也是冠绝一时的人物。

从此处也可见,谢希孟说话不给人留余地,做事更是我行我素,不管不顾。在魏晋,这个可以叫名士风度,但从根儿上说,谢希孟这个人非常自我。谢希孟和

陆姓歌妓爱得死去活来，大有"天地合，乃敢与君绝"的架式。不过，这首《卜算子》据说便是他送给这个歌妓的，这是怎么回事呢？

其实，男人若抱了这样不管不顾的心去爱女人，大概世上也就没有这许多的爱情悲剧了。

一天，谢希孟又去与歌妓陆氏约会，正当两情缱绻、激情如火的时候，恍然有所"悟"，居然没有告辞就离开了妓馆。陆氏一路追到江边，泪流满面，苦苦哀求谢希孟不要走，再不济，也要带她一起走。她问他："你走了，我怎么办？"

谢希孟就从自己的脖子上取下领巾，写了这首《卜算子》给陆氏，头也不回地就走了。

咱俩谁也别想谁，你找别人去吧，你又不是离了我就会饿死。洒脱的一方自然没什么痛苦，苦的是那个没有一点心理准备，还沉浸在爱情幸福中的小女人。不知道当时那个女子是什么反应，真怕谢希孟一转身，她一袭清影跃入江中。

谢希孟爱起来时不管不顾，不爱时也不管不顾。这样的人活得很自我，很绝情，也很可怕。

但假若这话不是从谢希孟口中说出，而是出自一个身陷死地的人口中，就另有一番情意在了。表面的无情，只是想对方断了念想，彻底把自己忘记，但愿她能找到更值得托付一生的伴侣。"既然不能在一起，想念是没有用的，活在过去只能让我们失去眼前的幸福，这世上定还有爱你如我爱你，你爱他如你爱我一样的男子。"与其给她写一首缠绵悱恻、肝肠寸断、藕断丝连的诗，不如唱一首决绝无情的歌，让她彻底了断，让她彻底忘了自己，轻装上路地去寻找自己的所爱。

只是，这样的绝情，不知捏着不足一克拉丝帕的纤柔手指能否承受那不能承受之轻？

他对她终有着负罪感。他自然不会傻到相信这女子在他离开后便能马上投入别人的怀抱，她的后半生岁月有可能就在无尽的哀伤里度过。纵然，他悟到了情爱只如镜花水月，也应明白，在爱情里，我们往往要背负的不是自己的欲望，而是另一个人的悲伤。

其实，何曾是有所悟，不过是厌倦罢了。这男人，连女人的半点感受也不顾，哪怕你编套谎话再走，过了三五月，女人自然慢慢也就理解了。这样的冷不防地来一下子，是人都受不了。不过。因为这段恋情，遂有了"英灵之气，不钟于世之男子，而钟于妇人"这样振聋发聩的名言，经由《红楼梦》中贾宝玉之口说出"天地灵秀之气只钟于女儿，须眉男子不过是渣滓浊沫"之后，已是世人皆知。"这女儿两个字，极尊贵、极清净的，比那阿弥陀佛、元始天尊这两个宝号还更尊荣无对的呢！""见了女儿，我便清爽；见了男子，便觉浊臭逼人。"他称男子为"须眉浊物"，把自己称为"怡红院浊玉"。这是谢希孟当初怎么也想不到的。

朱淑真：月上柳梢头，人约黄昏后

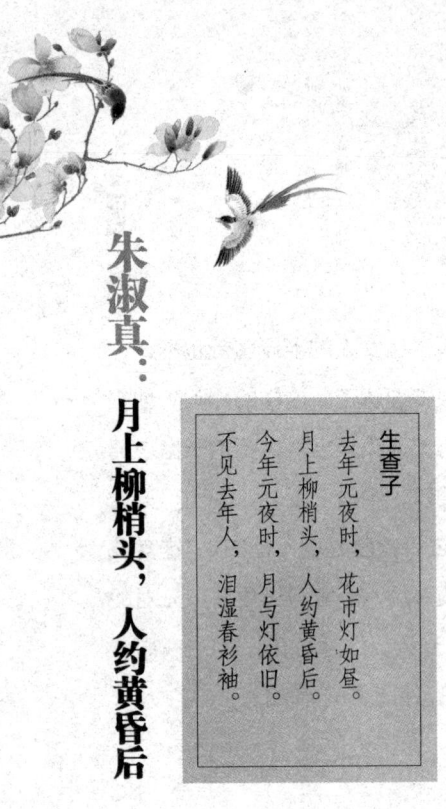

生查子

去年元夜时，花市灯如昼。
月上柳梢头，人约黄昏后。
今年元夜时，月与灯依旧。
不见去年人，泪湿春衫袖。

  关于这首词的作者，明代杨慎说是朱淑真，清代纪晓岚说是欧阳修。我果断地把这首小令的作者署名权判给朱淑真。因为纪大学士的理由实在不敢恭维。他说，一个良家女子怎么可能写出这种有损名节、有伤风化的东西来？

  "月上柳梢头，人约黄昏后"，在纪大学士看来，这是如"私奔"一样丢人现眼的事。只要是约会，便定是一男一女，如何男人一脸无辜，女人却犯了天条？

  朱淑真这个小女子不但大胆主动地和心上人约会，还把这件事大张旗鼓地写在自己的词里。在当时，确实也算得上一件"有伤风化"的非主流行为。

  这首小令浅白、易懂，只需读上两遍，便可成诵。据说，写这首词时的朱淑真只有17岁，还是个春心暗动的小女孩。17岁之前的她，一直生活在蜜罐子里头。

  一阵催花雨，高低飞落红。

  榆钱空万叠，买不住春风。

——《书窗即事》

这时的朱淑真只有十一二岁。随着一场春雨落下来，空中到处是飞舞的落花，这个还不知道思春的小女孩只说，那么多榆钱，可惜换不来一刻春风，真是奇思妙想。于是，明代竟陵派的代表钟惺赞叹道："飘宕处，妙在憨气、稚气。"再大一点，十四五岁，这个豆蔻年华的小女孩就已经有了小小的心事了。

淡红衫子透肌肤，夏日初长水阁虚。
独自凭栏无个事，水风凉处读文书。

——《夏日游水阁》

这首小诗里，我们看到一帧少女朱淑真的倩影小照：夏日的午后，她穿着轻透的淡红衫子，来到水池上的小亭子里歇凉，先是靠着栏杆托着腮不知在想什么，后来干脆找了一个风凉的地方看书。那时的朱淑真应该已有了少女初熟的风韵，像水里初开的荷花。大中午的太阳光很足，倒愈发显着她的清爽。

待嫁的朱淑真眼中所见，诗中所写的，都是这类小女儿的娇憨情态。十六岁，这朵小荷盛开了，穿起裙来，风一摇，动人极了。她恋爱了，所爱的男子应是个极清秀的读书人，她经常找个小理由就跑出去与他约会。元宵节这一天，他说，等月亮爬上柳梢的时候，他在柳树下等她。

"月上柳梢头，人约黄昏后"，似小女生写情书，满脑子都是最温柔、最浪漫的字眼儿，无须抓耳挠腮地去淘、去炼，不像晏殊那样，一句诗想了十年最终还要别人来补就。这个恋爱中的小女孩，写起情话来，简直是信手拈来，朗朗上口，自然天成，没有一点用力的痕迹。像"云破月来花弄影"这样句子好倒是好，但明显是描过了的。

不过，这已经是去年的事情了。今年的元宵节，她是自己过的。一切和往年没有什么不同，连月亮都在同一个位置，连柳树上的叶子都和去年一样多，只是柳树下，少了一个他——"不见去年人，泪湿春衫袖"。

这是一个在搞自由恋爱的小女孩失恋的故事。事情过去了整整一年，她还没有忘情。这个女孩子可能是朱淑真，也可能不是，这也许只是为写词而预设的场景。

写词又不是写日记，谁说不能虚构呢？况且，在宋代，动了春心的年轻人在元宵节赏灯、约会也是当时的一个风俗（有伤风化是后来的事）。明代的杨慎在《词品》里一本正经地斥责朱淑真"不贞"，在一个由男人掌握话语权的时代里，一个谈着正常恋爱的女人，就这样可笑地被当成了不贞的典型。

较早时，朱淑真还写过一首欢快无比的"元夕"词：

> 弯弯曲，新年新月钩寒玉。钩寒玉，凤鞋儿小，翠眉儿蹙。
> 闹蛾雪柳添妆束，烛龙火树争驰逐。争驰逐，元宵三五，不如初六。
>
> ——《忆秦娥》

正月里，初六，天上挂着一轮新月，弯弯的。这时的朱淑真还有着可爱的婴儿肥，脸颊红通通的，大眼睛忽闪忽闪的，新做的凤鞋小小的，像天上的新月亮，真好看。她忙不迭地穿上了，皱着小眉头：有些挤脚。

穿着挤脚的小凤鞋，她开始学那些大姐姐，往头上插着闹蛾、雪柳，打扮完了，忙不迭地跑到大街上，和一群小小子、小丫头在五彩流光的灯阵里跑来跑去。"看，那里的灯好看！还有那里，还有那里！快来！快来！"

然后小丫头说："初六比十五好。我要天天过节哦！初六过，初七过，初八还要过……"这是只有小孩子才有的可爱的小念头。因为迫不及待要穿新衣服而提前过节的感觉真好！

这首诗活脱脱的小女孩口吻，童趣十足。"弯弯曲，新年新月钩寒玉"，完全是儿歌化的口语，使我想起那一首有名的童谣："小小子儿，坐门墩，哭着喊着要媳妇儿。"她，小小子儿未来的小媳妇儿，穿起了小凤鞋，戴起了闹蛾雪柳，于是，便有了女孩儿家说不清、道不明的小心思。

女孩们三三两两、有说有笑地走在路上，其中一个女孩儿突然就不说话了，脸上升起淡淡的红晕，眼珠儿向路旁一个面目俊秀的男子偷瞄过去。

这种半大女孩的春情，不光朱淑真有，每个女孩儿都有。帅哥本来就稀缺，在大街上看见一个帅哥，多瞄几眼，发会儿小呆，都是常情，无关爱恋。这样的小心思顶多再维持个一两年，小女孩就要恋爱了，开始"月上柳梢头，人约黄昏后"了。

这让我想起"众里寻他千百度，蓦然回首，那人却在灯火阑珊处"的句子，这不正是朱淑真元夜约会的场景吗？有人说，《青玉案·元夕》也是朱淑真的作品，因为在宋人为朱淑真所编的《断肠集》里，也有这首词。

人约黄昏之后，元夜归来，朱淑真是否有可能也写了一首词作为纪念呢？两个热恋的少年，在灯会上捉迷藏，一个躲，一个找。一回头，她站在灯火的暗影里，含羞带笑地看着他。盛大的烟花在她头顶上刹那开放，瞬间化作流星点点，比雨点还要繁密地向她身上撒去。他害怕这星雨会烧到她，可是那些流星雨还未到她的发际就已经无力地熄灭了，她的脸在消逝的烟火中明明灭灭。

这两首词放在一起，倒真可称得上是姐妹篇。

时间过得好快，转眼一年过去了，春去冬又来，她没有能嫁给他。到底什么原因？也许他奔前程去了，也许他另娶了妻，也许是双方父母不同意，总之，欢乐只剩下了回忆。她写了好多首词，诉说相思，然后，就遵从家里的安排，嫁给了另外一个男人。

朱淑真活着的时候，身边似乎从来没有一个真正理解她、爱护她、欣赏她的人，曾经热恋过的情人最终分道扬镳，名义上的丈夫却是她痛苦的根源。而至亲如父母，竟也狠心地任由她在苦海里挣扎。对父母来说，并不是不想帮她，只是，在他们看来，那样的生活本来是一个女人的本分，没有什么不好。

"只因为在人群中多看了你一眼，再也没能忘掉你的容颜。梦想着偶然能有一天再相见，从此我开始孤单地思念。想你时你在天边，想你时你在眼前，想你时你在脑海，想你时你在心田，宁愿相信我们前世有约，今生的爱情故事不会再改变。愿用这一生等你发现，我一直在你身旁从未走远。"

把这首歌送给朱淑真，她是幸运的，她是被时光穿越到宋朝的女子，随着那一泓流水、一缕轻烟，这个女子又重获了自由。

朱淑真：娇痴不怕人猜，和衣睡倒人怀

清平乐

恼烟撩露，留我须臾住。携手藕花湖上路，一霎黄梅细雨。

娇痴不怕人猜，和衣睡倒人怀。最是分携时候，归来懒傍妆台。

这首《清平乐》应写于朱淑真一生最幸福的时刻。以现代人的眼光来看，通篇所写，都是一个处于热恋中的少女最真实、最美丽的情态。可惜，那个时代的男人不允许一个女人活得如此幸福。女人一幸福，男人们就不自在了。

不过，记录这幸福一刻的小词到底还是留了下来，让我们得以窥见一千年前，还有一个女孩，谈着只有现代女孩才敢谈的恋爱。她把女人的幸福提前了一千年。为了这片刻的幸福，她愿意将年轻的生命付之流水。

词的上片写她和他手拉着手走在开着荷花的湖边小路上，不想却遇到了黄梅细雨。细雨如烟如露撩拨着二人的衣衫，他们只好找个地方避一会儿雨。

哎呀，真是小确幸。看看四下无人，哎呀，人家的衣服都湿了，好冷哦。腿都走酸了，站不住了。也不怕人家怀疑自己智商低，把身子往他宽厚的怀抱里一靠，哎呀，人家困死了！闭上眼睛，把脸藏在他的衣襟里，顺便藏进去一抹笑容。

男朋友有些不好意思，说："小傻瓜，也不怕别人看见。"她小嘴一嘟："怕什么，我喜欢。"哪里是不怕，只是，过了这村就没有那个店了。

所以，清吴衡照在《莲子居词话》中说："易安'眼波才动被人猜'，矜持得妙；淑真'娇痴不怕人猜'，放诞得妙。均善于言情。"

在男朋友面前撒娇扮痴，像个小孩子一样，傻里傻气的，这是小女孩恋爱时可爱的表现。可见，古代女孩子在恋爱心理上和现代女孩也没什么不同。这样生动的恋爱场面，放在现代，也会令无数女孩陶醉。可见，那时的朱淑真内心是怎样的一种幸福感觉。为了这"和衣睡倒人怀"的片刻幸福丢掉性命也在所不惜，这就不难理解了。

她是一个孤单、感性的女子，对爱情的渴望亦超出一般女子，即便飞蛾扑火，也要活在自己的爱情里。这样的女人岂是寻常人可以理解。

美艳尤物叹寂寞，恰如临水照花人。
愿得比翼双飞客，却是俗物难成林。
拟把疏狂图一醉，为爱敢叫玉石碎。
飞蛾扑火终不悔，枝头抱香空遗恨。

"美艳尤物叹寂寞，恰如临水照花人"是朱淑真的自我写照；"愿得比翼双飞客，却是俗物难成林"是她对婚姻生活的写照；"拟把疏狂图一醉，为爱敢叫玉石碎。飞蛾扑火终不悔，枝头抱香空遗恨"是她为爱誓死如归的呐喊。

我怀疑，这是朱淑真的绝命之语。一杯倾斜的美酒，一场情爱的赌博，输赢已经不重要，她拥有这份爱情就够了。她没有屈服于不幸的婚姻，她以死的方式来守护自己的爱情，像扔一片叶子一样扔掉一文不值的婚姻。"娇痴不怕人猜，和衣睡倒人怀"，这是没有享受过这一刻的女子无法想象的。她把这个小幸福记录了下来，让我们在一千年后还知道，有一个这样的女孩，幸福地来过。

美好的时光总是短暂。十指相扣的手终于不舍地放开，指尖触着指尖，那一瞬的怅然难以言表。回到闺阁，懒懒地靠着梳妆台发呆。如果能永远睡在他的怀里该有多好。

读罢此词，少女的心事，我感同身受，却寂然无语。

  可以想象，迫不及待地写下这首词的少女朱淑真，当时的内心是怎样的喜悦和雀跃？可是，女孩子恋爱这种事怎么能随便说给别人听？但，这样幸福的时刻，又怎么舍得不记下来？

  沉醉在爱情里的朱淑真相信，有情人终成眷属，不然，她也不可能这么明目张胆、奋不顾身。自己所选的是这样优秀的男子，两人是天造地设的一对，老天怎么会不成全自己，疼爱自己的父母又怎么会不成全自己？

  "娇痴不怕人猜，和衣睡倒人怀"，后世的道学家们紧抓着这句话不放，硬往一个身家清白的女子身上泼脏水，因为太过"香艳露骨"。这样的香艳，这样的露骨，着实让我们现代人大开了眼界。原来，在一千年前的宋朝，一个女人就真真地谈了一次恋爱。路不好走，她要男孩子牵她的手，走累了，她要靠着他的臂膀休息。一个女人所要的幸福，不过如此。

  人言可畏，朱淑真为自己的爱情付出了沉重的代价。为这短暂的幸福时光，她换来了一世的骂名。可是骂又如何？谁又能知道这个恋爱中的小女人的小确幸？当父亲一把火烧光了她的文稿，这片小小的幸福花瓣，掠过火焰灼热的边缘，轻轻飞过了墙头。哪家情窦初开的少女，拾着了它，嘴角扭了一扭，一抹不易为人觉察的红晕随着笑容泅开。

朱淑真：断肠芳草远

谒金门·春半

春已半，触目此情无限。
十二阑干闲倚遍，愁来天不管。
好是风和日暖，输与莺莺燕燕。
满院落花帘不卷，断肠芳草远。

她独倚栏杆，幽怨低吟："春天已经过去大半，我却一个人在长廊里无所事事地闲逛，倚着栏杆长吁短叹。没有人在意我的忧伤。外面风和日暖，莺莺和燕燕成双入对地忙着谈情说爱，卿卿我我，你侬我侬。但热闹是它们的，我什么都没有。残花落了一院，我无心打扫，帘子也终日垂着，我把自己关在这园子里，已经很久没有出门了。不是我不想出去呀，实在是怕见那连天的碧草。"

父母之命，媒妁之言，是那时青年男女婚配的主要方式。这是因为，中国的家族式组成方式，使得子女必为父母和家族的利益服务。自由恋爱的后果是很严重的，遇到开明的父母，把选择权适当地放宽，你情我又愿，正好又对了父母的心思，自是皆大欢喜的结局。若不然，一切皆由父母定夺。"我若不喜欢怎么办！""这样的男子你还有什么不愿的？"你敢说不喜欢，那就是质疑父母的眼光，质疑父母对你的好。朱淑真的自由恋爱，其结局是不言而喻的。

朱淑真的家世不错，从小她就是父母的掌上明珠。她自己又是才貌双全，按理这样的女孩嫁个好人家是一定的。正所谓一家有女百家求，待嫁的朱淑真一定有不少慕名而来的求婚者。可惜，朱淑真的运气不佳，父母大概在婚前只考虑了男方的

家世是否门当户对,却对那家公子的人品才华欠缺考察。就这样,幸福的少女朱淑真从此就走上了不幸的道路。

从"月上柳梢头"的黄昏约会到与不相识的男子结婚,这其中的巨大反差非当事人难以明了。然而,这时的朱淑真仍然对自己的新生活充满了向往。从朱淑真的诗文中我们可以慢慢剪贴出她婚后曾有的一段幸福生活。她在婚前写道:

初合双鬟学画眉,未知心事属他谁。
待将满抱中秋月,分付萧郎万首诗。

——《秋日偶成》

这样的憧憬,说她是追求格调也好,耽于浪漫也好,却也不是什么奢望,即使在古代婚姻由父母之命、媒妁之言做主的情况下,也不是完全不可能实现的。

他是个读书人,做过官,有段时间还曾带她赴任。她埋葬了过去,努力地尝试做个好妻子,婚后也有过短暂的甜蜜。她曾寄给在外的夫君一封信。他打开来,见纸上并无一字,只密密地画着圈儿,也不知道什么意思。他颠过来倒过去地看,还是不明白。最后,从信封里又掉出一张纸来,用秀气的小楷写着俏皮的情话儿:

相思欲寄无从寄,画个圈儿替。话在圈儿外,心在圈儿里。单圈儿是我,双圈儿是你。你心中有我,我心中有你。月缺了会圆,月圆了会缺。整圆儿是团圆,半圈儿是别离。我密密加圈,你须密密知我意。还有数不尽的相思情,我一路圈儿圈到底。

结婚初期的朱淑真努力地做一个快乐的小媳妇,她希望,父母为自己所选的这个夫君即使不是最佳,但至少也是个能够知冷知热的男人。哪承想,慢慢她发现,丈夫不过是一个热衷名利的凡夫俗子,只会投机钻营,肚子里更是没有多少墨水,这样的男人哪有半点可爱之处?她不敢奢望自己也能像李清照那样有个志同道合的赵明诚,但至少,这个男人应该是个好人。这样全无半点骨气的人,哪里是朱淑真这样的女子能够爱得起来的。所嫁非人，在以后的岁月中，朱淑真就一直生活在"断肠"之中了。她在《愁怀》中写道：

鸥鹭鸳鸯作一池，须知羽翼不相宜。
东君不与花为主，何似休生连理枝。

她是鸳鸯，他为鸥鹭，这样的搭配真是让人无语。本来就不是同一品种啊，怎么能凑到一起去呢？

他也渐渐冷落了她，把她孤零零地扔在家里，自去快活应酬，还娶了小妾。这事情搁在一妻多妾的时代，本也正常，多少女人也就守个大老婆的名分，半世孤清地过了，熬到老头子一死，仗着儿子的光，家业还是自己的。朱淑真就不行，受不了这个气，又不爱又不相知的日子怎么过？一拍两散算了。

可是，在那个年代，这样的念头于女子而言，不过是想想罢了。

朱淑真：剔尽寒灯梦不成

减字木兰花·春怨

独行独坐，独唱独酬还独卧。
伫立伤神，无奈轻寒著摸人。
此情谁见，泪洗残妆无一半。
愁病相仍，剔尽寒灯梦不成。

清代文人李渔曾写了一个美女配丑男的小说，叫《无声戏》。为什么叫"无声戏"呢？小说一开头，他便道出原因：

单说世上姻缘一事，错配者多，使人不能无恨。这种恨与别的心事不同，别的心事可以说得出，医得好，唯有这桩心事，叫作哑子愁、终身病，是说不出、医不好的。若是美男子娶了丑妇人，还好到朋友面前去诉诉苦、姊妹人家去遣遣兴，纵然改正不得，也还有个娶妾讨婢的后门。只有美妻嫁了丑夫，才女配了俗子，止有两扇死门，并无半条生路，这才叫作真苦。

李渔在那年月就能说出这番通人情的话来，真是不简单。

朱淑真就是这样的命苦。她的苦说不出，医不好。她若敢当着旁人的面数落自己的老公，那是要受到谴责的。一旦被老公听到，更是了不得，轻则一顿恶毒的咒骂，重则拳打脚踢，一辈子都不得好过。说与娘家听，父母也不过叹口气说些"嫁鸡随鸡，嫁狗随狗"之类的话。总而言之，那是你的命，你不能和命斗。她终日把自己关在屋里,像个哑巴似的,一天都说不了一句话。跟谁说呢?

自从丈夫讨回了小妾,就彻底把她晾在了一边。从此,她再也不曾有一声欢笑,只有在夜深时想起少年时的往事,才会有笑容偷偷地藏在嘴角。他虽然粗鄙,但只要对她有半分柔情,她也认了。毕竟,夫妻一场,天长日久,也有一点点亲情缓缓汇聚。只是,他对她,实在连半点亲情也没有了。

春天来了,她看着春天,突然留恋起来。就算什么都没有,至少抬眼看看外面,还有春光,被太阳晒一晒,被花香熏一熏,临水照一照,映着花,水波上还有一个美人的倒影。她还是美的,只是这美,这一生只为她自己而生,或许,也曾经为那个荷花塘上她倚靠过的男人而生。她想留住这美丽的容颜,留住那个有青梅香气的春天。于是,她写道:

楼外垂杨千万缕。欲系青春,少住春还去。犹自风前飘柳絮,随春且看归何处。
绿满山川闻杜宇。便做无情,莫也愁人苦。把酒送春春不语,黄昏却下潇潇雨。

——《蝶恋花·送春》

杨柳想要把春天系住,但春天还是走了。只有柳絮一路跟着春风,想看看春天到底去了哪里。山绿了,水也绿了,到处都是杜鹃的叫声,就是无情的人听了,也会产生离愁。我一个人喝着酒,目送着春天远去,喃喃地对春天说着送别的话,但春天沉默不语。只是在黄昏时,天空突然下起了潇潇暮雨。

"把酒送春春不语,黄昏却下潇潇雨。"一个"却"字,令人回味。这雨下得刚刚好,既应了作者的心绪,又回答了作者的"春问"。王灼《点绛唇》有"试来把酒留春住,问春无语,帘卷西山雨",似化此句而来。

这首《减字木兰花》首句连用了五个独字,独行独坐,独唱独酬还独卧,每一个独字都妥润自然。若是我,没有所爱的人,便是自己更好,乐得清静,没事看看春光,写写秋月,能让人这样难过的,不是独处,不是只有一个人,而是因为,你心上有了人,你成天想着他,念着他,而他却不能陪着你。所以,才会觉得孤独难

耐，才会愁病相加。只要心里还存在着不甘，就不到说放弃的时候。她对他，存着幻想，对自己的婚姻，也存着幻想。

"伫立伤神，无奈轻寒著摸人。"想到外面找个地方站一站，发会呆都不成，风带着微凉的气息，吹透衣衫，撩惹着肌肤。

微寒，若是年少，她必早早穿着薄透的衫子，任透骨的春寒寻着每一个毛孔钻入，她也不怕。她早被枝头上的花苞逗引，跑得娇喘不已，那摧花逗雨的东风哪里管得住她的性子？如今，只是一点微微的寒意，便让她经受不住，走几步就要停下。是她老了吗？其实，比身体更冷更无力的是她的心啊。

"轻寒"二字，正扣题目"春怨"二字中的"春"字，全词无一语及春，唯从"轻寒"二字，透露出春天的信息。"著摸"一词，宋人诗词中屡见，有撩拨、招惹之意。如孔平仲《怀蓬莱阁》诗："深林鸟语流连客，野径花香着莫人。"杨万里《和王司法雨中惠诗》诗："无那春愁着莫人，风颠雨急更黄昏。""著摸"即"着莫"，朱淑真词与杨万里诗用法完全相同。轻寒为什么撩惹春愁，失去爱情幸福的女词人才会深有体会。寡居的李清照感到"乍暖还寒时候，最难将息"（《声声慢》）；对自己的婚姻深感不满的朱淑真在"伫立伤神"之际，不禁发出"无奈轻寒著摸人"的吟咏，足见两位女词人在"轻寒"季节，有着共同的伤心之处。

她站在缀满花苞的碧桃下，有一种惊世骇俗的美。有时，我觉得女人是不该生得这样美的，因着这美，男人往往便不知道该爱她还是该爱她的美，苦巴巴地追到了手却又自卑起来，老觉着她的心不在自己身上。倒不如那普普通通的女子，男人寻着她的一点好便已经知足。她全身都是好，唯一不好的就是，实在没有好男人配得上她。

"此情谁见，泪洗残妆无一半。"他看不见，"他"也看不见，连父母也觉得她这样不知足是自找苦吃。女人一旦嫁人，她的美与才华便一文不值。妓女要美，要才华，这是她吃饭的家伙。普通女人的饭碗就是老公，只要老公肯要你，你就值钱；老公不要你，你就是西施再世，别人也会拿异样的眼光看你。

她心里是有一个他的，她和他曾有过短暂快乐的时光，"但愿暂成人缱绻，不妨常任月朦胧""娇痴不怕人猜，和衣睡倒人怀"。可惜，这一段姻缘就算是到了奈何桥，她也是说不出来的，她只能咬着牙不喝下那碗孟婆汤，将那点记忆放在心里，希望能一点一点地温暖来生。

"愁病相仍，剔尽寒灯梦不成。"活脱脱一个长夜无眠的怨妇，不知道怎么就落到这般惨淡境地，真是难以承受的孤单。其实，哀莫大于心死，睡不着，就还是有所挂念。有人据此推知，这时候的朱淑真已经有了婚外情。从这首词中，实在看不出来什么，唯一可以肯定的是，这般的思怨并非是针对自己的丈夫。

大概这些"淫词艳语"实在让父母感到丢人，在朱淑真死后，父亲一把火烧掉了女儿一生的心血。这些诗词就是朱淑真的命啊，她一定想借此证明自己在这个世界活过。活着时不能够同知己的人相濡以沫，就在死后，通过这些诗词，找到一二灵魂知音吧。听听她的心曲，为她，落一场泪，失一次魂。

还好，朱淑真到底还是有一定人气的，她的诗词在粉丝群里传播着。想来，大抵是哪个思春少女在偷偷唱给情郎听时，又被别人听了去，这才慢慢地流传开来。一个叫魏仲恭的人，有一天到武陵办事，晚了就住在旅馆里，听见有一些人在唱朱淑真词。他觉得其词"清新婉丽，蓄思含情，能道人意中事，岂泛泛者所能及？未尝不一唱而三叹也"。通过了解，他得知朱淑真是一个不幸的女人。于是，他收集了这些词作，用笔记录下来，编辑成书，这就是《断肠集》。

清道光年间，一位叫李光炘的人到处寻访朱淑真的墓，没有查访到，为此他还满怀悒郁地写道：

>杨柳犹思朱淑真，临风对月总含颦。
>红颜枉说能倾国，青冢依然误托身。
>斜日楼台空夕照，断肠诗句太伤神。
>黄昏此日潇潇雨，想见当年泪眼人。

父母当年不能原谅她，如今，全天下的人都原谅了她。

严蕊：若得山花插满头，莫问奴归处

卜算子

不是爱风尘，似被前缘误。花落花开自有时，总赖东君主。

去也终须去，住又如何住！若得山花插满头，莫问奴归处。

这首词的作者严蕊本来是个靠歌舞讨生活的妓女，却被后人冠以"侠"名，其中缘由，就要从这首《卜算子》说起。

南宋周密《齐东野语》记载："唐与正守台日，酒边尝命赋红白桃花，即成《如梦令》与正赏之双缣。"这一天，严蕊应邀去参加新任台州太守的宴会，太守唐仲友听说严蕊会作词，便指着新开的桃花说："你就以这'红白桃花'为题填一首词吧。"严蕊略思片刻，即挥笔写下这首《如梦令》。

道是梨花不是。道是杏花不是。白白与红红，别是东风情味。曾记，曾记，人在武陵微醉。

红白桃花，就是一棵树上同时开着白色和红色两种桃花，这种桃花比较少见。北宋邵雍有《二色桃》诗："施朱施粉色俱好，倾城倾国艳不同。疑是蕊宫双姊妹，一时携手嫁东风。"写的就是红白桃花。唐仲友以红白桃花为题，就是故意给严蕊出难题的。没想到，严蕊才思敏捷，不仅当筵即写成《如梦令》一词，而且句句切合主题。

严蕊没有直接写桃花，而是给读者打了一个谜。你说它是梨花吧，不像，你说它是杏花吧，也不是，白白红红的，开得别有情味。你猜这是什么花？我也说不上来它是什么花，我只记得，它开在武陵的桃花源里，美得令人陶醉。

如果哪个读者没听说过桃花源的故事，大概就猜不出来了。当然，也是比较容易蒙的，红红白白的，不是杏花，不是梨花，那多半是桃花了。如果作者直接告诉读者说，我告诉你呀，这就是桃花，就没什么意思了。关键不在谜底是什么，关键在最后这一句"人在武陵微醉"所给予我们的想象空间。

由此诗也可以看出，严蕊人虽在风尘中，却是一个清雅脱俗的女子。如果换了别人来写，大概总会说到美女呀、思春恋春之类上面去，再向长官抛一个媚眼，看奴家腮上的桃红！这严蕊心中却只有那世外桃源，希望早日脱离这灯红酒绿的风尘生活！

不知是出于对严蕊才华的欣赏，还是出于对严蕊美貌的垂涎，总之，唐仲友就和严蕊来往密切起来。是人都看得出来，这两个人看对眼了。这一对眼竟改变了严蕊一生的命运，从此，一说严蕊，就再也绕不开这段历史。

唐仲友有一个朋友名陈亮，以"豪爽"闻名。有一次，他去拜访辛弃疾，辛弃疾家门口有一座小桥，陈亮提着缰绳催马上桥。桥窄，马害怕不敢过，催了三次，马退了三次。陈亮大怒，跳下马，拔出刀来就把马头给砍下来了。就这样一个二货，偏当时很多名人都与他有来往。陈亮来台州找唐仲友玩，不久就和一个叫赵娟的妓女好上了。赵娟的才色远不如严蕊。陈亮挥金如土，出手大方，很快就赢得赵娟的芳心暗许，已经到了谈婚论嫁的地步。宋朝的法律规定妓女嫁人之前，要先销去妓女的户籍，不然是不准嫁人的。陈亮就找到唐仲友帮忙。唐仲友说："像你这样的人物，应该找像严蕊这样的女子，怎么看上赵娟了呢？"陈亮说："你以为我看不出来呀，严蕊早被你捷足先登了，你肯让我娶了她吗？"唐仲友说："不是不让你娶她，只是你娶了严蕊，损失的不是我，而是整个台州啊。"

唐仲友就把赵娟叫来，了解了一下情况，便给她销了户籍。唐仲友很了解他这

个朋友，表面上看着有钱，实际上那点家底早被他挥霍一空了。所以，临了，他跟赵娟开了一个半真半假的玩笑："你可要想好了啊，你要跟了我这位老朋友，可要做好忍饥受冻的准备啊。"这种玩笑就看当事人怎么听了。赵娟一听，回去就找陈亮算账："你的老朋友唐仲友说了，我跟了你就要做好忍饥受冻的准备，这话是什么意思啊？"陈亮一听，马上就火了："小唐，你和严蕊好，我可一句歹话也没说过，我好容易骗个二流货色，你还背后使绊子，你小子也太不够意思了。"

陈亮心里憋屈，就到朱熹那里解闷。朱熹就问了："你从台州来，那小唐干得怎么样啊？"陈亮说："干啥干啊，成天和严蕊风流快活，哪还有闲心干别的。"

朱熹本来对唐仲友吊儿郎当的样子心生不满，正找不着把柄参他，听陈亮这么一说，马上就着人查办唐仲友和官妓有染的事情。

朱熹就把严蕊传来，本来以为，几句恐吓就能让严蕊招出实情，哪承想，严蕊只说，同唐只是唱词喝酒，绝没有出格的事。更令朱熹没想到的是，这个看似弱不禁风的风尘女子，竟然比男人还禁打，人都快被打死了，严蕊也没有说一个对唐仲友不利的字。南宋周密的《齐东野语》里有这样一段记载。狱吏诱供说："你干吗那么傻，受这个罪，早一些承认了也不过是杖罪。"严蕊回答："我是被人家看不起的歌舞伎人，纵是与太守有私情，料亦不至死罪。只是是非黑白不能颠倒，为了减轻自己的痛苦，而诬陷士大夫，我虽死不为！"

一个读书人和一风尘女子杠上了，这事很快就传到了皇帝耳朵里。皇上派右丞相王淮过问。王淮回答，秀才争闲气耳，大概意思就是朱熹没事找事。

皇帝就派岳飞的儿子岳霖来审理这个案件，岳霖素闻严蕊诗名，就说："我今天不要听你的申诉，听说你词写得好，你若能把你的冤情填成词，我就放了你。"

于是，严蕊就填了这首《卜算子》。

"不是爱风尘，似被前缘误。"不是我喜欢在风尘中迎来送往，我实在不敢把我的这一切遭遇赖在别人身上，只能说这是我前世的因缘今生的夙报。为什么"前缘误"三字前又加了"似"字呢？严蕊打心眼里不愿意承认，这真是夙命所成。她为生计落入青楼，靠歌舞卖笑为生，不是社会造成的，难道是她自己愿意的吗？她和唐仲友本是郎才女貌的一对有情人，何错之有？她含冤入狱，又是谁一手造成？不用"似"字，便道不尽心中的百般疑问。若说前缘误我，只错在让我今生生为女儿身。

"花落花开自有时，总赖东君主。"言下之意，我误入风尘，难道是我自愿的？我做不做妓女，也全由官爷你作主。一个"赖"字，说不清，道不明，怨中有求，求中有怨。

"去也终须去，住又如何住！"我终究是要离开这里的，那么，我将去往哪里呢？"若得山花插满头，莫问奴归处。"如果有一天，我能有幸地将山花插满发间，你不要问我去了哪里。山花插满头，已经告诉了对方自己的归处，那就是去那与世无争的山林间，过自由自在的生活。我要怎样才能过上这样的生活呢？那全仰仗官爷你大笔一挥，还给我自由之身。

严蕊宁死也不肯污人名节因这凛然不屈的风骨气节，得了侠女的美名。据说，后来严蕊嫁给了一个宗室的近亲，二人相亲相爱，白头到老。

聂胜琼：况谁知我此时情

鹧鸪天

玉惨花愁出凤城，莲花楼下柳青青。尊前一唱阳关曲，别个人人第五程。
寻好梦，梦难成。况谁知我此时情。枕前泪共帘前雨，隔个窗儿滴到明。

这是一首伤别词，作者是一位歌妓，名叫聂胜琼，要走的是她的心上人李之问。李之问是何许人，宋史无记载，不过，这李之问是个幸福的小男人是毫无疑问的。宋代的读书人真是幸福，只要不谋逆，皇帝是不会轻易砍他的脑袋的。谈几场风花雪月的爱情，找三五红颜知己相伴一生也不是不可以的。现代男人大概羡慕透了宋朝男人，可是，要做到如此境界，不写得一手好文章是不行的，如今又有几个男人敢撸起袖子挥起毛笔写上一句"大江东去"或是"山抹微云"呢？

李之问应该是一个小官，有点小才学，人还挺老实，重情重义，也是个怜香惜玉的人，不然，断不会有好女人这样死心塌地地爱他。不过，多好的日子也终有到头的时候，任满之后，李之仪就要离开京师调往别处了。

"玉惨花愁出凤城，莲花楼下柳青青"，凤城，就是指京师。春秋时，秦穆公的女儿弄玉善于吹箫，箫声很美，有多美呢？只要她一吹箫，凤凰就会应声而来，于是，人们便把弄玉所居住的国都称为丹凤城。李之问要出京，聂胜琼就在莲花楼上为他送行。大概莲花楼就是聂胜琼所居的青楼，也是他们二人相识的地方。

这是聂胜琼第二次在莲花楼上送别心上人了。上一次，她泣不成声地唱道：

"无计留春住,奈何无计随君去。"李之问听到这句时,脸色陡然变了,眼泪掉了下来,一把抱住了她。"琼……"他不走了,就又住了一个月。

既然如此舍不得,为什么不带上她一起走?不用说,像所有让人倒胃的言情剧一样,有情人相遇时,那男子已有了妻室,聂胜琼也没逃出这狗屁剧情。

一个月后,家里来信催了。这一次,聂胜琼知道再也留不住他了,难道要再唱一次"无计随君去"吗?她也不求这男人能把自己救出这风尘苦海,也不求他能为自己再停留片刻,这段时日,有他的知心知意、他的体贴入微,已一生无憾了。以后的日子,便在漫长的相思岁月中度过吧。她不过是无限春中光的一朵小小桃花,能有人愿意多情地看上一眼,她也不枉来世间开过一回了。

为爱人斟了满满一杯酒后,聂胜琼唱起了《渭城曲》:"渭城朝雨浥轻尘,客舍青青柳色新。劝君更尽一杯酒,西出阳关无故人。"她送他走了一程又一程,"别个人人第五程",人人即"人儿"的意思,是对情人的称呼。在交通不发达的古代,有钱人一般以车马代步,没钱的只能用脚一步步地丈量漫长的旅途。宋朝每十里设一邮亭,每三十里设一驿站。从一个驿站到达另一个驿站之间的路就为一程。一共送出去五程,就是一百五十里地呀。不能再送了,再送就送到家了,两个有情人只好恋恋不舍地分手。这一别可能就再也不能相见,聂胜琼是个聪明的女人,她不缠,不闹,不求,她只说想,只说爱,只说痛。

"寻好梦,梦难成",亲爱的,我多想快快地入梦,好在梦里和你相聚。人们都说,日有所思,夜有所梦,可是,我们也常常发现,你最想的人,却常常不在梦里出现。所以,聂胜琼说:"寻好梦,梦难成。"这是只有当事人才清楚的体验。那些动不动就说"亲爱的,我昨天又梦见你了"的,铁定是在说谎。别说梦不着,就是能梦着,也得能睡着才行。

"况谁知我此时情",知道我有多想你吗?知道想念一个人的滋味有多难受吗?这滋味只有我自己知道,不,还有窗外的雨知道。"枕前泪共帘前雨,隔个窗儿滴到明。"老天似乎知道我的伤悲,下起了夜雨,雨声淅沥,隔着窗子,陪着我一起流泪到天亮。

晚唐诗人温庭筠有一首《更漏子》。

> 玉炉香，红蜡泪，偏照画堂秋思。
> 眉翠薄，鬓云残，夜长衾枕寒。
> 梧桐树，三更雨，不道离情正苦。
> 一叶叶，一声声，空阶滴到明。

词写得极美，一叶叶，一声声，梧桐叶上落下的雨滴敲打着夜晚的空阶，那声音可以把人的心慢慢掏空，只觉得人生就像这雨夜一样，一直寒到无尽的绝望里去。这样的雨太冷、太无情，宜在离别很多年后生发。而聂胜琼的雨是来陪着她、温暖她的。我无法让你入梦，但我可以陪你一起哭泣。

在宋词里，这个爱情故事一般也就到此而止了。没有人敢问，那个人回来了吗？宋词里的雨在不停地下着，宋词里的眼泪也在不停地流下去。

但聂胜琼的这番苦相思很快就送到了李之问的手里，李之问把它偷偷地藏在了自己的行李中。不知他到底是怎样想的，是不是想在老婆面前偷偷藏匿起这一段见不得人的恋情。毕竟，她不是良家女子，若被妻子知晓，少不了一顿河东狮吼，搞不好再生出别的事情来。看一个男人如何，不要看他平时说什么，做什么，大多时候，男人很会掩藏真实的自己。男人自私，怕麻烦，为了自己少些麻烦，他会把所有的麻烦都扔给所爱的女人。总之，李之问偷偷藏起了情书。

但这封情书被整理行李的老婆看见了，李之问的老婆也是个识文墨的人，她喜欢上了这首词，也就爱屋及乌地喜欢上了写词的女子。细问词的来由，李之问只好如实说了这一段情事。若是一般女子，听到之后，纵不发怒，也不过是不了了之。不想，这女人马上翻箱倒柜凑足了银两，往他怀里一塞，说，把她接回来吧。结局大好，两个女人从此和平相处。

这许是中国男人都想做的美梦，有个"深明大义"的老婆，不仅不反对自己风流快活，还非常支持自己，和小妾像姐妹般和平共处，而李之问这个名不见经传的男人竟美梦成真了。故事讲到这里，已不再是一个有情人终成眷属的爱情佳话，而是两个女人之间惺惺相惜的美好故事了。

陆游：山盟虽在，锦书难托

钗头凤

红酥手，黄藤酒，满城春色宫墙柳。东风恶，欢情薄，一杯愁绪，几年离索。错、错、错！

春如旧，人空瘦，泪痕红浥鲛绡透。桃花落，闲池阁，山盟虽在，锦书难托。莫、莫、莫！

这是陆游写给前妻唐婉的。据《历代诗余》记载，陆游曾与青梅竹马的表妹唐婉（舅父唐闳之女，一说认为不是表妹）婚配，两个人郎情妾意，感情非常好。不过，陆游的母亲却不喜欢唐婉，后来干脆以唐婉不能生育为由，棒打鸳鸯，逼着陆游休妻再娶。离婚后，唐婉改嫁给了皇家后裔同郡士人赵士程。

陆游与唐婉被迫分开再娶，不过他的心里一刻也没有忘记她。多年后（公元1155年），礼部会试失利后到沈园春游的陆游，与唐婉不期而遇，"怅然久之，为赋《钗头凤》一词，题园壁间。"

"红酥手，黄藤酒，满城春色宫墙柳。"是说，在百花盛开、杨柳轻摇的春天里，恋人亲手端上美酒。红酥，形容唐婉的手红润酥软，一说"红酥手"是一种点心，和下句"黄藤酒"联系起来看，作为点心讲，也是很通的。不过，点心哪及美女的酥手令人浮想联翩呢？黄藤酒即"黄封酒"，"藤"的本意是丝线、绳索，引申为用丝线或绳索绑缠。宋代官酒用黄纸封口，故得名。

"东风恶，欢情薄"，一阵东风，瞬间吹散了这片刻欢情。"东风恶"暗指恋人之间是被迫分开的，是遭遇了意外事故。"恶"不是恶毒之意，而是指风大。

大风吹落了百花，吹散了春光，同时，也吹散了他们的婚姻。"一杯愁绪，几年离索"言明分别几年中，陆游都是满怀愁绪，不得开心。"错、错、错"，错了，错了，错了啊。他连说三个"错"，我错了，千错万错都是我的错，错在当初我不该娶你，没想到反而害了你，错在我不能说服母亲，错在我软弱无能，不能保护你……

"春如旧，人空瘦，泪痕红浥鲛绡透"，这是唐婉的自述。春天还是那个春天，一如往昔的美好，不同的是，恋人已经不在，我因思念而一天天消瘦下去。瘦对现今的女孩子来说，是天大的好事，古代的女人可没有现代女孩子这样营养过剩。在宋词里，"瘦"往往代表着一个人身心状况不佳，因忧思过度影响了食欲，摧毁了身体。一个"空"字，更使人读之怅然。

"泪痕红浥鲛绡透"，红色的眼泪把手帕都湿透了。"红泪"，泪水被胭脂所染，故为红色。鲛绡，神话传说中的鲛人所织之绡，极薄，这里指很薄的手帕。这一句是说，自从分别后，我日日以泪洗面，把手帕都湿透了。

"桃花落，闲池阁"，也是唐婉自述。自离别之后，她把自己终日关在闺阁中，窗外桃花正在飘落，春天已经过去了，落花满地，池阁愈加显得寂寥冷清。暗示这一段短暂的恋情也如春光一样成为过去式。

"山盟虽在，锦书难托。"我对你的心意没有改变过，却不能把心里话写信告诉你。为什么不能写信呢？一来二人分手的局面已经注定，无法再挽回；二来，唐婉此时已经嫁为他人妇，无论从情理还是从法礼上来讲，都不应该也不能再写信给陆游。"锦书"是指妻子写给丈夫的信。《晋书·列女传》："窦滔妻苏氏，始平人也，名蕙，字若兰，善属文。滔，苻坚时为秦州刺史，被徙流沙，苏氏思之，织锦为回文旋图诗以赠滔。宛转循环以读之，词甚凄惋。"后人便以"锦字""锦字书""锦书"指代妻子给丈夫之信。

"莫、莫、莫！"唉，罢了，罢了，不说了（要说的话，三天三夜也说不完），说这些还有什么用呢。三个"莫"字连用，其幽怨之意表达得淋漓尽致。

二人在沈园告别之后，陆游便在墙壁上写下了这首《钗头凤》。据说，唐婉见了这首词后，感慨万端，也提笔和词一首：

世情薄，人情恶，雨送黄昏花易落。晓风干，泪痕残，欲笺心事，独语斜栏。难、难、难！

人成各，今非昨，病魂常似秋千索。角声寒，夜阑珊，怕人寻问，咽泪装欢。瞒、瞒、瞒！

不久，唐婉抑郁而死。

可见，这次重逢不但没能解二人的相思之苦，反而害了唐婉。不知陆游是否会后悔这次偶遇给唐婉造成的巨大伤害。

无独有偶，清代诗人郑板桥也有过这样一段不堪回首的爱情。

那一年，他应南闱乡试，途经扬州，身上的盘缠都用光了，只得在街头摆着画摊。一天，一个富商买走了他的一幅画。第二天，他的画摊来了一个女子。他一见之下，便泪水纵横。原来，那女子是他失散多年的表妹，昨天买画的那位富商是她的夫君。

他和表妹两小无猜，青梅竹马。从小，他便是她的新郎，她亦是他的小新娘。待他们长大，他正想着如何请求父母向表妹家提亲，不想，惊雷传来，表妹家中为赌债将表妹嫁给了富商，表妹随着丈夫迁居外地。从此，他便失去了表妹的音讯。

多年奔波，科场失意的他竟然无意中遇到了表妹。是上天的有意安排吗？表妹一家热情款待他，安排他在家中住下，安心读书，准备考试。

像陆游的沈园重逢，他亦是感慨万千。回忆往昔，他写下了一首《贺新郎》：

竹马相过日，还记汝云鬟覆颈，胭脂点额。阿母扶携翁负背，幻作儿郎妆束，小则小寸心怜惜。放学归来犹未晚，向红楼存问春消息，问我索，画眉笔。

二十年湖海长为客，都付与风吹梦杳，雨荒云隔。今日重逢深院里，一种温存犹昔，添多少周旋形迹。回首当年娇小态，但片言微忤容颜赤，只此意，最难得！

这首词写的既不是牛织之思，亦不是梁祝之悲，只是回忆他们幼时欢乐事。"云鬓覆颈，胭脂点额"，使人想起李白那首《长干行》的诗句："妾发初覆额，折花门前剧。郎骑竹马来，绕床弄青梅。"胭脂点额，更是小女孩才能有的妩媚可爱。有时候，父母又给她作男孩子的打扮，那模样却更叫人怜爱。我那时年纪小，却也懂得怜香惜玉。我一放学就找她玩耍。那时，她已知道臭美，还向我索要画眉笔。分开二十年，他和表妹重逢，依稀还记得幼时的温存记忆，却也添了不少应酬客气的痕迹。想当年，我们一言不和，便会争得面红耳赤。这种真情意，再也得不到了！犹如一篇短小的叙事散文，在诗词中，是难得的作品。

和陆游相比，板桥虽不能和表妹在一起，至少还能做亲人，还能得表妹的深情款待。而陆游和唐婉之间，却有一道不可逾越的鸿沟，令他们永生再无相见的可能。63岁时，陆游又过沈园，触景生情，题《绝句》二首。

（一）

采得黄花作枕囊，曲屏深幌泌幽香。
唤回四十三年梦，灯暗无人说断肠！

（二）

少日曾题菊枕诗，囊编残稿锁蛛丝。
人间万事消磨尽，只有清香似旧时！

在他67岁的时候，重游沈园，看到当年题《钗头凤》的半面破壁，触景生情，感慨万千，又写诗感怀：

枫叶初丹槲叶黄，河阳愁鬓怯新霜。
林亭感旧空回首，泉路凭谁说断肠。
坏壁醉题尘漠漠，断云幽梦事茫茫，
年来妄念消除尽，回向蒲龛一炷香。

陆游75岁时住在沈园的附近,"每入城,必登寺眺望,不能胜情",写下《沈园》诗二首。

> 城上斜阳画角哀,沈园非复旧池台。
> 伤心桥下春波绿,曾是惊鸿照影来。
> 梦断香消四十年,沈园柳老不吹绵。
> 此身行作稽山土,犹吊遗踪一泫然。

这一段情缘,让诗人陆游一生都没能从中走出来,留下了终生的遗憾,却为我们留下了这篇千古佳作。